동·서양 명저
대탐험 1

동·서양 명저 대탐험 1

지은이 | 김평엽
펴낸이 | 방현철
기 획 | 서정 Contents Agency

1판 1쇄 찍은날 | 2010년 5월 10일
펴낸곳 | 북포스

출판등록 | 2004년 2월 3일 제313-00026호
주소 | 서울시 영등포구 양평동5가 18 우림라이온스밸리 B동 512호
전화 | 02-337-9888
팩스 | 02-337-6665
전자우편 | bhcbang@hanmail.net
홈페이지 | www.bookforce.co.kr

ISBN 978-89-91120-38-9 44800
    978-89-91120-40-2 (전2권)

동·서양 명저 대탐험

김평엽 지음

논술과 진학
두 마리
토끼를 잡는

1

북포0

동·서양 명저 대탐험 1 _{차 례}

두 마리
토끼 잡는
독서

1. 모차르트와 살리에리

2. 고도를 기다리며

3. 삐딱하게 보기

4. 강

5. 멋진 신세계

6. 코

7. 나무

8. 뼛속까지 내려가서 써라

II. 표현력 밖으로 드러내기

두 마리
토끼 잡는
독서

1. 섬

2. 햄릿

3. 오만과 편견

4. 설국

5. 자야

6. 산가일기

7. 샤갈의 마을에 내리는 눈

8. 죽은 황녀를 위한 파반느

Ⅲ. 비판력에 불 지르기

두 마리
토끼 잡는
독서

1. 목민심서

2. 군주론

3. 이방인

4. 그리스인 조르바

5. 월든

6. 동물농장

7. 변신

8. 수레바퀴 아래서

9. 어머니

10. 인형의 집

11. 죽은 시인의 사회

12. 뫼비우스의 띠

13. 아큐정전

14. 이반 데니소비치의 하루

15. 죄와 벌

16. 유토피아

동·서양 명저 대탐험 2

IV. 통찰력 기르기

쌤~, 통찰력이 뭐예요?
쌤~, 통찰력이 왜 중요해요?
쌤~, 통찰력으로 이루어진 것들엔 뭐가 있어요?
쌤~, 통찰력은 어떻게 해야 길러지나요?
쌤~, 통찰력과 독서라는 두 마리 토끼를 다 잡을 수 있나요?

두 마리 토끼 잡는 독서 1. 나와 너 · 2. 도덕경 · 3. 짜라투스트라는 이렇게 말했다 · 4. 바가바드 기타 · 5. 체 게바라 · 6. 느리게 산다는 것의 의미 · 7. 무량수전 배흘림기둥에 기대서서 · 8. 무소유 · 9. 생각의 탄생 · 10. 금 시조 · 11. 장자(莊子)

V. 논증력 꿀 발라먹기

쌤~, 논증력이 뭐예요?
쌤~, 논증력이 왜 중요해요?
쌤~, 논증력으로 이루어진 것들엔 뭐가 있어요?
쌤~, 논증력은 어떻게 해야 길러지나요?
쌤~, 논증력과 독서라는 두 마리 토끼를 다 잡을 수 있나요?

두 마리 토끼 잡는 독서 1. 플라톤의 대화 · 2. 은유로서의 질병 · 3. 책임의 원리 · 4. 페미니즘의 도전 · 5. 이기 적 유전자 · 6. 문명의 충돌 · 7. 루시퍼이펙트 · 8. 인권, 그 위선의 역사 · 9. 촘스키, 누가 무엇으로 세상을 지배 하는가 · 10. 과학의 종교 읽기

VI. 이해-분석력 끌어안기

쌤~, 이해-분석력이 뭐예요?
쌤~, 이해-분석력이 왜 중요해요?
쌤~, 이해-분석력으로 이루어진 것들엔 뭐가 있어요?
쌤~, 이해-분석력은 어떻게 해야 길러지나요?
쌤~, 이해-분석력과 독서라는 두 마리 토끼를 다 잡을 수 있나요?

두 마리 토끼 잡는 독서 1. 동과 서 · 2. 나쁜 사마리아인들 · 3. 내 몸의 신비 · 4. 자살의 문화사 · 5. 지구를 살 리는 7가지 불가사의한 물건들 · 6. 성(聖)과 속(俗) · 7. 정신분석학 입문 · 8. 총, 균, 쇠 · 9. 진보와 야만 · 10. 파 놉티콘 · 11. 문명과 야만 · 12. 색의 유혹

책으로 만들어진 책

'男兒須讀五車書'라는 말이 있다. 남자라면 모름지기 다섯 수레 분량의 책을 읽어야 한다는 뜻이다. 틀린 말이 아니다. 어려서부터 책을 가까이 한 사람의 눈빛은 그러지 못한 사람하고는 확실한 차이가 난다. 사실 신생아 때부터 모든 능력을 갖추고 태어나는 사람은 없다. 뛰어난 재능이란 거의 후천적으로 획득되는 지식에 의해 결정된다.

특히 지능과 감성이 폭발적으로 발달하는 유아기부터의 청소년 시기의 독서는 한 개인의 운명을 결정한다. 아무리 선천적으로 타고난 영재라 하여도 독서 환경이 뒷받침되어 주지 못하면 영재성은 안개처럼 사라진다. 그렇다고 아무 책이나 남독할 수도 없는 현실이다. 지금도 서점에 가면 수많은 책들이 넘쳐나지 않은가. 누드화보로부터 실용서적에 이르기까지, 그러나 양서는 찾아야만 눈에 들어온다. 영혼을 울리는, 그러한 책들을 읽어야만 폭발적 에너지를 머금을 수 있다. 분명히 말하건대, 독서가 영재성을 일깨우는 황금열쇠임을 알라!

영재는 몇 가지 특성을 보인다. 남들에 비해 어휘력·표현력·기억력·통찰력·관찰력 같은 인지능력이 뛰어나다. 그리고 집중력과 지적 호기심 같은 특성도 우수하다. 영재는 사물과 과제에 대해 강한 집착을 보이며 도전적이다. 그리고 정서적으로 남들보다 무척 예민하다. 티드웰(Tidwell)은 영재성을 끌어내기 위해 지능은 물론 창의성·특수 재능 이외에도 성취동기·인내력·통솔력·협상능력·이성과 감정의 통제능력도 중요하다고 한다.

결국 인지적 능력의 중요한 변인, 즉 창의력·표현력·비판력·통찰력·논증력·이해−분석력을 키우는 것이 청소년 시기에 매우 중요하다. 최근 특목고와 주요 대학에서 시행하고 있는 입학사정관제도 및 논술고사가 이러한 요소를 측정하는 데 목적을 둔다.

이에 청소년 시기에는 세 마리의 토끼를 잡아야만 한다. 그 하나는 수준 높은 독서 체계를 갖추는 일이고, 둘째는 영재성을 일깨우기 위한 사고력 신장이며, 셋째는 진학 포트폴리오에 대한 완벽 대비이다. 이 세 가지가 해결되어야만 어려운 인문사회과학 서적도 씹어 먹을 수 있는 것이며, 학교에서 배우는 여러 교과에 대한 집중력도 높아질 것이다. 아울러 어떠한 유형의 시험이든 명쾌하게 해결해낼 수도 있다.

창의력이란 세상을 변화시키고 감동시키는 최고의 지적 아이디어를 말한다. 표현력은 사람을 정확하고 깔끔하게 만들어주는 미학적 장치이다. 그리고 비판력은 문제의 핵심을 정확하게 짚어내는 치밀한 사고능력으로 특목고와 대학에서 요구하는 중요한 인지적 과정이다.

따라서 이 책의 상권에서는 창의력·표현력·비판력을 계발하기 위해 동서양 고전과 현대 작품 중 핵심도서만을 엄선하여 자신의 능력을 최대한 이끌어낼 수 있도록 내용을 구조화했다. 이 책을 정독하는 것만으로도 자기 안에 잠재된 인지능력을 최대한 폭발시킬 수 있을 것이라고 믿는다.

그러므로 이 책을 이미 읽기로 작정한 분들은 여기에 제시한 인류 문화의 결정체인 역작들을 주목하고, 이 작품들을 통해 삶의 진정한 가치와 의미를 곱씹기를 바란다. 이 책에 찍힌 활자 하나하나는 저자들의 가슴에서 찍어낸 핏방울임을 알기 바란다. 당신은 책을 읽는 동안 저자의 심장의 박동소리를 들을 수도 있다.

더러 이 책을 읽는 동안 당신은 몇 번 책을 덮었다 펼쳤다 할 것이다. 더러는 눈물로 페이지를 적시기도 할 것이다. 어쩌면 붉은 펜으로 밑줄을 친 뒤 사색에 잠길 수도 있겠다. 어차피 밤을 새워 읽어야 하겠기에 당신은 불면증에 걸릴 수도 있겠다. 그러나 얼마나 기쁜가. 설레는 감동으로 밤을 새운다는 것, 그것은 책과 연애를 해 본 사람만이 느끼는 황홀한 감동이다. 그것은 진정 살아 있는 사람만이 할 수 있는 고매한 정신의 참 맛이다. 부디 이 책이 여러분의 손에서 오래 읽히는 책이 되길 빈다.

여기 소개한 책들 중에는 국내의 여러 출판사에서 중복 번역출간된 고전들이 많다. 그래서 책의 출판사명을 넣지 않았음을 밝힌다. 끝으로 함께 이 책을 함께 기획한 서정 Contents Agency, 선뜻 책을 출간해준 출판사 북포스, 그리고 제자들과 지인과 가족 모두에게 진심으로 고맙다는 말을 전한다.

2010년 4월
김평엽 드림

I

창의력 쑥쑥 키우기

모차르트와 살리에리 · 고도를 기다리며 · 삐딱하게 보기
강 · 멋진 신세계 · 코 · 나무 · 뱃속까지 내려가서 써라

쌤~, 창의력이 뭐예요?

- 쌤, 안녕하세요?

- 오, 수로야, 왔니?

- 예, 선생님. 제가 창의력이 부족한 것 같아서 창의력을 키우려고 하는데 도대체 창의력이 뭐예요? 쉽게 설명 좀 해주세요.

- 음, 수로야, 창의력이 중요하다는 건 알고 있구나, 그렇지?

- 알고 있으니깐 물어보는 거죠, 뭐.

- 너처럼 영화배우가 꿈이라면 순발력이나 재치도 중요하지만 진부한 캐릭터로 남으면 안 되겠지? 남들이 하지 못하는 연기력 또는 새로운 캐릭터에 도전하는 게 필요하잖아.

- 당연한 말씀이지요. 쌤, 제가 누굽니까. 이 담에 할리우드를 주름잡을 미래의 액션배우 아녜요?

- 그래, 그래. 어쨌든 이제 창의력에 대해 얘기해보자. 한자 '創(비롯할 창)' 자를 보면 곡식을 저장하는 '倉(창)' 자에 칼 '刀(도)' 자를 쓴단다. 즉, 창고를 지으려면 칼과 같은 연장으로 만들어야한다는 뜻인데, '맨 처음 새롭게 시작하다'란 뜻이야.

- 네에.

- 전문가들이 하는 말로 얘기하면 창의력이란 독창적이고 가치 있는 희한한 해결방법을 말해. 이를테면 말이야, 어떤 문제를 해결하기 위하여 아이디어를 내고, 그것을 연구하는 과정을 말한단다. 그런데 그것은 반드시 이로운 가치가 있어야 하는 거지.

- 아하, 새롭고 신기한 것을 말하는 것이구나. 흐음, 별거 아니네요.

- 오버하지 말고, 선생님이 강조하는 것은 누구나 창의력을 발휘할 수 있는데, 자신과 타인의 행복을 위하여 시작해야 한다는 거야.

- 쌤, 인류의 행복이 저의 행복이 아닙니까, 하하.

- 어쭈, 언제부터 성인이 되었니? 하하. 미국의 국제창의력 올림피아드 심사위원 한 분이 이런 말을 했단다. '창의력은 남들과 잘 어울려 문제를 해결할 줄 아는 능력이다'라고. 사람들마다 다르겠지만 기존방식을 응용 발전시켜 새로운 것을 만드는 사람이 있고, 없었던 것을 맨 처음 만들어내는 사람이 있는데, 아무래도 세상에 없었던 것을 고안하는 사람이 진짜 창의력이 좋은 사람이겠지?

- 그럼요, 지당한 말씀이죠.

- 그래서, 고정관념을 버려야 한다는 고정관념까지 버려야 해. 한마디로 미래를 디자인하는 게 창의력이야.

- 와, 멋진 말씀인데요?

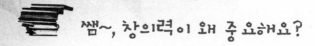

쌤~, 창의력이 왜 중요해요?

  - 쌤, 그런데 전 솔직히 말해서 창의력이 왜 필요한지 정말 모르겠거든요? 주변에서 창의력, 창의력 하니까 중요한가 보다 하는데, 쌤, 창의력이 왜 중요한 거예요?

  - 솔직히 말해줘서 고맙다, 수로야.

  세상의 모든 문화는 창의성을 바탕으로 성장하는 거야. 창의성이 없으면 문명의 진보도 없지. 흠, 이런 거창한 얘기는 재미없겠다. 실질적으로 따져보자. 너도 돈을 좋아하니까, 돈으로 따져볼까? 쇠 한 덩어리를 그냥 팔면 1,000원이라고 하자. 이것을 국그릇으로 만들어 팔면 5,000원쯤 받을 거야. 이것을 기계나 반도체 칩으로 만들어 팔면 얼마를 받을까? 몇 십만 원을 받을 수 있는 거지. 이런 원리야.

  스필버그 감독이 『쥐라기 공원』으로 8억5천만 달러를 번 것은 자동차로 말하면 150만대를 수출해야 벌 수 있는 돈이었어. 『타이타닉』 영화도 6

조 원의 어마어마한 수입을 올렸으니까, 한마디로 창의력이 성공의 열쇠인 셈이지.

– 와, 저도 영화감독할래요, 쌤!

– 그래, 기왕 하려면 영화감독도 좋지. 멋진 영화 만들어서 외화도 벌고, 명성도 얻고 일거양득 아니니?

– 창의력으로 성공한 또 다른 예는 없어요?

– 무수히 많지만 어떤 얘길 해주나? 흐음, 음, 수로야, 너 싸이월드의 미니홈피랑 네이버 블로그 알지? 바로 그게 적당하겠다. SK커뮤니케이션즈라는 회사는 많은 네티즌들이 홈페이지를 갖고 싶어도 번거로움 때문에 만들지 못한다는 걸 착안하여 미니홈피를 만들게 되었지. 그 효과는 가히 폭발적이었어. 평범한 그 업체가 미니홈피로 말미암아 포털업체 3위로 부상했으니까, 돈방석에 앉은 셈이지. 지금은 중국시장에까지 진출했고, '싸이질'이라는 말이 만들어질 정도로 막강한 경제효과를 가져왔지. 미니홈피의 열기를 이어받은 네이버 블로그 역시 지금 엄청난 경제효과를 창출하고 있지. 그게 다 창의력 덕분이란 얘기야. 하하.

– 선생님하고 저도 일촌이잖아요.

– 아 참, 그렇지.

– 그런데 저번에 제가 방명록에 글 남겼는데 선생님은 확인도 안 하셨죠?

– 흐흐, 내가 좀 바빠서…….

– 참, 이번에 난타공연 들어온다는데 저는 그 난타도 대박이라

고 생각해요. 그러한 퍼포먼스도 창의력이겠죠?

– 와, 정말 너는 하나를 알려주면 열을 터득하는구나. 맞다, 그래. 송승환이라는 탤런트가 난타를 구성했는데, 너도 텔레비전에서 봤겠지만 그 경쾌한 리듬 얼마나 신나니? 그 난타는 지금 공연 일정이 밀려서 쉴 틈도 없단다. 기존의 음악에 식상한 관객의 답답한 가슴을 뻥 뚫어주니까 사람들이 암표를 사서라도 구경하려고 하는 거야. 또 지금은 세계적으로도 유명한 극단이 되어 찬사를 받고 있지.

– 와, 그 사람들은 참 운이 좋은가 봐요.

– 운이 아니라, 창의력이라니까!

– 앗, 알았어요.

– 수로야, 너도 창의력만 잘 살리면 10대에 CEO가 될 수도 있고, 훌륭한 영화감독도 될 수 있어. 너 혹시 고교생 벤처 1호라는 신승엽 학생 기억하니? 그 학생이 고등학교 1학년에 다닐 때 그린 아이디어뱅크라는 회사를 차린 뒤 3년 동안 5천100억을 벌었는데.

– 헉, 5천100억! 어떻게 그 많은 돈을?

– 모두 다 아이디어라니까. 그 학생은 후훗, 향기 나는 팬티를 개발한 거야. 생각해봐. 보통 팬티는 하루만 지나도 찝찝한 건데, 팬티에서 향기가 난다니 얼마나 기분이 상큼하겠어? 또 그 향기는 세탁을 해도 없어지지 않고 6개월 정도 지속되게 만들었으니 여성들로부터 엄청난 호응을 얻을 수밖에 없었지. 정말 불티나게 팔린 거야.

표철민 학생도 10대 CEO지. 철민이는 중학교 2학년 때 이미 도메인등록대행업체를 세웠고, 지금은 다드림 커뮤니케이션즈 대표로 있어. 흐음, 그런데 수로야, 지금의 너는 뭐냐?

– 아이, 잘 나가다가 왜 저한테 화살을 돌려요? 선생님은 그럼 지금 뭡니까? 아얏, 때리지 마세욧!

쌤~, 창의력으로 이루어진 것들엔 뭐가 있어요?

늘 생각하는 습관과 실천하는 자세가 창의력을 살린다

– 선생님, 우리 주변에 어떤 것들이 창의력으로 만들어진 것들인지 설명해줄 수 있으세요? 저도 그런 것들을 보고 배우려고 하는데요.

– 참, 좋은 질문이다, 수로야. 만약에 네가 양을 키우는 목동이라고 가정해보자. 양떼를 몰고 푸른 들판으로 나갔단 말씀이야. 그런데 잠시 한 눈을 파는 사이에 양떼들이 남의 밭으로 가서 채소들을 마구 뜯어먹는다고 치자. 주인에게 혼나기 전에 뛰어가서 녀석들을 다시 들판 쪽으로 데려와야 하는데, 그러길 하루에도 몇 번씩 반복하다보면 짜증이 날 거야. 너도 집에서 소를 키워봐서 이해가 쉬울 텐데, 이러한 상황에서 너는 양떼들을 주어진 장소에서 편안하게 돌볼 방법으로 무얼 생각할 수 있겠니?

– 음, 양떼들을 다 묶어둘 수도 없고……, 음, 양 가운데 우두머

리 한 마리를 묶어두면 어떨까요? 양들은 우두머리만을 따르니까요. 아니면 제일 잘 생긴 암놈을 묶어두든지~ ㅎㅎ

- 역시 수로다운 발상이다. 하지만 근본적인 대책은 못 되겠지. 미국에 사는 조셉이라는 13살짜리 소년은 달랐어. 조셉은 철조망을 만들 생각을 했던 거야. 왜냐하면 양떼들이 장미넝쿨 가시를 무서워한다는 것을 평소 알고 있었어. 자세히 관찰한 결과였지. 조셉은 바로 장미가시와 같은 원리로 철조망을 만들고 그것을  풀밭에 치게 된 거야. 그랬더니 정말 생각대로 양떼들은 철조망 안에서만 풀을 뜯게 되었어. 물론 늑대들도 함부로 접근하지 못했고. 이러한 그의 생각은 적중해서 2차 대전 때에는 여러 나라에서 그 철조망을 주문하게 되어 조셉은 뜻밖에 세계적인 부자가 될 수 있었지.

- 아, 정말요? 엄청 끌리는 얘기네요. 저 같은 성격으로는 생각지 못할 일이네요.

- 물론 대단하지. 그런데 중요한 것은 구슬이 서 말이라도 꿰어야 보배인 것처럼 참신한 아이디어를 발견하는 것도 중요하지만 실행에 옮기는 적극적인 자세가 제일 중요한 거야.

- 더 얘기해주세요. 선생님.

– 이런 경우라면 수로는 또 어떻게 했으면 좋겠니? 길거리에 가로수가 있잖아. 그런데 보도블록이나 아스팔트를 깔 때 가로수의 밑동까지 깐단 말이야. 그리하면 빗물이 차단되어 나무가 말라 죽거나 몸통이 조여서 숨 막혀 죽기도 하지. 이때 어떻게 해주면 좋을까?

– 나무 근처에 보도블록이나 아스팔트를 깔지 않으면 되잖아요.

– 그러면 흙이 밖으로 밀려나와 거리가 지저분해지잖아.

– 그물망 같은 것을 덮으면 어떨까요?

– 하하, 바로 그거야. 요즘 길거리 가로수들을 보면 모두 주철로 만든 동그란 쇠망이 눈에 띌 거야. 바로 우리나라 박인호라는 사람이 무심코 거리를 지나다가 빗물이 스며들지 않아 말라죽는 나무를 보고 고안한 것이지. 그게 나무도 살리고 환경도 살리는 가로수 보호덮개인 거지. 이러한 사소한 아이디어가 바로 창의력을 키우는 데 도움이 되는 거야. 무엇이든지 생각하고 생각하는 습관을 길러야 해.

– 네, 그렇군요, 쌤.

– 또 다른 얘기를 해볼까? 네가 초등학교 때 과학상자 조립을 해봐서 잘 알 거라고 생각해. 과학 상자에 들어있는 여러 부품으로 무얼 조립하고자 할 때 가장 시간이 걸리고 힘든 것이 나사를 조이는 과정이었을 거야, 그러지? 촘촘한 공간에서 드라이버로 자그마한 나사를 돌려 고장시키는 것이 보통 어려운 게 아니지.

– 네, 맞아요. 저도 대회에 나갔는데 연습할 때는 잘 되던 게 실

제로 할 때 나사가 도망가고 또 자꾸 어긋나서 힘들었어요.

- 그래, 그랬을 거야. 그렇다면 나사가 튀어 도망가지 않게 어떻게 좋은 아이디어를 생각해볼 수는 없을까?

- 흠, 그냥 나사로 조이지 말고 강력접착제로 붙여버릴까요?

- 아휴, 그걸 말이라고 하니? 그건 큰 힘을 받을 수 없어서 안돼. 일상생활에서 아이디어를 찾아봐.

- 아 참, 드라이버를 자석으로 만들어요. 그럼 되죠?

- 바로 그거야. 너 어디서 그거 봤지?

- 헤헤, 우리 집에 그런 드라이버가 있어요. ㅎㅎ

- 바로 그런 거야. 자석하고 드라이버는 전혀 관계없는 물건들처럼 보이지만 사실 낯선 두 개가 만나서 아주 편리한 도구가 되잖니? 새로운 것을 만들어 내는 힘, 이런 것이 창의력이지. 수로야, 너도 혹시 이처럼 기발한 아이디어 생각해본 적 없니?

- 쌤! 저는 화장지 생각을 해봤어요. 화장실에서 볼 일을 보다 보면 너무 심심하고 지루하잖아요. 그래서 저는 화장지에다가 영어단어를 인쇄해 넣으면 좋겠다는 생각을 한 적이 있어요. 대부분 화장지가 그냥 밋밋하거나 꽃무늬만 있잖아요. 저는 거기에다 영어단어나 한자숙어를 인쇄하면 공부하는 우리들에게는 크게 도움이 될 거라 생각해요. 우두커니 앉아있는 시간에 유익하게 공부도 할 수 있고, 왜 있잖아요. 화장실에서는 무엇이든 잘 외워지는 거요.

- 야, 수로가 모처럼 공부에 대한 기발한 생각을 했구나. 바로

그런 거야, 흑흑! 그런데 안타깝구나. 선생님도 예전에 그런 생각을 해봤는데 아쉽게도 이미 특허출원이 되어 있더구나. 나는 놈 위에 타는 놈이 있다더니 우리보다 한 발 빠른 사람이 있나 봐. 아무튼 수로의 그러한 정신은 일단 만점을 주고 싶다. 또 다른 생각은 없니?

- 쌤, 저희 집이 배 과수원을 하잖아요. 그런데 매번 까치란 놈이 잘 익은 배만 골라서 쪼아 먹거든요. 그래서 저는 배 봉지를 까치가 싫어하는 검정색 종이로 만들어 싸면 까치가 식욕이 떨어져 안 먹지 않을까 생각을 하는데, 이건 어때요?

- 와, 그것도 좋은 생각이다. 역시 실생활에서 찾아낸 알짜배기 아이디어구나. 검정색은 식욕을 떨어지게 하는 색이니까 그럴 수 있겠다. 하지만 까치는 영악한 놈들이라 잘 익은 배를 후각으로 알아내거든. 그 때문에 처음에는 효과가 있겠지만 나중에는 놈들이 눈치를 챌 것 같아. 일단 그 아이디어는 메모해두고 수로가 집에서 한번 실험을 해 봐. 정말 효과가 있으면 상품화해서 우리도 돈방석에 앉아보자, ㅎㅎ.

- 와, 정말 잘됐으면 좋겠네요!

- 아이고, 녀석도. 좀 다른 얘긴데, 이런 우스개 얘기가 있지. 미국에서 필기구를 개발했는데 물속에서도 써지고 우주의 무중력 상태에서도 써지는 특수한 필기구였대. 그걸 개발하자마자 미국은 자기네 기술을 자랑하려고 러시아에 "당신네들은 이런 거 있습니까?" 했더니 러시아사람들이 이렇게 대꾸를 했다는 거야.

"우리는 그냥 연필로 씁니다!" 하하하, 우습지?

– 크크크, 그러니까 미국이 헛수고를 한 셈이었군요.

– 바로 그거야. 엄청난 투자를 해서 개발했어도 아무 소용이 없는 경우가 있는 거야. 이를테면 연필이라는 흔한 필기구가 이미 있는데도 미국은 쓸모없는 발명을 한 셈이지. 이처럼 발명은 경제적이고도 단순하면서도 유일한 것이어야 해. 옛날에 미국사람 존 라우드가 만년필의 단점을 보완하여 볼펜을 발명한 것 같은 그런 획기적인 것이어야 하지. 자, 그 다음 이야기를 하자.

– 예.

엉뚱한 상상력을 발휘하면 창의력에 도움이 된다

– 음…… 수로 너 양치질 좋아하니?

– 엄마가 꼭꼭 닦으라고 해서 닦기는 해요. 그런데 사실 귀찮죠.

– 허허, 너도 혹시 귀차니스트 아냐? 그런데 사실 양치질은 현대에 와서 생긴 것이고 옛날에는 양치질을 안 했지. 지금도 오지 마을에서는 양치질을 안 하고 사는 종족이 많아. 우리나라에서는 조선시대에 일부 양반들이 류지(柳枝)라고 해서 버드나무 토막 끝을 비벼 무디게 만들어서 이를 닦았지. 그게 일본으로 건너가서 요오지(楊枝: ようじ)라는 이쑤시개가 되었지만. 아무튼 수로 같은 경우 양치질이 귀찮을 때처럼 이 닦는 효과를 대신 낼 수 있는 게 뭐라고 생각하니?

– 오잉? 그런 것도 있나요?

– 덜렁대지 말고 찬찬히 생각을 해봐. 힌트는 중앙아메리카의 마야족이 나무 수액덩어리인 치클이라는 것을 씹으면서 만들어진 거 말이야.

– 아하, 전 또 뭐라고요. 껌이죠?

– 바로 맞췄다. 츄잉 껌이지. 시중에 치클민트 껌도 있고 또 요즘은 핀란드에서 씹는다는 자일리톨 껌도 있잖니. 물론 텔레비전 광고처럼 '자일리톨을 씹는다고 해서 이를 안 닦아도 되는 건 아냐. 가급적이면 이를 닦는 게 최선이지. 하지만 이가 없으면 잇몸으로 대신한다고, 칫솔질이 불가피할 경우에는 껌으로 대신할 수도 있다는 거야. 껌은 갈증을 없애주고 긴장도 풀어주며, 치아에 광택도 내주고 프라그까지 제거해주는 효과가 있어. 이렇게 개발된 츄잉껌은 지금 그 시장이 어마어마하단 말씀이야. 단순히 마야인들이 씹던 '치클'을 상품화해낸 미국인 칼 클레버라는 사람의 아이디어가 결국 세상 사람들에게는 이로움을, 자신들에게는 부(富)를 가져다 준 셈이었지. 이밖에 우리가 서류를 묶을 때 쓰는 클립이라든가, 스테이플러, 고무 밴드, 지퍼 등도 우리 일상생활에 어떻게 편리함을 줄까 연구하다 나온 것들이라 할 수 있어.

– 선생님은 그동안 뭐 발명하신 건 없으세요?

– 나? 허허헛. 선생님도 있기는 한데 좀 어려운 거야. 밤에 전

등스위치를 켜면 빛이 환하게 밝혀지지? 선생님은 정반대로 낮에 스위치를 켜면 주변이 깜깜해지는, 이를테면 빛을 흡수하는 어떤 기계를 만들고 싶어. 그러면 실생활 또는 군사용으로도 유용하게 쓰일 텐데 말이야.

– 와, 그거 대박이네요!

– 사실 이론적으로는 그럴 듯한데 빛 입자를 빨아들일 정도라면 블랙홀 같은 거대한 중력장이 필요할 것이고 그렇다면 빛만이 아니라 주변의 모든 물체도 빨려 들어갈 것 같아. 아, 골치 아프지? 아이디어는 그럴 듯한데 가능할지는 의문이지. 음, 수로야, 또 하나 비장의 무기가 있는데 들어볼래?

– 뭔데요?

– 이건 비밀인데, 말해도 될까 모르겠다. 아무튼 너와 나만이 아는 비밀이다, 응?

– 예, 감사합니다. 저한테 비밀을 애기해주시다니!

– 너, 연탄이 뭔지 아니?

– 아이고, 선생님! 당연히 알지요. 옛날 저희 집에서도 연탄을 땠으니까요. 연탄불에다 까치 같은 것 잡아다 구워먹으면 끝내줘요.

– 야 이 녀석아, 까치도 구워먹어?

– 어째서요? 까치는 먹으면 안 되나요?

– 장난하지 말고 선생님 애기나 잘 들어봐. 요즘 같은 고유가시대, 석유가 무기인 시대에 살고 있잖아. 그래서 세계 여러 나라에서 앞 다투어 전기자동차 같은 하이브리드 카를 만드는 것이고.

따라서 연탄을 새롭게 개발하고자 하는 거야. 우선 화덕을 네모나게 만들고 연탄도 네모나게 만들어. 공장에서 연탄을 찍어낼 때 강화제를 첨가해 만든단 그 말씀이야. 그렇게 만들어진 연탄이 연료로 사용된 후에는 부서지지 않는 벽돌이 되는 원리야. 다시 말하면 연료로 쓰인 연탄이 네모난 벽돌이 된다는 말씀이지. 이것을 산업현장에서 건축물 자재로 사용하면 엄청난 원자재 절감효과가 생기지 않을까? 그렇게 되면 연탄재는 버려지는 것이 아니라 하나의 자원이 되어 오히려 각 가정에서 건설업체에 되팔 수도 있게 될 텐데…….

　– 와, 정말 대단하네요! 정말 그렇게 되면 연탄을 때면 땔수록 벽돌을 생산하는 셈이겠네요? 와, 그런데 선생님, 혹시 거기에는 다른 문제점은 없나요?

　– 있긴 있지. 화석연료가 저탄소 녹색성장과는 반대방향이기 때문에 쉽지만은 않을 거라고 생각해.

　– 네에. 하지만 국가에 이익이 있고 가난한 사람들에게도 도움이 된다면 정부가 힘차게 밀어붙이는 것도 좋잖아요?

　– 하하하, 옛날 군사정권 때라면 몰라도 지금은 밀어붙인다고 되는 그런 시대는 아냐.

　– 선생님, 선생님은 환상의 마법사이니까 또 다른 얘기는 없나요?

　– 후후훗, 있지. 선생님은 요즈음 UFO도 연구하고 있어. UFO의 비행원리 말이야. 그것만 밝혀내면 그야말로 노벨물리학상은

열 캐도 받을 텐데…….

– 네에? 현재 어디까지 연구하고 계시는데요?

– 흐음. 원리만 알아냈을 뿐이야. 그 외계의 물질을 구하는 게 문제이지. 무슨 말이냐 하면 UFO는 중력의 반작용을 이용하고 있다는 얘기지. 모든 물체가 서로 끌어당기고 있는 만유인력처럼 인력을 밀어내는 반중력도 있을 거란 생각이야. 외계인들은 반중력 장치를 이용하여 마치 자석의 N극과 N극이 서로 밀어내는 것처럼 중력을 밀어내어 마음대로 비행을 하고 있는 거야. UFO의 비행을 보면 소리 없이 나타났다가 순간 퉁겨나듯이 하늘로 치솟기도 하고, 지그재그비행을 하거나 또는 정지비행도 하잖아? 자기부상물체를 생각하면 그 원리가 쉽게 이해가 갈 거야. 여기까지가 선생님의 생각인데 문제는 어떻게 외계인의 반중력 물질을 얻어내는가가 문제야.

– 선생님, 외계인들과 교신을 한번 시도 해보죠. 외계어를 잘하는 제 친구가 하나 있는데, 소개해드릴까요? 흐흐흐……. 선생님 더 얘기해주세요.

– 이거 자꾸 비밀이 새어나가는데……, 그럼 딱 하나만 더 얘기해주지. 지구에 대한 이야기인데, 선생님은 지구 팽창설을 주장하는 사람이야.

– 네? 지구 팽창설요? 판 이동설은 들어

봤는데…….

– 판 이동설을 알고 있다니 다행히 대화가 되겠구나, 수로야.
흐음, 선생님은 지구의 대륙이 갈라진 것이 맨틀 때문이 아니라고
생각한단다. 대륙이 갈라진 이유는 바로 지구의 자전으로 말미암
은 원심력 때문이라고 믿어.

– 네에, 쌤.

– 맨 처음 지구는 작은 크기에 물로 뒤덮여 있었지. 그런 이야
기는 성서의 창세기 2장에도 기록되어 있단다. 당시엔 지구의 자
전속도도 빨랐지. 하루도 꽹장히 짧았고. 그렇게 거대한 지구가
회전을 하다 보니 원심력으로 말미암아 지구가 부풀게 되고 따라
서 수면이 갈라지면서 대륙이 치솟게 된 거야. 그 때문에 처음 지
구보다 최소 1.5배 이상 커진 셈인데, 그렇다면 지구의 중심부는
어떻게 되었을까?

– 글쎄요. 잘 모르겠어요.

– 선생님 생각에는 회전력으로 말미암아 지구 중심은 구멍이
생겼을 거로 봐. 회전축의 구멍이지. 일부 학자들이 남극과 북극
쪽에 구멍이 뚫려있고 내부가 텅텅 비어있다는 지구 공동(空洞)설
을 주장하는 것을 보면 선생님의 이론이 타당한 게 아닌가 싶어.
또 최근에 달의 내부도 종처럼 텅텅 비어있다는 연구도 나오고 있
잖아? 어떠냐? 선생님 생각이!

– 와, 역시 선생님은 저의 영원한 사부이십니다. 쓰부!

– 이렇게 가끔 엉뚱한 상상력을 발휘해보면 창의력 향상에 큰

도움이 된단다~.

– 예~. 저, 근데 선생님 뭐 좀 먹고 하면 안돼요? 배가 고픈
데…….

– 이 녀석아, 머리 고픈 건 느끼지 못하니? 좋아, 라면 정도는
선생님이 쏘겠다. 잠시 나갔다 오자. 이리 따라와라.

– 정말요? 와, 쌤, 사랑합니다, 존경합니다!

창의력이 인류 문명을 진보시킨다

– 자, 이제 라면도 먹었으니 무슨 얘기를 할까? 참, 맞아! 라면
도 얼마나 창의력이 결집된 음식인지 얘기해보자!

– 와, 라면이야기다~.

– 음, 그러니까 1958년인가. 일본의 '안도 시로후쿠'라는 사람
이 술집에 들러 사업에 대한 고민을 하고 있었단다. 그때 마침 술
집주인이 어묵에 밀가루를 발라 기름에 튀기는 것을 보게 되었어.
순간 밀가루를 기름에 튀겨 재빠르게 수분을 빼낸다면 보관을 오
래해도 되고, 먹을 때 따뜻한 물만 부어도 쉽게 먹을 수 있을 거란
생각을 하게 되었지. 그는 곧장 시험에 들어갔고, 드디어 라면이
라는 식품을 탄생시키게 되었다는 말씀!

– 참 그런 사람들은 돈 벌 운명인가 봐요, 쌤.

– 아이디어를 실천으로 옮겼을 뿐이야, 하하. 이처럼 일상생활
의 원리에서 새로운 것을 개발하는 것이 창의력인 셈이지. 너도

영화배우가 꿈이니까 하는 말인데, 영화나 텔레비전 같은 것도 얼마나 훌륭한 발명품이냐? TV나 영화가 발명되지 않았으면 수많은 사람들이 공휴일을 멀뚱거리며 보냈을 거야. 『패밀리가 떴다』나 『아바타』 같은 것을 어떻게 볼 수 있었겠니?

 - 맞아요. 설경구나 이효리도 없었을 거예요.

 - 얘기하려면 끝이 없는데, 잠수함의 발명도 물고기부레를 이용해서 만든 것을 보면 주변의 모든 사물들이 발명의 아이템이 된다는 것을 알 수 있어. 창의력의 보물창고들인 셈이지. 지금까지 과학 분야로 주로 이야기를 했는데, 예술 쪽도 그래. 흔히 입체파라고 하는 피카소의 그림을 봐.

 - 솔직히 저는 피카소 그림이 잘 된 것인 줄 모르겠어요. 선생님은 이해가 가요?

 - 사실 선생님도 마찬가지이지. 하지만 새로운 시도에 점수를 주어야 해. 〈아비뇽의 처녀들〉이란 그림 혹시 기억하거나 들어본 적 있니?

 - 전혀요…….

 - 음, 심각하구나. 나중에 한번 보기로 하고, 1900년 초에 피카소가 〈아비뇽의 처녀들〉이라는 벌거벗은 여인들을 그렸는데, 그냥 예쁜 처녀들의 모습이 아니야. 5명의 벌거벗은 처녀들은 격렬한 직선으로 이루어져 있는데 기하학적 구조의 몸이었지. 한마디로 여성의 섹시한 멋은 전혀 없고 기괴한 모습들이었다는 거야. 당연히 비난을 면할 수 없었지. 하지만 나중에서야 사람들이 공감

하게 되고, 피카소를 인정하게 되었어. 그의 〈게르니카〉란 그림도
게르니카 학살을 소재로 한 것인데 광주민주화운동을 겪은 우리
에게도 남 다른 공감을 주었지. 피카소가 '나는 사물을 본 대로 그
리는 것이 아니라 내 생각대로 그린다'고 한 것처럼 그의 생각 속
으로 우리가 들어가야 해. 그래야 진정한 공감을 할 수 있는 거지.

　- 누어서 떡 먹을 수 있는 그런 건 없나 봐요, 쌤.

　- 하하, 녀석두. 그리고 선과 면으로 현대 추상미술을 개척했던
칸딘스키라든가 몬드리안의 그림도 발상의 전환으로 그린 그림인
데…, 음, 수로야. 너 혹 미술 책에서 살바도르 달리의 그림 본 적
있니?

　- 어떤 건데요?

　- 테이블에 시계가 걸쳐져 있는 그림 말이야.

　- 아하, 그거요. 네, 봤지요.

　- 바로 그 그림이 살바도르 달리가 내면의 세계를 환상적으로
그린 건데 얼마나 파격적인 그림이니? 지금까지 없었던 세계를

그린 달리가 정말 대단하다는 생각을 떨칠 수 없게 만들지. 이렇게 고정관념을 깨뜨리는 노력, 그런 전위적인 열망들이 새로운 세계를 창조하는 거란다. 이해할 수 있겠니?

 - 네에, 근데 좀 뒷골이 당기는데요?

 - 하하, 늙은이처럼 말하기는……. 수로는 혹시 좋아하는 화가가 있니?

 - 학교에서 배운 샤갈이나 모딜리아니요.

 - 어쭈! 제법인데? 브라보! 네 나이에 그런 그림을 안다면 대단한 거야. 그런 걸 다 가르쳐준 미술선생님도 훌륭한 분이고.

 - 으휴, 선생님, 영화배우 되려면 이것저것 다 알아야 해요. 그냥 되는 줄 아세요? ㅎㅎ

 - 너 그러면 한국이 낳은 세계적인 비디오 아티스트가 누구인지는 알아?

 - 잠깐만요. 알고 있었는데……, 갑자기 생각이 안 나네요.

 - 왜, 국립 현대미술관에 가면 높이 18m짜리 미술품으로, 1003대의 모니터와 철 구조물로 만든 3채널 비디오라는 설치물이 있잖아. 흔히 비디오아트의 창시자라고 하는 분.

 - 아, 생각났다. 백남준이요!

 - 그래, 백남준 선생님. 그분의 천재적인 예술성은 세계가 인정하고 있지. 비디오를 소재로 새로운 예술을 창조할 줄 누가 알았겠어? 이게 다 천재성이라고 하는 창의력이 뒷받침되었기에 가능했던 것일 거야. 한마디로 창의력 없는 천재는 없는 셈이지. 창의

력이 인류문명을 진보시켜왔다고 해도 지나친 말이 아냐.

　- 음악도 그런가요? 음악도 그런 게 있나요?

　- 당연하지. 모든 장르는 계속 진화할 수밖에 없지. 그렇다고 과거의 것이 잘못되었다거나 쓸모없다는 것은 아냐. 클래식음악만 하더라도 영원불멸하잖아? 음, 너 혹시 들어봤는지 모르지만 존 케이지라는 분 아니?

　- 존 케이지요?

　- 그래, 존 케이지. 새로운 실험정신의 음악가인데, 그가 1952년 작곡한 4′ 33″는 연주자가 피아노 앞에 4분 33초 동안 앉았다가 피아노 뚜껑을 닫으면 연주가 끝나는 것이야.

　- 그게 무슨 음악이에요? 연주자가 아무런 연주도 안 했잖아요.

　- 존 케이지가 노린 것은 4분 33초 동안 일어나는 모든 침묵과 소음을 보여주고자 한 거란다. 침묵과 소음도 음악이 될 수 있다는 파격을 보여준 거지. 존 케이지는 기존의 음악이라는 고정관념을 탈피해서 우연히 발생하는 기침소리, 종이 넘기는 소리, 수런거림 등을 표현하고자 한 거야. 나중에서야 관객들도 그 의도를 알고 박수를 쳤지만. '우연성 음악'이라는 장르가 탄생하게 된 것도 그 때문이고.

　- 글쎄요, 저는 그런 음악을 좋아할 수는 없을 것 같은데요?

　- 이런 얘기를 해볼까? 어떤 화가가 갤러리에서 작품전시를 하는데, 남자소변기를 벽에 설치했다면 넌 그것을 미술작품으로서 어떻게 말할 수 있겠니?

– 네에? 그 냄새나는 소변기가 작품이라고요?

– 그래, 일단 고정관념을 버리고 생각해봐.

– 아이고, 그게 무슨 작품이에요? 그게 작품이라면 세상에 작품 아닌 게 어딨어요? 우리 집 화장실 변기도 작품이 되게요?

– 하하, 당황하지 말고 생각을 해봐. 너희 집 변기도 물론 예술적 소재로서 사용 가능하지. 그러나 네가 전시하면 예술이 아니야. 너에게는 예술가로서의 자격검증이 안 되었기 때문이지. 즉 전문적 예술가가 아닌 사람이 하는 행위는 엄격한 의미에서 예술이라고 할 수 없어. 무슨 말이냐 하면 자기 작품에 대해 작가가 예술적인 재해석을 할 수 있어야 예술이 되는 거야.

– 아하~.

– 본론을 말하면, 마르셀 뒤샹이라는 사람이 소변기를 걸어놓고 '샘'이라는 제목을 붙였지. 당시 심사위원들은 전시를 반대했지만 뒤샹의 생각은 달랐어. 소변기가 화장실에 있으면 소변기이지만 다른 곳에 위치하면 새로운 의미로 해석되는 것이고 거기에 작가의 예술적 해석이 곁들여지면 '샘'이라는 작품이 된다는 게 그의 생각이었어.

– 네에.

– 일본의 가와무라 나미코라는 무용가도 국제예술제에서 알몸 퍼포먼스를 해서 화제를 모은 사람인데, 고정관념의 틀을 깬 사람이지. 그러니까 예술가는 혼을 살라 새로운 세계를 창조하는 사람이므로 그런 관점에서 우리도 예술가를 이해해야 한다는 말씀이야.

- 알몸 퍼포먼스는 자주 하나요?

- 왜? 너 또 엉뚱한 생각하는 거 아냐?

- 선생님, 절 어떻게 보시고 그런 말씀을……?

- 문학 쪽에서도 보면 쉬르레알리즘이나 포스트모더니즘들이 새로운 형식을 추구한 장르들이었는데, 들어본 적은 있니?

- 포스트모더니즘은 들어봤어요. 그런데 쉬르레알은 뭐예요?

- 으이그, 책 좀 읽어라. 아는 게 힘이야!

- 모르는 건 약이잖아요.

- 그래 넌 약이 많아서 좋겠다. 독일어 쉬르레알리즘은 우리말로 초현실주의라고 하는 거야. 1920년대 시인 이상(李箱)이 그에 해당하고. 너도 읽어 봤을 걸, 이상의 〈날개〉라든가 〈오감도〉 또는 〈권태〉 같은 작품들. 왜, 안 읽어봤어?

- 그냥 선생님 혼자 얘기하세요. 저는 들을게요.

- 이상이란 시인은 1930년대 사람인데 시 〈오감도〉를 발표한 적이 있어. 제1의아해가무섭다고그리오. 제2의아해가무섭다고그리오. 제3의아해가무섭다고그리오…… 이런 식으로 쭉 나가는 시 말이야.

- 와~ 그분도 되게 엉뚱한 사람이네요, 쌤.

- 하하. 그런데 당시 평론가는 그의 시에 59점을 줬지. 하필 왜 59점이냐고? 59점이란 0점과 같은 낙제 점수니까. 59점부터 F학점이잖아? 그때 이상은 그들을 비웃으며 소설 〈날개〉에 이렇게 썼지. '박제가 된 천재를 아시오?'라고. 고뇌하는 자신을 19세기 잣대로

평가하지 말라는 뜻이었지. 이처럼 당시에 많은 화제를 남겼던 이상, 그의 시를 온전하게 해석하는 사람은 아직 아무도 없단다.

– 네에. 그래서 천재는 외롭다는 말을 하는군요. 아~, 쌤, 저도 외로워요.

– 녀석, 까불기는! 1980년대의 포스트모더니즘은 황지우 같은 시인이 앞장섰지. 황지우의 작품 〈심인(尋人)〉이나 〈쥐를 잡읍시다〉, 〈무등(無等)〉과 같은 작품을 보면, 이것도 시인가 하는 생각이 들 정도로 엉뚱해. 바로 새로운 시도를 했다는 얘기야. 이러한 작가의 실험정신이 현대예술에 있어 돌파구를 제시한다는 거란다. 알겠니?

– 네, 이제 좀 알겠어요. 창의력이 어떤 가치가 있는지 이해가 좀 가네요.

– 그래, 수로는 머리가 좋으니까 이해할 수 있을 거야.

판타지 소설이나 학교 과제로도 창의력을 기를 수 있다

– 자, 이젠 수로 네가 좋아하는 판타지 이야기를 해보자. 너는 세계 3대 판타지소설이 뭔지 얘기할 수 있니?

– 옛썰! 그것은 『해리포터』 시리즈, 『반지의 제왕』 시리즈 그리고 『나니아 연대기』 시리즈입니다!

– 비슷한데, 사람들은 『어스시』 시리즈, 『반지의 제왕』 시리즈 그리고 『나니아 연대기』 시리즈를 꼽는단다. 정말 대단하지 않니?

영화로 봤듯이, 『나니아 연대기』나 『반지의 제왕』은 참으로 대단해. 흔히 판타지하면 비현실적인 허황된 얘기로 부정적인 생각을 하게 하는데, 방금 얘기한 이러한 판타지는 학교에서도 권장을 해야 하지. 특히 판타지는 청소년의 무한한 가능성과 상상력을 키워주는 긍정적인 효과가 커. 이러한 작품은 자동차 몇 만 대를 파는 것보다 더 큰 경제적 효과도 있는 거야. 그러니까 국가적으로도 이러한 창작사업을 육성해야 한다고 봐.

  - 정말 그래요. 『나니아 연대기』를 보면 옷장 속으로 들어가면서 새로운 세계가 열린다는 것이 참 기발하다고 생각했어요. 그 마녀라든가 사자, 아슬란 등등……. 어떻게 그런 소설을 쓸 생각을 했는지 정말 그 작가가 위대해 보여요.

  - 그래, 그래. 그런 긴장감 넘치는 판타지를 읽는다면 우리의 창의력은 저절로 키워질 것 같아. 그러한 판타지도 하루아침에 그냥 떠오르는 것이 아니라 평소 그러한 마인드를 가지고 있어야 가능한 것이야. 학교에서 그저 주어진 과제를 암기하는 식의 공부는 사실 바람직하지는 않지. 하지만 학교공부를 하면서도 뒤집어 생각해보고 또 달리 해석을 해보고 하면 무한한 창의적 세계에 입문할 수 있게 되지.

  - 선생님, 오늘은 여기까지 하면 안 돼요? 저 집에 가서 할 일이 있는데…….

  - 애들이 무슨 할 일?

  - 집에 가서 소똥 치워야 해요. 요즘 아빠가 몸이 편찮으셔서

제가 경운기로 소똥 퍼내야 하거든요.

- 음, 주경야독하는구만……. 역시 네가 효자다, 한 수 너한테 배우는구나. 그럼 오늘은 여기까지 하고 내일 만나자.

- 안녕히 계세요, 선생님! 사랑해요~

쌤~, 창의력은 어떻게 해야 길러지나요?

창의력을 기르는 여러 가지 방법들

－ 선생님, 창의력이 중요하다는 것은 이제 좀 알겠는데요, 그럼 그 창의력이란 것은 어떻게 해야 길러지는 거예요? 알기 쉽게 구체적으로 얘기해주세요. 저도 한번 창의력 좀 키워보게요.

－ 하하, 그래? 딱 한마디로 말한다면 생각을 많이 하면 돼. 먼저 바꾸기와 결합하기로 생각을 해봐. 현재 사용되고 있는 재료를 다른 것으로 바꿀 수는 없을까, 또는 이것과 저것을 혼합하면 어떻게 될까라는 생각을 많이 해야 해. 수정하거나 재배치하기, 제거하기 등의 생각도 필요하지. 이를테면 이것을 생략하거나 변형시키면 어떻게 될까, 위치를 바꾸면, 반대로 하면, 빈도를 높이면, 색깔이나 향기를 바꾸면 등등 고정관념에서 벗어난 생각뒤집기를 해야 하는 거야.

－ 와, 그렇군요!

– 그럼. 영화 『아이가 커졌어요』나 『킹콩』, 『고질라』 같은 영화가 바로 사물을 확대하기로 생각한 결과 나온 것들이지. 짬짜면이라고 해서 자장과 짬뽕을 절반씩 담아주는 중화요리는 결합하기의 아이디어이고, 어깨부분을 지퍼로 떼었다 붙였다 하는 옷은 제거하기로 생각해낸 결과야. 예전에 어떤 가수가 불렀던 노래 제목 '낭만 고양이'라는 것도 낭만이라는 단어에다 고양이라는 단어를 결합해서 기발한 뉘앙스를 만들었지. 그밖에도 접는 우산, 이어폰 등등 우리 주변에는 기막힌 것들이 많아. 다시 말해 남들이 안하는 생각들을 많이 해야 새로운 결과가 만들어지는 거야. 그래서 천재는 늘 엉뚱한 행동을 많이 한단다.

– 아, 그래서 저도 천재란 말이군요?

– 뭣이? 네가 하는 건 사고치는 거잖아, 인마.

– 알았어요, 알았다니까요. 마저 얘기 계속해주세요.

– 음, 너 보일의 법칙이 뭔지 아니?

– 아직 안 배웠는데요?

– 으이그, 넌 모르면 무조건 안 배웠다고 하지, 응?

– 아, 알아요, 알아요, 뭐, 보일러 만드는 법칙 그런 거 아녜요? 맞죠?

– 그게 아니라 기체의 압력(P)과 부피(V)는 반비례한다는 게 보일의 법칙이야. 무슨 말이냐 하면, 그 공식을 배울 때 그냥 주입식으로 암기하지 말고 반대로도 생각해보자는 얘기야. 그러니까

기체의 압력과 부피가 비례한다면 어떻게 될까? 비례하게 되면 우리 주위에 어떤 변화가 일어날까? 이런 생각을 하는 게 바로 창의성의 계기가 된다는 얘기야, 인마.

– 그 정도면 거의 미친 놈 아녜요? ㅎㅎ, 그래도 재밌네요, 선생님.

– 그래, 천릿길도 한걸음부터라는 말이 있듯이 차근차근 한번 해보는 거야. 수로야, 방법을 쉽게 얘기해 줄 테니 잘 들어봐라.

– 예~.

– 창의적인 아이디어를 낼 때에는 긍정적인 요소와 부정적인 요소 그리고 가능성을 적어가면서 하는 게 좋아. 예를 들어 학급회의 시간에 교실 청결에 대한 안건이 나왔다고 치자. 그때 어느 학생이 쓰레기통 주변이 늘 지저분하고 교실바닥이 휴지로 지저분하다고 생각해서 그에 대한 대책으로 아예 휴지통을 없애자는 아이디어를 냈다고 할 때, 일단 그 생각을 말도 안 된다고 무시하지 말고, 없앴을 때의 장점과 단점을 비교해봐야 해.

– 네에.

– 먼저 장점을 쭉 적어보는 거야. 예를 들어 쓰레기를 버리지 않아 호흡기 건강에 유익하다, 청소하는데 힘이 덜 든다, 깨끗해져서 공부도 잘 된다 등등. 그 다음에 단점을 적어야 해. 휴지를 버릴 곳이 없으면 몰래 바닥에 버린다, 책상속이 쓰레기로 지저분해진다, 쓰레기를 창밖으로 버려 실외가 지저분해진다 등등. 그 다음에는 가능성과 흥미성을 적는 거야. 처음에는 아이들이 교실

청결을 유지하다가 결국 바닥에다 휴지들을 버릴 것이다, 빈대 잡으려다가 초가집 다 태우는 꼴이 될 것이다, 학생들의 불편만 가중될 것이다 등등.

– 꼼꼼하게 따져봐야 하는군요, 쌤.

– 그렇단다. 이렇게 적다보면 쓰레기통을 치우는 것은 결국 교실 청결을 위한 참신한 아이디어가 못 된다는 결론이 나오지.

– 아하!

– 최근에 기차에 자전거를 실을 수 있게 자전거용 객차를 별도로 만들었는데, 이러한 열차운행도 아이디어의 장단점을 따져본 결과 수익성도 있고 국민건강증진에도 효과가 있다고 판단하여 시행하게 된 거 아니겠니?

– 아, 일거양득이란 거죠?

– 어쭈, 선생님 앞에서 감히 문자를 쓰다니, 제법인 걸?

– 쌤, 제가 걸(girl)로 보이세요? 저는 보이(boy)예요, 보이!

– 허엇, 또 말장난! 수로야, 한 시간도 안 지났는데 몸이 근질거리냐? 좀 진지하게 들어봐.

– 예~.

– 창의성을 키우고자 한다면 주변의 것들에 민감한 관심을 가지고 관찰해야 해. 사람은 날지 못한다고 당연하게 생각하지 말고 왜 날지 못할까 하는 의문을 품어야 해. 사람이 날려면 얼마만한 크기의 날개가 필요할까 또는 가방처럼 제트엔진을 등에 짊어지고 날 수는 없을까 등등.

– 야, 신기하겠네요!

– 특정주제를 가지고 생각을 모아보는 훈련도 필요하단다. 예를 들어, '여름방학' 하면 떠오르는 것들을 쭉 적어보는 거야. 또는 사물에 대한 느낌이나 이미지를 20개 정도 나열해보는 것도 중요한 훈련이지. 예를 들어, '비' 하면 떠오르는 게 무얼까? 축축하다, 춥다, 바람, 빨랫줄에서 젖는 빨래들, 홈통, 하수구, 진흙길, 우비, 우산, 구름, 번개, 장화, 쇼팽의 빗방울전주곡, 모내기, 미꾸라지, 추락 등등. 이런 것들을 그냥 연결만 해도 시 한 편이 되는 거야. 흐음, '사랑은 머나먼 곳에서 불시에 찾아와 빨래를 적시듯 우리의 가슴을 적신다' 어쩌고저쩌고 해서 거기에 제목을 '사랑'이라고 붙이면 비의 이미지로 만들어진 시가 되잖아. 처음에는 어려울지라도 연습하면 스무 개가 아니라 백 개의 이미지를 생각해낼 수도 있지.

– 쌤은 시를 잘 쓰시니까 쉽죠, 뭐…….

– 하하……. 연상 작용도 같은 방법으로 훈련할 수 있단다. 예를 들어 빨간색에 대한 연상법이라면, 빨간색 종이로부터 생각을 출발하는 거야. 고추, 고추장, 맵다, 불, 화재, 불자동차, 호스, 압력, 모터, 전기, 쇼크 등등. 이렇게 무한하게 그리고 순발력 있게 생각을 이어나가면 되는 거야.

– 그런 거는 쉽네요, 쌤.

– 생각의 유연성도 필요해. 사람이 벽창호처럼 꽉 막힌 사람은 하나밖에 모르잖아. 유연한 태도란 융통성이 있어야 한다는 얘긴

데, 이를테면 서로 관계가 없는 듯한 사물이나 현상들 간에도 관련성을 찾아내려는 노력을 하면 되는 거야.

— 아, 저도 생각한 게 있어요. 학생부장 선생님하고 에이즈하고 공통점이 무얼까 하는 거요.

— 공통점이 뭔데?

— 걸리면 죽는다는 사실요! 히힛, 아앗, 왜요?

— 생각을 해도 좀 예쁜 쪽으로 해라, 응?

— 사실, 맞는 말인데…….

— 생각할 때 남들이 안하는 독창적인 것들을 해야 해. 그러니까 '만약 ~라면'과 같이 상황을 가정하여 자유롭게 생각하는 게 좋을 거야. 닭에 뼈가 없다면 어떻게 될까. 고등어가 오징어처럼 뼈가 없으면 어떻게 될까. 뼈나 가시가 없으면 일단 요리해 먹기가 편리할 거 아냐? 물론 유전자조작을 해야 하기 때문에 논란이 되겠지만. 엉뚱한 생각일지라도 사람에게 꼬리가 달려있다면 뭐가 어떻게 달라질까, 사람의 몸이 불가사리처럼 신체의 일부가 잘려져도 다시 재생된다면 어떻게 될까 등등 마음껏 상상해 보는 거야.

— 와, 선생님 정말 고등어 같은 생선이 가시가 없다면 참 좋겠네요. 저번에 저도 가시에 걸려 죽을 뻔했는데.

— 엉뚱한 비유를 찾아내는 것도 좋은 훈련방법이지. 수로야, 너는 예쁜 여자가 있다면 무엇에 비유하고 싶으냐?

— 장미요.

– 장미? 왜?

– 왜냐하면 예쁜 애들일수록 괜히 톡톡 쏘고 튕기잖아요. 그래서 장미처럼 가시가 있다고 생각하는 거죠.

– 좋은 생각이다. 하지만 좀 흔한 표현 아니냐? 참신한 비유 없어?

– 양파요.

– 그건 또 왜?

– 벗겨도 벗겨도 정체를 알 수 없으니까.

– 그것도 너무 흔한 거 아니냐, 응? 좀 참신한 거를 생각해 봐!

– 그럼 선생님은요?

– 나는 '여자란 비둘기다'라고 말하겠다.

– 왜요?

– 음, 날아가더라도 언젠가는 돌아오니까 말이야.

– 히힛, 떠나간 여자가 돌아온다고요?

– 음, 길게 얘기하지 말자. 괜한 비유를 했구나.

– 쌤, 첫사랑 실패했죠? 그렇죠?

– 하던 얘기나 마저 하자. 창의력을 키우기 위해 쉽게 할 수 있는 또 다른 것은 신문이나 잡지에 나와 있는 숨은그림찾기를 하는 방법도 있어. 또 본인이 숨은 그림을 만들어보거나. 숨은 그림을 만들어서 친구들에게 주면 친구들과도 친해지겠지? 창의성 여행을 하는 것도 유익할 거야. 집에만 처박혀 있지 말고 기분도 전환할 겸 놀이동산에 가는 거야. 여러 가지 탈 것을 보면서 그 원리가

무엇인지 생각해내고 또 다르게 만들 수는 없을까 생각해보는 거야. 또는 저 원리를 다른 분야에 결합시키면 어떤 효과가 나올 것인가 하는 생각을 하면 두 마리 토끼를 잡을 수 있는 것이지. 놀면서 생각하기 말이야. 시장이나 백화점, 과학관, 박물관 등도 생각하기에 큰 도움이 되는 장소들이지.

많이 읽고 좋아하는 데 미쳐야 창의력이 쑥쑥 자란다

– 쌤, 공부 못해도 창의력을 키울 수 있나요?

– 물론이지. 아이큐하고 창의력은 별개이니까. 물론 전혀 관계없다는 뜻은 아냐.

– 어? 방금 공부 못해도 가능한 것처럼 말씀하셨잖아요. 그런데 왜…….

– 너 "언어가 폭발하면 생각도 폭발한다."는 말도 안 들어봤니?

– 아뇨. 그 말 선생님이 방금 지어낸 거 맞죠?

– 까불지 말고 들어봐라. 독서능력이 학습능력이자 성공의 능력이잖아. 민사고를 조기 졸업하고, 미국의 명문대학 10곳에 당당히 합격한 박원희라는 여학생 있잖아. 사실 원희는 타고난 천재는 아니야. 초등학교 때부터 꾸준히 공부한 덕택에 하버드대학까지 진출할 수 있었던 거야. 한마디로 독서 많이 한 아이가 성공한다는 신화를 보여준 거지. 원희는 독서를 할 때 일단 눈으로 익히고, 그 다음에 생각을 다듬고, 마지막으로 창의적으로 글을 써왔다고

해. 그 중 가장 중요한 게 모든 사고의 기초가 되는 어휘력을 먼저 키우는 거였단다. 그래서 언어가 폭발하면 생각도 폭발한다고 말한 것이야. 인마!

– 네에.

– 옛 성현의 말씀에도 만 권을 읽어 만 보를 간다고 했잖아. 수로야, 너 공부 잘하는 아이를 가만히 살펴보면 어렸을 때부터 엄청난 독서량을 가지고 있다는 거 인정하니?

– 네, 인정해요.

– 그러면 수로 너는 어때?

– 저도 책 많이 보고 있어요…….

– 만화책?

– 헉, 어떻게 아셨어요?

– 만화책을 보더라도 상상력을 자극하는 유익한 것으로 보면 좋아. 창의력을 키우려면 일단 좋아하는 분야에 미쳐야 해.

– 저도 만화책이나 게임에 미쳤던 적이 있는데.

– 창의력은 우연히 찾아오는 경우가 많아. 아인슈타인의 상대성 이론도 면도를 하다가 아이디어가 떠올랐다고 해. 심리학자 융이란 사람의 집단무의식 이론도 그렇고, 오죽하면 아르키메데스라는 수학자는 목욕을 하다가 부피와 무게의 관계를 알아내고 너무 좋아서 알몸으로 뛰어나와 "유레카!"를 외쳤겠니? 그러니까 놀 때에도 열심히 미쳐 놀아야 하는 거야.

– 그 분들은 다 머리가 좋은 사람들이잖아요, 뭐.

– 창의력하고 아이큐는 다르다니까! 오히려 아주 높은 아이큐는 창의력에 방해가 되는 거야. 그러니까 공부 못한다고 미리 포기할 일은 아니란 말이지. 창의력은 호기심이 있는 학생이라면 누구나 떠올릴 수 있어. 아까 말한 것처럼 자기가 좋아하는 일에 미쳐야 하는 거란다. 『마법천자문』과 같은 책도 참 기발하잖아. 한자를 어떻게 하면 쉽게 가르칠 수 있는가 하는 고민이 만화라는 장르와 만나면서 인기폭발의 책이 된 거잖아? 수로 너도 읽어봤지?

– 동생이 보기에 조금 읽어본 것 같아요.

– 읽어본 것 같아? 에이, 그럼 안 읽어봤단 얘기구나. 그렇지?

– 아 참 나, 별 걸 다 묻고 그래요, 통과, 통과~.

– 아무튼 외국어고등학교 입시에서도 독서활동을 점수에 반영한다니까 책 좀 많이 읽도록 해라.

– 옙! 알겠습니다, 쌤.

– 시골에 가면 닭장 속의 닭이 둥우리에 앉아 쉬고 있는 듯이 보이지만, 가만히 보면 알을 부화시키고 있지. 어떤 면에서는 그러한 쉬는 시간이 아이디어를 부화시키는 시간이기도 하단다. 따라서 놀면서 쉴 때에 가장 왕성한 무의식이 작용하여 번쩍이는 아이디어가 튀어나오기도 한단다.

– 그렇군요!

– 우리가 아무 간섭도 받지 않고 늘어지게 잘 때 별 희한한 꿈을 꾸기도 하지. 꿈속에서 하늘을 날아다니기도 하고, 이상한 괴

물에 쫓기기도 하지. 바로 그 꿈이라는 게 무의식이 열리는 공간인데, 현실에서는 있을 수 없는 일들이 정말로 리얼하게 펼쳐진단 말이야. 이러한 환상적 체험이 바로 창의적인 생각을 만들어내는 원천인 거야.

창의력 기르는 경시대회도 있다

- 선생님, 창의력도 무슨 경시대회 같은 거 있나요?
- 물론 있지. 해마다 열리는 대회로 '국제창의력올림피아드'라는 게 있어. 미리 준비해서 그런 대회에 나가는 것도 실전경험을 쌓는 데 필요할 거야. 과학고를 진학한다거나 카이스트 또는 일류대학에 진학할 때 그러한 입상경력은 큰 위력을 발휘한단다.
- 뭘 어떻게 준비해야 하는데요?
- 그 대회 나가려면 먼저 팀워크가 중요해. 같이 나갈 친구 다섯 명이나 7명이 필요한데, 각기 다른 능력을 가진 사람들로 구성하는 게 바람직하지. 미술에 소질이 있는 사람, 음악에 소질이 있는 사람 또는 컴퓨터에 소질이 있는 사람, 공작에 소질이 있는 사람 등등.
- 서로 다른 특기가 있어야 하나보죠?
- 그 대회는 팀워크를 중요시하기 때문에 혼자 잘해야 소용없어. 예를 들어 어떤 공연을 해봐라 하면 주어진 재료들을 가지고 주어진 시간에 그 공연을 보여줘야 하거든. 거기에는 음악이 필요

하겠고, 그림도 필요하고, 만들기도 필요하지. 모두의 창의성이 있어야 좋은 점수를 얻게 되는 거야,

– 아하!

– 자동차를 만들어 가장 멀리 가게 하라든지, 보트를 만들어 한 사람이 실제 건널 수 있게 하라는 등 과학적 원리를 알아야 가능한 문제들을 제시하지. 물론 모든 재료는 모든 팀들에게 동일하게 주고서 하는 거야. 그러니까 그 주어진 재료를 최대한 활용하여 만들어야 해. 그 결과를 기술적인 면이 몇 점, 예술적인 면이 몇 점, 이렇게 창의성을 평가하는 거야. 자세한 것은 한국창의력교육협회 사이트를 방문하면 알 수 있고.

– 갑자기 승부욕이 꿈틀대기 시작하는데요? 쌤~.

– 하하, 녀석. 이제 마무리를 하면, 갓 태어난 아기처럼 평소 호기심을 갖고 사물이나 현상을 바라보아야 한다는 거야. 그리고 주변의 것들에 대해 의문을 갖고 '왜 그럴까?' 또는 '무슨 일일까?' 하는 질문을 스스로 품어야하지. 그런 다음 문제가 해결될 때까지 끈질기게 물고 늘어지는 그런 태도가 바로 창의력을 키우는 기본 자세란다.

– 와, 저도 이제 창의력으로 인생 한 방에 날려버리겠습니다!

– 에그, 인생은 한 방이 아니래도! 녀석.

한국창의력교육협회 www.odysseyofthemind.or.kr
특허청 발명꿈나무 사이트 www.kipo.go.kr
아동창의성계발연구소 yccdi.yeungjin.ac.kr
유태인 아버지가 들려주는 아이의 창의력을 키우는 51가지 비결
자녀의 창의력, 부모님이 키워 줄 수 있습니다
창의력이 아이의 인생을 좌우한다
思(사)고치자
세상을 바꾼 생각천재들 - 창의력으로 꿈을 이룬 24인의 이야기

창의력에
도움이 되는
사이트와 책

쌤~, 창의력과 독서라는 두 마리 토끼를 다 잡을 수 있나요?

두 마리 토끼 잡는 독서 1. 모차르트와 살리에리

– 쌤, 창의력을 키우고 독서력도 키우려면 어떤 문학책을 읽어야 해요? 쌤 말씀대로 두 마리 토끼를 잡을 수 있는 것으로 얘기해주세요.

– 일단, 창의력에 대해 욕심을 가져볼 만한 책으로 러시아 작가 뿌쉬킨이 쓴 희곡 『모차르트와 살리에리』를 읽어보면 창의력이 얼마나 위대한 것인지 알 수 있을 것 같아. 이 작품은 뿌쉬킨의 희곡집에 수록이 되어있는데, 모차르트가 어떤 인물인지 그리고 어떻게 작품을 창작했는지 알 수 있게 하지.

– 예, 저도 모차르트에 대한 영화 『아마데우스』 이야긴 좀 들었는데요…….

– 아마데우스가 무슨 뜻 같으니?

– 티라노사우르스는 알겠는데, 아마데우스는 글쎄요…… 아마

모르겠죠?

– 허헛, '신이 가장 사랑하는 사람'이란 뜻이야. 그래서 모차르트를 부를 때 '볼프강 아마데우스 모차르트(Wolfgang Amadeus Mozart)'라고 부른단다.

극시(劇詩)『모차르트와 살리에리』는 살리에리라는 음악가가 모차르트를 독살했다는 소문을 토대로 만든 작품이야. 하지만 뿌쉬킨은 그것을 소문이 아닌 사실로 믿었던 것 같아. 왜냐하면, 평소 살리에리는 모차르트를 비난하고 있었거든.

–네에.

– 이 작품은 모차르트와 살리에리의 관계를 보여주고 있는 짧은 작품인데, 1장이 시작되면 무대 위의 살리에리가 혼자 자신의 이야기를 털어놓지. '나는 예술에 대한 사랑과 함께 태어났어. 젖먹이 어린애일 적부터 낡은 교회당 저 위에서 오르간 소리 울려 퍼지면 나도 모르게 감미로운 눈물 흘리며 정신없이 듣곤 했지. 일찍부터 환락을 멀리하고 음악과 관계없는 것은 혐오했어. 오만하고 고집스럽게 그것들을 물리치고 오로지 음악에만 열중했어.'

– 네에.

– 이 말을 가만히 생각해 보면 살리에리는 정말 음악의 마에스

트로가 되기 위해 오직 음악에만 열중하며 살았음을 알 수 있지. 혼신의 힘을 다해 '소리들을 살해하고 음악을 마치 시계처럼 해부'해 왔음을 알 수 있어. 한마디로 죽도록 음악을 공부했다는 얘기야. 그런데 어느 날 '신의 사랑'이라는 이름을 가진 아마데우스가 혜성처럼 나타나버린 거야. 자신이 피와 땀과 눈물로 이루어놓은 명예를 젊은 애송이가 나타나 자신을 하루아침에 빼앗아버리니 그 속상함은 어떻겠어?

– 살리에리가 속상했겠군요.

– 그래. 살리에리는 저주에 찬 말을 한단다. "지금, 나 스스로 말하리. 나는 질투자라고. 나는 질투하고 있다. 심오하게 고통스럽게 질투하고 있다. 오, 하늘이여! 대체 정의가 어디 있는가, 신성한 재능이, 불멸의 천재가 타오르는 사랑과 희생과 노고와 열의와 간원의 보답으로 주어지는 대신 게으른 망나니, 저 미친놈의 머리통을 비추고 있으니……, 오 모차르트, 모차르트!" 살리에리는 불공평한 하늘까지 원망하게 돼.

– 안타깝네요, 쌤.

– 그때 모차르트가 나타나. 모차르트는 살리에리에게 보여줄 게 있다면서 장님 악사를 데리고 나타나. 모차르트는 경박하게 장님 악사더러 자신의 음악을 연주하게 하고 깔깔거리지. 살리에리는 그러한 모차르트의 행동들이 얄미울 뿐이야. 그런 다음 모차르트는 자신이 가져온 새로운 악보를 살리에리에게 보여주지. 악상이 떠오르기에 끼적거려보았다는 그 악보! 그리고 모차르트가 천

연스럽게 피아노에 앉아 그 곡을 연주하는 거야. 살리에리는 미칠 듯한 질투와 충격에 빠지지.

　- 열 받아서요?

　- 아냐. 환상적이면서도 놀라운 그 선율, 인간의 손에서는 결코 만들어질 수 없는 음악이 애송이에게서 만들어진 것에 감동과 충격을 받은 거야! 살리에리는 질투와 감동이 뒤섞여 이렇게 말하지. "모차르트 자네는 신이야, 자네는 그걸 모르지만 나는 아네, 나는." 하지만 모차르트는 대수롭지 않다는 듯이 배고픈데 뭐 먹을 거 없냐고 말하는 거야.

　- 와, 짜증나겠네요.

　- 그때 살리에리는 모차르트에게 술집에 가서 저녁을 함께 먹자고 하는 거야. 그러면서 살리에리는 무서운 결심을 하지.

　- 설마, 살인……?

　- 제2장이 시작되면, 피아노가 있는 선술집의 홀이 나타나지. 모차르트는 무언가 침울한 표정으로 앉아있어. 반대로 살리에리는 좀 들떠 있고. 모차르트는 살리에리에게 자신의 불길한 기분을 얘기하지. 그러자 살리에리는 "어째 어린애처럼 무서움을 타는가?　허황한 생각일랑 버리게."라고 말해. 모차르트는 다시 의미심장한 말을 하지. "천재와 악한 마음은 양립할 수가 없지. 그렇지 않은가?" 그때 살리에리가 모차르트의 잔에 독약을 넣어. 그런 뒤 한 잔 마시자고 권하는 거야. 모차르트는 "음악의 두 아들인 모차르트와 살리에리의 진정한 우정을 위해!"라는 건배를 외치지.

– 비극적이네요, 쌤.

– 독약을 마신 모차르트는 피아노에 가서 앉지. 그리고 음악을 연주해. 살리에리가 말하지. "나는 처음으로 이렇게 눈물을 흘리네. 고통스럽고도 즐겁네. 무거운 빚을 청산한 것처럼……." 잠시 뒤 모차르트는 몸이 불편하다고 말하며 물러가지. 살리에리만 남아 조금 전 모차르트의 말을 곱씹지. "천재와 악행은 양립할 수 없다고 했겠다. 아니 그렇지 않아. 미켈란젤로는 어떤가? 그건 미련하고 우매한 얘기일 뿐……." 작품은 이렇게 끝난단다.

– 마지막 말은 무슨 뜻이에요?

– 천재적인 화가 미켈란젤로도 십자가에 못 박힌 예수를 실감나게 그리기 위해 모델을 실제로 못 박아 죽였다는 얘기야. 즉, 천재는 악한 짓을 할 수도 있다는 말이지.

– 그 말은 잘못 된 거 아네요?

– 하하, 물론 그렇지. 아무튼, 이 작품을 쓴 때가 모차르트가 사망한지 40년쯤 지난 1830년일 거야. 한마디로 이 내용은 치명적 질투가 부른 살인사건이야. 여기에서 모차르트의 천재성에 주목해야 돼. 무엇이 창의력인가 하는 단서인데 말이야, 항상 모차르트는 떠오르는 영감을 놓치지 않고 있어.

– 영감이 정확히 무슨 뜻이에요? 쌤!

– 흠, 영감이란 늙은이를 말하는 게 아니고 신비스럽게 떠오르는 기발한 착상을 뜻하는 말이잖아, 녀석아!

– 알고 있었어요, 쌤~.

– 쉽게 말하면 살리에리는 머리를 쥐어짜내는 식으로 작곡을 했지. 하지만 모차르트는 훌륭한 곡을 써야겠다는 욕심도 없었고 그저 마음에 반짝 떠오르는 것들을 악보에 적었을 뿐이었어. 무슨 말이냐 하면 하늘에서 내려주는 것을 감사히 받듯이 마음의 그릇을 비워놓고 있었다는 얘기지. 한마디로 창의적 예술이란 억지로 해서는 결코 이룰 수 없다는 말이야. 모차르트처럼 자유분방한 사고, 진솔한 마음, 모든 사물을 어린아이처럼 바라보는 자세, 기존의 틀에서 벗어나 막힘없이 생각하는 게 창의력이라는 말이야.

– 네에.

– 당시에 서양 사람들은 천재성이 신으로부터 주어진다고 믿어 왔단다. 어떻게 보면 운명론적인 것처럼 말이야. 하지만 분명히 말할 수 있는 건, 물론 모차르트는 머리도 좋았겠지만 자신의 순수한 영혼을 하늘을 향해 열어놓았다는 생각이 들어. 자신이 무얼 하겠다는 의지보다 안테나로 주파수를 잡듯이 하늘의 음악을 잡아낸 거지. 이것이 바로 우리가 배워야 할 태도야. 우리도 마음을 비우고 보이지 않는 소리와 풍경을 잡아낼 수 있도록 노력을 해야 한다는 건데, 어때, 좀 이해가 가니?

– 와, 그러니까 욕심을 버리고 요가 하는 사람처럼 영혼의 눈을 가져라 그 말이네요?

– 와, 네가 멋진 말로 마무리하는구나. 그래, 그 얘기야! 역시 수로도 천재성이 있구나.

– 아이, 쌤이 그렇게 말씀하시니까 목에 힘이 들어가잖아요. ㅎㅎ

어느 것이 진정한 예술인가를 알게 하는 소설로 이문열의 〈금시조〉를 추천한다. 예도(藝道) 논쟁으로 유명한 이 작품을 보면 진정한 예술은 예와 도가 합일하는 지점에 있음을 알게 한다. 아울러 당나라의 시선(詩仙) 이백과 시성(詩聖) 두보의 삶을 비교해도 좋을 것이다.

– 쌤, 갑자기 책들을 읽고 싶네요. 이번엔 재밌는 작품 좀 얘기해주세요.

– 피가 되고 살이 되는 책은 사실 천천히 읽히는 법이란다. 만화처럼 후다닥 읽는 책은 감동이 없는 거지.

– 그럼, 천천히 생각하며 읽을 수 있는 책으로 얘기해주세요.

– 후훗, 그래. 조금 난이도를 높여보자. 사무엘 베케트가 지은 건데…….

– 바게트요? 거 빵 이름 아녜요?

– '바게트'가 아니고 '베케트'야. 그 사람이 쓴 『고도를 기다리며』라는 작품이 있어. '고도'란 사람 이름이지. 그런데 희한하게 이 작품에는 '고도(Godot)'는 등장하지 않아. 제목에는 씌었지만 결코 등장하지 않는 인물이지. 뭔가 이상하잖아?

– 네, 등장하지 않으면 이상하겠네요, 쌤.

– 그 발상부터 기발하다는 것이지. 그래서 작가의 창의성을 짐작할 수 있는데, 내용은 그동안의 희곡과는 전혀 다른 내용이라 더욱 흥미를 끄는 거야. 음, 해질 무렵, 어딘지도 모르는 한적한 시골길을 배경으로 블라디미르라는 사람과 에스트라공이라는 사람이 등장한단다. 두 사람은 떠돌이인데, '고도'라는 인물을 기다리는 것이야. 그들은 '고도'를 어제 오늘 기다리는 게 아냐. 오랫동안 그냥 기다렸지. 그런데 그가 누구이고 왜 그를 기다리는지

작품에는 나와 있지 않아. 그냥 기다리
는 것일 뿐이야.

　－ 이상하네요. 그럼 그게 무슨 대단
한 작품이에요?

　－ 이 작품의 새로운 기법이 그런 거
야. 이 작품에서 두 사람은 무의미할 정
도로 '고도'를 기다리며 얘기도 무의미한 얘기만 해. "어떤 영국
놈이 술이 곤드레만드레가 돼서 윤락가엘 갔겠다. 포주아주머니
가 금발머리와 갈색머리와 빨강머리 중에서 어느 쪽을 원하느냐
고 물었지. 어디 그 다음은 네가 얘기해 봐. 블라디미르!"

　－ 쓸데없는 얘기를 늘어놓는군요, 쌤.

　－ 현대인의 방향성 상실 같은 것을 눈치 못 챘니?

　－ 아하, 그거요? 진작 말씀해주시지!

　－ 하하, 녀석! 그 두 인물은 "우리 기다리는 동안 목이나 맬까?",
"그렇다면 당장에 목을 매자." 이런 말도 담담하게 하는 거야.

　－ 세상에! 무슨 게임을 하자는 것도 아니고 혹시 싸이코들 아
녜요?

　－ 들어봐라. 그때 새로운 인물이 등장해. 포조와 럭키라는 사
람. 포조는 노예인 럭키의 목에 긴 줄을 묶고 있지. 럭키는 무거운
트렁크와 접는 의자, 음식바구니를 들고 있어. 럭키는 하지만 이
름처럼 행운을 누리지는 못하는 인물이야. 그저 짐승처럼 잠시 쉬
는 동안에도 선 채로 조는 거야. 그런 럭키를 포조는 함부로 욕하

며 학대하고 말이야. 수로야, 럭키가 조는 동안에도 왜 트렁크를 들고 있는지 아니?

- 쌤, 왜 들고 있는데요?

- 포조가 이렇게 말한단다. "저 놈은 내 동정을 사려는 거요. 내가 자기와 헤어지지 못하게 말이요." 불쌍하게 보여서 헤어지지 않게 하려 한다는 그 말이 믿어지니? 포조라는 그러한 인물이 이 세상에 많다는 암시야. 참으로 어처구니없는 비극적 해석! 넷이서 그런 대화를 한참 하다가 포조는 럭키에게 춤을 추라고 하지. 그러자 럭키가 엉성하기 이를 데 없는 춤을 춘단다. '노끈 춤'이라고 들어봤니? 럭키는 자기가 노끈에 친친 감겼다고 생각해서 몸을 비트는 노끈 춤을 추는 거야. 수로야, 여기에서 럭키의 춤은 우리에게 무엇을 보여주고자 한 것일까?

- 노끈 춤이요? 꼭짓점 댄스는 알아도 노끈 춤은 못 들어봤는데요?

- 현대인들은 모두 무언가에 묶여 살고 있다는 얘기야. 사람들에게 묶여있고, 집안에 묶여있고, 학교와 직장에 묶여있고, 해야할 일에 묶여 살고 있다는 얘기이지. 이를테면 우리에게 지워진 멍에 같은 것들을 말하는 거야.

- 아하, 설명을 들으니 쉽게 이해가 가네요.

- 그런데 럭키가 들고 있는 트렁크 속엔 과연 무엇이 들어 있을까? 어떤 귀중한 것이 들기에 내려놓지 못하고 있는 것일까? 한 번 맞혀볼 수 있겠니?

– 그야 당연히 돈이겠죠.

– 아냐, 이 작품은 그냥 단순하고 평범하게 생각하면 안 돼.

– 글쎄요, 그럼 시체가 들어있을까요?

– 하핫, 범죄 수사물을 많이 보았구나. 그런데 틀렸다. 궁금하지? 음……, 그 속에 들어있는 것은 모래였어, 모래! 세상에 이런 일이! 반전이라고 하기에는 너무 어처구니없는 거 아니니? 불쌍한 럭키가 편안하면 요령을 피울까봐 일부러 모래를 담아 들고 다니게 하는 비인간적인 포조! 부당한 현실에 반항하지 못하는 럭키. 바로 우리가 지금 그렇게 살아가고 있다는 걸 보여주는 거야. 현대인의 인간성 상실, 양심의 무감각, 두 인물은 우리들에게 그걸 보여주고 있다는 거지.

– 헐! 세상에 이런 일이!

– 결국 고도는 오지 않지. 두 사람은 허무한 마음을 잊으려고 계속해서 무의미한 얘기들을 나눠. 이처럼 이 작품은 중심이야기도 없고, 극적사건도, 갈등도 없는 당황스러운 작품이야. 하지만 우리들은 그 인물들이 보여주는 대화와 행동에서 낯선 감동을 얻지. 사실 고도가 올 건지 안 올 건지, 그리고 고도가 누구인지는 중요한 게 아냐. 이 작품은 그냥 삶에 대한 허무와 불안감을 느끼면 돼. 작가가 노리는 게 바로 ‘기다림’을 통해 존재의 불안과 허무를 이야기하고자 한 것이니까.

– 우와, 너무 철학적인 얘기라 독감에 걸린 것처럼 골치가 아프네요.

– 하하, 좀 참으렴. 이런 부류의 것을 바로 '부조리문학'이라고 부르는데, 부조리한 상황 설정하여 삶의 의미를 생각하게 하는 작품을 말하지. 한마디로 삶의 무의미함 또는 인간의 고독을 보여주는 작품이야. 이러한 기발하고도 새로운 기법으로 작품을 써낸 사무엘 베케트가 대단하다는 거야. 새로운 시도, 그게 그 분에게서 배울 수 있는 창의력이지.

– 아, 새로운 장르에 대한 도전이라, 뭔가 가슴에 와 닿네요, 쌤!

– 사뮈엘 베케트는 1969년 노벨상을 수상할 때 시상식에 나타나지 않았단다. 그런 행동도 창의력에서 나온 천재성이 아닌가 싶어.

– 쌤, 제 머리가 무거워지는 걸 보니 창의력이 폭발적으로 증가하나 봐요.

– 하하, 무슨 뜻인지 알겠다, 녀석아!

부조리극(Absurd drama)은 인간존재의 무의미 · 인간과 인간 사이의 단절 · 인간 의지의 무기력, 야수성 · 물질성 · 비생명성처럼 인간의 부조리를 대상으로 삼는 장르이다. 다시 말하면 인간의 소외 · 고독 · 불안 · 공포 등이 주요 코드이다. 대표적 작가로 S. 베케트 · A. 아다모프 · J. 주네 · H. 핀터 · E. 올비 등이 있고, 우리나라에는 이근삼의 〈원고지〉가 있다.

3. 삐딱하게 보기

– 쌤, 제 친구 중에 매사에 부정적으로 생각하는 녀석이 있는데, 그런 애들도 창의성이 있을까요?

– 으, 부정적이라. 거 골치 아픈데……, 진실을 보기위해 반대로 생각해보거나 뒤집어 생각하는 것은 참 좋은 일인데, 매사에 불만만 갖는다면 그것은 성격적인 결함이 아닐까 싶다. 마침 수로가 그 얘기를 하니까, 『삐딱하게 보기』란 책이 생각나. 매우 어려운 책이지. 음, 중요한 부분만 발췌하여 쉽게 설명해주는 게 낫겠다.

– 네에

– 너, 장주지몽(莊周之夢) 또는 호접몽이란 말 들어보았지? 중국의 장자라는 사람이 꿈을 꾸었는데 꿈에 나비가 되었단 말이야. 그런데 깨고 보니 내가 나비를 꿈꾼 것인지, 나비가 지금 나를 꿈꾸고 있는 것인지 분간할 수가 없었다는 거야. 우리가 사는 현실이 아닌 꿈의 세계일 수도 있잖아? 음, 갑자기 영화 한편이 생각나네. 매트릭스! 매트릭스라는 기계의 시스템 속에서 주인공이 활약하지만 결국 그것은 현실이 아니었잖아? 그런 것처럼 지금 우리가 살고 있는 것이 진짜 현실인지 의문을 품을 수도 있다는 얘기야.

– 이 세상이 꿈속일 수 있다고요?

– 그래. 슬라보예 지젝이라는 저자는 현실을 삐딱하게 볼 것을 요구한단다. 무슨 말이냐 하면, 정면에서 똑바로 보면 흐릿한 사물도 비스듬히 삐딱하게 보면 명확하게 볼 수 있다는 발상이지.

그러니까 삐딱하게 본다는 것은 바르게 보고자 한다는 얘기야.

- 네에, 그러면 눈이 사팔뜨기인 사람은 항상 바르게 보는 사람이겠네요.

- 너 그런 농담하면 안 돼!

- 죄송해요, 쌤.

- 작가는 여기에서 '현실과 실재'를 공상과학 소설 『조나단 호그의 불쾌한 직업』이라는 작품으로 설명한단다. 거기에서 호그라는 사람이 랜달과 신시아가 뉴욕으로 갈 때 차창을 열어서는 안 된다는 주의를 주지. 이윽고 랜달과 신시아는 차를 몰고 도로를 달리고 모든 것은 순조롭게 진행돼. 그런데 잠시 후 아이 하나가 교통사고를 당하는 사건을 목격하지. 두 사람은 순찰차를 만나자 방금 전 목격한 사고에 대해 알려주려고 차를 세워. 그리고 창문을 내리는 거야. 순간, 으악! 창문을 내리던 신시아는 비명을 지르지.

- 왜요? 쌤.

- 열린 창문 밖에는 햇빛도, 경찰도, 아이도, 아무 것도 없었어. 오직 회색빛 안개만 천천히 흘러가고 있을 뿐. 전혀 도시를 볼 수가 없었어. 안개가 자욱해서가 아니라 오히려 아무 것도 없는 텅빈 상태였기 때문이었지. 아무 소리도 없었고 어떤 움직임도 보이지 않았어. 그냥 무(無) 상태였지. 자신들이 살고 있는 세계가 가상의 현실이라는 것을 본 것이야.

- 네에? 무슨 미스터리한 말씀을.

- 안개가 창틀로 몰려와 안으로 스며들기 시작하자 랜달이 창

문을 올리라고 소리치지. 창문을 올리자 햇빛이 비치는 장면이 다시 나타나. 그리고 창문을 통해 순찰대원, 떠들썩한 풍경, 구경꾼이 보이고 저편으로는 도시도 보이는 거야.

- 우와, 우리가 사는 게 진짜가 아니란 말예요? 그럼, 선생님도 저도 다 가짜예요?

- 이를테면 우리가 보고 얘기 나누는 이 순간도 다 가상의 세계일 수 있다는 말씀이야.

- 에이, 말도 안 돼요.

- 설령 말이 안 된다 할지라도 그처럼 뒤집어 생각할 때 진실을 발견할 수도 있다는 얘기야. 잘 생각해봐, 수로야. 영화관에서 영화를 볼 때 우리는 스크린에 몰입하게 되고 영화를 보는 동안 스크린에 펼쳐지는 현실이 진짜인 것으로 믿어버리잖아. 그러나 영화가 끝나고 불이 켜지면 그때서야 스크린이 아무것도 아니란 걸 깨닫게 되잖아. 그저 아무것도 없는 텅 빈 공간이라는 걸 알게 되지. 이처럼, 현실이 오히려 실재가 아닐 수도 있다는 것이 그의 설명이야. 이 얼마나 해괴하면서도 기발한 생각이냔 말이야. 넌 이런 생각해본 적이 있니?

- 달의 뒷면은 어떻게 생겼을까 하는 생각을 한 적은 있는데, 우리가 살고 있는 세상이 가짜일 거란 생각은 전혀 안 해봤죠.

- 그럴 거야. 하지만 이처럼 모든 것을 삐딱하게 뒤집어보고자 하는 게 바로 상상력을 뛰어넘는 창의력이라고 할 수 있어. 이러한 발상으로 세상을 바라보면 새로운 창조를 할 수도 있고 놀라운

생각도 얻을 수 있지.

 - 와, 이런 얘기는 선생님한테 처음 들어요. 그런데 솔직히 잘 이해되지는 않아요.

 - 약을 먹으면 효과가 천천히 나는 것처럼 지금은 이해가 가지 않더라도 나중에 기발한 발상으로 세상을 보게 될 거야. 인생을 깊이 있게 바라볼 수 있게 되는 거지.

 - 그럴 거라 믿어요, 내 지식의 원천인 쌤, 사랑해요!

라캉
(Jacques Lacan)

라캉은 인간의 욕망, 또는 무의식이 말을 통해 나타난다고 주장했다. 즉 "인간은 말하는 것이 아니라 말해진다."는 것이다. 말이란 틀 속에 억눌린 인간의 내면세계를 해부한다고 하여 정신분석학계는 물론 언어학계에 새 바람을 일으켰다. 저서에 『욕망이론』 등이 있다.

– 쌤, 딱딱한 책 말고 좀 부드러운 거 없어요? 초콜릿처럼 달콤한 거요.

– 단 것 좋아하면 이빨이 썩는 법이다, 하하.

– 헉, 저 내일 치과에 가서 충치 치료해야 하는데…… 으, 나는 죽었다!

– 음, 너에게 재미없을는지 모르지만, 서정인 작가의 소설 한 편을 얘기해 보마. 음……, 세 남자가 버스를 타고 '군하리'라는 시골마을을 가면서 소설은 시작된단다. 시골에 혼사 집이 생겼거든. 버스를 탄 사람은, 이를테면 등장인물인데 '고깔모자'를 쓴 사람이 있고, '잠바차림'과 '검정외투'를 입은 사람이 제시되지. 하얗게 화장한 여자도 있어. 그들은 이름도 없이 등장해. 외양 묘사도 외투 속에 웅크렸다든지, 잠바를 입었다든지, 고깔모자를 썼다든지, 살이 쪘다든지 하는 게 인물에 대한 정보의 전부야.

– 왜 이름을 안 밝혀주나요?

– 작가가 왜 그랬을까? 정답은 서로가 알 필요 없다는 거야. 그러니까 무관심한 사회, 바로 인간소외를 드러내고자 하는 장치이지, 하하. 다시 이야기 속으로 들어가자. 그 세 남자들은 사실 한 집에서 생활하는 하숙생들이지. 서로들 친하지는 않아. 고독한 사람들이지. 검정외투를 입은 사람은 늙은 대학생 김 씨이고.

– 크크, 가수 김C도 있는데…….

– 원, 녀석도……. 아무튼 그는 가난해서 공부할 시기를 놓치고 나이 먹어서 대학을 다니고 있는 거야. 잠바차림을 한 사람은 세무서 직원 이 씨이고. 고깔모자를 쓴 사람은 이 두 사람을 하숙치고 있는 주인 박 씨. 한 마디로 이들은 고독한 사람들이자 속물이라는 공통분모를 가졌어.

– 네에.

– 목적지에까지 가는 동안 고깔모자 박 씨는 짙게 화장한 아가씨와 친해져서 온 몸을 밀착시킨 채 낮은 목소리로 말을 주고받고, 잠바차림의 이 씨는 껌 하나를 차장에게 주며 농담을 걸지. 검정외투 김 씨는 고독하게 진눈깨비 내리는 창밖을 하염없이 바라보는 거야. 그들은 그렇게 거의 세 시간을 달려 '군하리'에 도착해. 몇몇 승객들과 함께 세 남자도 내리고. 얼굴을 하얗게 화장한 여자도 종종걸음으로 '울집'이란 술집 안으로 들어가지..

– 무슨 로드무비 같아요, 쌤.

– 로드무비까지는 아니고. 아무튼 그들은 혼사 집을 찾아가지. 그리고 몇 시간 뒤 술에 취해 다시 '군하리' 마을로 돌아오지. 밤이 깊어 버스가 끊긴 시간이었어. 어쩔 수 없이 이 씨와 박 씨는 밤새 술이나 마시자고 '서울집'으로 들어가고, 김 씨는 피곤하다며 바로 옆에 있는 여인숙으로 들어가는 거야.

– 왠지 쓸쓸하네요, 쌤.

– 그렇단다. 여인숙에 들어간 김 씨는 마침 이부자리를 가지고 들어온 꼬맹이 녀석 가슴에 반장이라는 명찰을 보게 되지. 그리고

꼬맹이 녀석을 가엽게 생각해. 왜 그럴까? 수로야, 너도 반장해봤으니까 한번 말해봐라. 여인숙집에서 만난 꼬맹이를 김 씨는 왜 불쌍하게 생각했는지!

– 꾀죄죄해서 그런 거 아녜요? 여관에서 일이나 도와주고 그러니까…….

– 음, 거의 비슷하게 맞췄다. 바로 그거야. 김 씨는 자신의 어린 시절을 생각하거든. 자신도 초등학교 때는 공부 잘하는 아이였었거든. 그러나 현실은 공부를 잘한다고 하여 출세를 보장해주지는 않는다는 거였어. 김 씨가 그것을 깨닫기까지 오랜 시간이 걸리진 않았지. 가난한 놈은 차라리 무식한 게 행복할 거란 생각까지 하거든. 오늘날에도 그러잖아. 부모 잘 만나서 집안이 부자이어야 좋은 학원에도 다닐 수 있고, 외국에도 나가서 공부할 수도 있고 또 돌아와서는 아빠가 소개해놓은 회사에도 취직할 수 있는 거 아냐? 이처럼 모든 게 돈과 빽이 있어야 가능하잖아. 김 씨는 그걸 알고 있었지. 그래서 어린아이의 미래를 보며 가여운 눈초리를 보내는 거야.

– 네에. 저도 빽이 없는데 미래가 걱정이네요.

– 김 씨는 혼잣말처럼 이런 말을 중얼거리며 잠이 든단다. "누구나가 다 템스 강에 불을 쳐지를 수야 없는 일이다." 이 말, 이 말 뜻이 뭔지 알겠니?

– 템스 강에 불을 질러요? 템스 강에 왜 불을 지르죠? 거 짭새들한테 잡혀가려고.

－ 하하핫, 진짜 불 지르란 얘기가 아니고 상징적인 거니까 좀 창의적인 태도로 생각해봐라, 녀석아!

－ 으음, 대충 짐작은 가요. 누구나 다 큰일을 할 수 없는 것이다. 뭐 그런 얘기 아녜요? 쌤.

－ 정확히 맞췄다. '아무나 위대한 일을 할 수는 없는 것이다'란 뜻으로 한 얘기이지. 위대한 일을 할 수 있는 사람은 이미 정해져 있다는 말이야. 그렇게 늙은 대학생 김 씨는 잠이 들고, 한편 '서울집'에서 술이 취한 박 씨와 이 씨는 술집여자와 온갖 쓸데없는 얘기를 하며 밤을 새우지. 그리고 밤이 더욱 깊어갈 즈음 문득 그들은 쓸쓸히 방에 누워있을 김 씨를 생각하는 거야. 그래서 술집여자에게 그를 깨워오라고 하지. 술집여자는 밖으로 나와 김 씨의 방을 찾아가고. 그런데 그녀는 밖에 나온 그 순간 문득 놀라지. 함박눈이 온 세상을 하얗게 덮고 있었거든.

－ 와, 낭만적이네요, 쌤.

－ 세상 모든 사람들이 잠든 그 시각, 온통 내려쌓이는 눈을 보면 무슨 생각이 들겠니? 갑자기 딴 세상에 와 있는 것처럼 그녀 역시 순결함과 거룩함의 세례를 받게 되는 거야. 술집여자라고 해서 왜 그런 감정이 없겠니. 하얀 눈을 통해 그녀는 무한한 정신의 순결을 느끼며 혼인한 사람을 부러워하지. "아, 신부는 좋겠네. 첫날밤에 눈이 쌓이면 부자가 된다는데. 복두 많지."라고 하면서 자신의 처지를 돌아보며 생각에 잠겨.

－ 그 여자가 가엾어지네요……．

- 이윽고 그녀는 김 씨가 잠든 방으로 들어가지. 그리고 새우처럼 등을 굽히고 곤히 잠들어 있는 김 씨의 얼굴을 들여다 봐. "대학생!" 그녀는 자신과는 전혀 다른 신분인 그에게 연모의 정을 느껴. 그러다가 엄마처럼 김 씨를 반듯하게 이부자리에 눕혀주지. 모성본능이 드러난 거야. 만약 이게 통속소설이라면 술집여자와 대학생 김 씨는 얼라리꼴라리 했겠지만. 이 소설은 달라. 그녀는 그저 '대학생!'이라는 선망의 말만 되뇌며 마당으로 나오지. 마당에는 하염없이 함박눈만 쌓이고 있었어. 그런 하얀 눈 위에 그녀는 발자국을 만들지. 눈을 맞으며 말이야. 이게 이 소설의 끝이란다. 어떠냐, 내용이?

- 그런데, 왜 이 소설 제목이 강이에요?

- 바로 그게 선생님이 너에게 묻고자 하는 거야. 왜 작가가 강물과는 전혀 관계없는데도 '강(江)'이라고 제목을 붙였을까?

- 글쎄요, 모르겠는데요.

- 수로야, 너의 창의성은 어디다 써 먹을래? 작가가 왜 그랬는지 작가의 생각을 네가 짐작해봐. 그게 창의성이야.

- 어휴! 왜 강이라고 했을까? 쌤이 그냥 말해주세요.

- 하하, 아무래도 너에겐 어려운 주제인 듯싶구나. 강이 무얼 상징하는지 생각하면 쉽지. 여기에서 강은 인생을 뜻하는 거야. 개울물에서 출발하여 세상을 구불구불 흐르다 바다에 이르는 것이 인생이란 말이야. 그러니까 서로 다른 세 사람의 고독한 인생을 쓸쓸한 강물로 보여주고자 한 것이지.

– 아, 그러니까 이해가 가네요.

– 따라서 제목 하나를 설정해도 이제는 뭔가 좀 색다른 아이디어가 필요한 거야. 아참, 저번에 어느 연극 제목을 보니까 아주 참신한 게 있던데, '귀신의 똥' 그리고 또 '생고기 전문' 이런 제목, 어떠니? 뭔가 끌리는 게 있지? 사람들의 마음을 그대로 끌어당기는 힘, 그게 창의력에서 나온단 얘기지. 이제 좀 이해가 가니?

– 아우, 쌤, 너무 어려워요. 인생 어쩌고 하면 전 머리가 아파요.

– 후훗, 그럼 쉬었다가 다시 얘기하자. 잠시 화장실 좀 다녀오너라.

황석영의 소설 『삼포 가는 길』에서도 뿌리 뽑힌 인생들로 정씨 · 노영달 · 백화가 등장한다. 백화는 '서울식당'이라는 술집에서 몸을 파는 여자이지만 정씨와 영달로부터 순수성을 회복하는 인물이다. 함께 읽어도 좋은 작품이다.

– 이번엔 선생님이 백과사전처럼 방대한 지식을 가진 천재 소
설가 이야기를 해주마.

– 그게 누군데요?

– 헉슬리라는 소설가인데, 그의 창의성에 대해 한번 얘기를 하
자꾸나.

– '헉!'이라고요? 네, 그러시지요.

– 으이그, 녀석아. 장난 좀 그만해.

– 예, 헤헤.

– 음, 수로야, 너 공상과학 좋아하지? 선생님이 말하고자 하는
소설이 바로 그런 이야기인데, 제목이 『신세계』야. 그런데 이 소
설은 다른 소설처럼 미래에 대한 동경이나 낙원을 보여주고자 하
는 게 아니라 지옥을 말하고 있단다. 참으로 반어적인 제목인 셈
이야. 좀 더 자세히 말하면, 멋진 신세계란 기계문명의 발달이 결
코 행복이 아니란 얘기야. 인간이 추구하는 과학으로 말미암아 사
람들은 쾌락을 추구하게 되고 마침내 인간적의 존엄성마저 상실
한다는 얘기야. 한마디로 기계과학을 비인간적으로 이용했다가는
끔찍한 지옥이 출현하리란 것을 경고하는 거란다.

– 아, 그러니까 과학이 발전한다고 반드시 행복한 것은 아니다,
뭐 그런 얘기죠? 그거 수없이 들은 얘기예요.

– 그래? 그러나 이 소설은 색다르단다. 그래서 창의력을 얘기

할 수 있는 작품이란 얘기란 거지. 오늘날 사람들은 기계문명에 대해 장밋빛 환상을 믿지. 하지만 자칫 잘못한다면 비극으로 끝난다는 것을 알아야 해.

– 그게 창의성하고는 무슨 관련이 있어요?

– 좀 더 들어봐.

헉슬리라는 사람은 미래사회에서는 사람이 엄마 뱃속에서 태어나는 게 아니라, 시험관에서 기계처럼 만들어질 거라고 설정한단다. 필요한 만큼 인간이 제조되는 거야. 시험관에서 태어난 아기들은 각자 정해진 계급을 부여받고 기계적으로 살지. 시키면 시키는 대로 반항하지 않고 약을 먹이면 24시간 내에 명랑해질 수도 있어. 이른바 '소마'라는 약만 먹으면 부작용도 없이 술과 종교의 효과를 얻을 수 있는 거야.

– 이를테면 그거 마약이네요.

– 그래. '소마'만 복용하면 원하는 누구와도 잠도 잘 수 있어. 그래서 그들에겐 슬픔도 고통도 없어. 사람들은 일생동안 늙지 않고 젊은 모습으로만 살아가지. 죽음 또한 편안하게 맞이할 수 있고. 그렇게 그들은 항상 쾌락 속에 살아가는 거야.

– 그럼 좋은 거 아녜요?

– 수로야, 반드시 그렇게 사는 게 행복할까? 인간이란 적당한 긴장이 있어야 해. 희로애락이란 말 알지? 사람은 슬픔을 알아야 기쁨의 소중함을 아는 거지. 예를 들어 네가 좋아하는 게임을 매일 해야 한다고 생각해봐. 처음에는 좋을지 몰라도 나중에는 그게 즐

거움이 아니라 싫은 일이 된단 말이야. 그 신세계라는 세상에 사는 사람들은 시험관에서 제조되기 때문에 가정도 없고 부모도 없고 진정한 그리움이나 사랑도 없어. 인간적인 관계가 없는 셈이거든.

- 네에.

- 이들은 만들어질 때 이미 '감마, 세미 엡실론, 델타 마이너스, 베타, 알파플러스' 등으로 신분이 분류되지. 그래서 하층계급, 상층계급으로 살게 되는 거야. 그들은 또한 태어날 때부터 욕망이 제거되어 개인적인 소망은 가질 수 없어. 이게 진정 행복이겠니? 불안도 없고 근심도 없이 하루하루를 살아간다는 것. 과연 사람이 행복할까란 얘기야. 한마디로 이곳은 잔인한 천국인 셈이지.

- 와우, 말씀 멋지시네요. 잔인한 천국!

- 하하, 녀석! 이러한 천국에 어느 날 반역자가 등장한단다. 말하자면 반사회적인 불량품이야. 그런데 이보다 더 훨씬 적극적으로 반항하는 인물이 있는데, 그는 야만국에서 사는 존이라는 청년이야. 이 청년은 문명을 모르고 자라난 인물이지. 그는 또한 시험관이 아니라 어머니 뱃속에서 태어난 청년이란다. 따라서 그는 행복이 무엇인지 슬픔이 무엇인지 알고 있어. 셰익스피어를 읽고 인간의 깊은 정신세계를 예찬하기도 해.

- 진정한 인간이란 말이군요, 쌤.

- 그러한 그가 신세계에 사는 소녀 레니나를 사랑하게 된단다. 하지만 '소마'만 복용하는 그녀와 진정한 사랑을 나눌 수가 없음을 알지. 결국 자신은 신세계에서는 살아갈 수 없음을 깨달아. 그

래서 달아나게 돼. 그런데 그런 인물을 신세계 사람들이 순순히 놔줄까? 신세계 사람들은 그를 죽이고자 추격하고, 결국 더 이상 도망칠 수 없다는 것을 안 존은 "오오, 나의 하느님!"을 부르짖으며 목을 매 자살하고 말지.

  – 네에? 주인공이 죽어요? 비극으로 끝나네요, 쌤.

  – 그래. 그런데 여기에서 말하고자 한 게 뭔지 알겠니?

  – 네, 알겠어요.

  – 인간은 인간적으로 살아야 행복한 거지. 서로 사랑하고 부대끼고 울고 웃으며, 이렇게 희로애락을 나누며 사는 게 인간적인 삶이야. 결코 인간이 편리함이나 쾌락적인 요소로만으로는 삶의 의미를 찾을 수 없다는 거야. 그럼 아까 수로가 물어본 것, 이 소설이 창의성과 어떻게 관련이 있냐고 했지? 흐음, 쉽게 얘기해보자. 네가 소설가라면 이런 발상으로 소설을 쓸 수 있겠니? 어때?

  – 에이, 이 정도는 쓰죠, 저도 만화책 많이 봤단 말예요.

  – 그런데 말이야, 수로야. 이 책이 언제 썼느냐 하면 1932년도야. 알겠어? 과학이 발달 안 된 그때 이러한 소설을 썼다는 것은 정말 놀랄 수밖에 없는 일이야. 과학자가 아니면 생각할 수 없는 상상력과 과학적 지식들, 오늘날에 보아도 정말 리얼한 구성들이야. 선생님은 솔직히 헉슬리라는 소설가가 과학자였다면 더 크게 성공하지 않았을까하는 생각도 해봐. 그만큼 그의 창의력은 정확히 미래를 꿰뚫고 있다는 얘기야.

  – 와, 대단해요~.

조지 오웰의 『1984년』이 같은 계열의 소설이다. 이 작품에서도 빅 브라더 (Big Brother)라는 상징적 전체주의가 과거를 조작하고 현재를 조작하며 인간의 기억과 의식 · 무의식까지 관리하는 끔찍한 세계를 보여주고 있다.

– 수로야, 안녕? 잘 지냈니? 오늘은 무슨 얘기로 너의 창의력에 불을 지펴줄까?

– 저는 오로지 사부의 명령만 바라겠나이다. 히힛.

– 하하, 오늘은 기분이 좋은 모양이구나.

– 조금요, 저번에 코에 여드름이 곪아서 고민이었는데, 오늘 보니까 거의 나았걸랑요. 그래서 제 잘 생긴 얼굴에 감동되어 기분 훅훅 하고 있어요.

– 하하, 그래. 너는 코도 잘생겼지. 내가 인정한다. 그래, 마침 '코' 얘기가 나왔으니 우리 그쪽으로 얘기해볼까?

– '코'와 창의성이 무슨 관계가 있는데요? 혹시 영화배우 이대근 아저씨 이야기를 하고자 하는 건 아니겠죠?

– 이 녀석, 너 엉뚱한 비디오를 봤구나. 그런 이상한 얘기가 아니라, 『코』라는 작품을 가지고 창의성의 기발함을 찾아보자는 얘기야, 응?

– 『코』라는 소설도 있어요?

– 그럼. 고골이라는 러시아 작가가 쓴 게 있지. 참으로 기발하고 환상적인 작품이야. 앞서 말한 것처럼, 요즘에 나온 소설이라면 기발하다고까지 할 수는 없는데, 그 옛날에 이러한 소설이 나왔다는 게 문학사적으로 큰 의미가 있지. 그래서 중요하게 다루고자 하는 거야.

– 네에.

– 으음, 솔직히 말하면 사람들은 겉으로는
고상한 체하고 뒤로는 적당히 타락한 짓을 하
고 살잖아, 그지? 특히 남자들은 권력에 대해
욕심이 많잖아. 그래서 남을 지배하려 들고,

많은 여성을 차지하려 하지. 고골의 작품 『코』가 그래. 주인공은
꼬발료프라는 사람인데, 이제 이야기를 시작해보자. 이리 가까이
의자 당겨 앉아서 들어봐라. 휴대폰은 호주머니에 집어넣고!

– 이크^^;;

– 러시아에 뻬쩨르부르그라는 도시가 있는데, 거기에서 매우
이상한 일이 일어나지. 어떤 이발사가 아침을 먹는데 갓 구운 빵
속에서 사람의 코가 나오는 거야. 그는 깜짝 놀랐지. 그래서 그는
코를 내다버리려고 수건에 싸서 집을 나서게 돼. 그리고 강물에
이르러서 다리 난간에서 물고기들을 보는 척하며 코를 집어던져.

– 기분이 찝찝하네요, 쌤.

– 한편, 잠자리에서 일어난 꼬발료프가 거울을 보다가 까무러치
게 놀라지. 바로 자신의 코가 없어졌기 때문이야. 무슨 영문인지는
모르지만 아무튼 코가 감쪽같이 사라져 버렸어. 그래서 꼬발료프
는 손수건으로 얼굴을 가리고 '코'를 찾기 위해 동분서주한다.
그러던 중 우연히 자신의 코를 발견해. 그런데 어처구니없게 그 코
가 사람의 모습을 하고 있는 거야. 그것도 어깨의 계급장을 보니까
자신보다 지위가 높은 5급 문관이야. 참으로 해괴한 일이지.

- 무슨 꿈 이야기 같네요?

- 그래! 그 '코'는 정말 사람처럼 성당으로 들어가서 열심히 기도까지 하는 거야. 꼬발료프는 자신의 '코' 앞에 가서 조심스럽게 얘기하지. "당신은 당신이 계셔야 할 곳을 아실 텐데요."하며. 그러자 코가 큰소리치지. "당신하고 나는 아무 관계도 없어. 제복에 달린 단추를 보아하니 서로 계급도 다른 것 같은데."고 말이야. 그 말에 꼬발료프는 어쩔 줄 모르지. 여기서 잠깐, 작가가 이 대목에서 무엇을 말하고자 하는 것일까 혹시 눈치 챘니?

- 아뇨?

- 음, 꼬발료프의 쩔쩔매는 모습, 그러니까 자기보다 계급이 높으면 무조건 꼬리 내리고 굽실거리는 비겁한 태도를 비판하고자 하는 거야. 계속해서 이야기해보자. 그때 마침, 한 경찰이 어디서 어떻게 찾았는지 코를 갖고 오지. 꼬발료프는 너무 기쁜 나머지 방안을 껑충껑충 뛰어다녀. 하지만 문제가 다 끝난 게 아냐. 그 코를 제자리에 붙이려는데 아무리 애를 써도 다시 붙일 방법이 없는 거야. 그래서 같은 건물에 사는 의사를 불러왔더니, 그 역시 봉합수술을 하기엔 위험하다며 코를 알코올에 담가 전시품으로 쓰면 좋겠다는 말만 늘어놔.

- 다들 주인공에게는 도움이 안 되는 사람들인데요?

- 그러는 사이 꼬발료프의 코에 대한 소문이 사람들의 구설수에 오르고 우스갯거리만 되지. 그러던 어느 날 아침, 잠자리에서 일어난 꼬발료프는 문득 자신의 얼굴에 코가 붙어있는 것을 보게

돼. 눈물 나게 좋아한 건 말할 필요도 없었지.

– 쌤, 그런데 어떤 점이 창의력이 있다는 거예요?

– 일단 이야기의 구성이 기발하잖니? 음, 카프카의 『변신』이라는 소설도 있지만, 이 작품은 그보다 훨씬 전에 발표되었지. 그럼에도 매우 현대적이고 풍자적이야. 작가 고골은 아마도 이 이야기를 통해 현실과 환상의 관계를 새롭게 엮어내려고 한 것 같아. 실제로 작가는 환상이 현실보다 오히려 더 현실적이라고 말해왔어.

– 그러니까 쌤. 작가는 미래를 볼 줄 아는 사람이었네요?

– 그렇지, 하하. 우선 이 소설 속에는 놀라운 비밀코드가 있단다. 날짜인데 말이야. 꼬발료프가 코를 잃어버린 날짜는 3월 25일이야. 그런데 코를 찾은 날짜가 4월 7일이지. 놀랍게도 음력 3월 25일이 양력으로는 4월 7일인거야. 즉, 두 날은 같은 날이란 얘기야. 사실은 코를 잃어버린 게 아니지. 그러나 잃어버렸다는 구성은 현실과 꿈의 중첩을 보여주고자 한 거지. 현실에서의 환상. 이게 고골에게 박수를 보내고 싶은 창의력이야.

– 우와, 신기하네요.

– 또 재미있는 게 있어. 코를 뜻하는 러시아 말이 'Nos'야. 그런데 이것을 거꾸로 하면 꿈이라는 뜻의 'Son'이 되지. 따라서 이 제목은 '코=꿈'이라는 두 가지 의미로 다가오는 거야. 주인공 이름도 꼬발료프(Kovalyov)는 대장장이란 뜻의 'Koval'에서 유래되었지. 이 단어는 또 수캐라는 의미의 'Kobel'과 발음이 유사해. 그래서 우리는 주인공 이름을 발음할 때마다 여자를 밝히는 인물

이란 느낌을 받는 거야. 어때, 기발하지? 너도 시나리오 같은 것을 쓸 기회가 있으면 이러한 작품에서 영감 좀 얻어라, 응?

 – 그럴게요, 쌤. 그런데 왜 하필 제목을 '코'라고 했을까요?

 – 음, 선생님 생각에는 코를 욕망을 상징한다고 봐. 말하기가 거시기한데, 쉽게 말하면 남자의 거시기를 뜻해. 꼬발료프라는 주인공은 여자를 매우 밝히지. 코를 찾으러 다니는 동안에도 예쁜 여자만 보면 항상 수작을 걸어. 우리나라의 속설에도 코가 크면 고추도 크다고 하잖아. 이렇게 본다면 꼬발료프가 코를 잃어버린 건 삶에 대한 전체를 잃은 거나 마찬가지지. 그래서 기를 쓰고 찾아다녔던 거야.

 – 아하, 그게 그렇게도 해석이 되는 거네요?

 – 작가는 이처럼 환상기법을 통해서 속물적인 인간을 그려내고자 한 거야. 허영심에 사로잡힌 세상을 싸늘한 웃음으로 꼬집는 풍자정신. 고골이라는 작가가 1836년에 이러한 창의적 발상을 했다는 건 참으로 놀라운 일이 아닐 수 없지. 그렇지 않니?

 – 와, 그동안 몰랐던 것을 책을 통해 배워보니 작가들이란 위대한 사람이란 생각이 들어요. 정말이에요.

 – 네가 점점 어른스러워지는구나. 하하, 눈빛도 많이 달라졌는걸?

 – 네. 저도 선생님이 존경스러워요. 정말이에요, 쌤!

아쿠타가와 류노스케의 소설에도 『코』라는 작품이 있다. 승려 '나이구(供)'가 자신의 긴 코를 짧게 하려다 비웃음을 사는 내용인데, 사람의 무너지기 쉬운 자존심과 주변사람들의 방관자적 이기주의를 은근히 비판하고 있다. 고골의 작품에 견줄 바는 못 되지만 참고로 읽어도 좋겠다.

– 쌤, 어제 인터넷에서 도서검색을 해봤더니 베르나르의 소설
이 뜨고 있던데 베르나르의 소설도 괜찮죠?

– 우와, 네가 스스로 도서검색까지 하다니 놀랍구나. 말 잘했
다. 그렇잖아도 베르베르의 소설 이야기를 한번 들려주고 싶었는
데. 으음, 그 소설은 한번 읽으면 중독돼 버리는 소설이거든. 그래
서 조심해야 하는데, 아무튼 작가의 기발한 발상과 반전이 독자들
을 사로잡아버리지. 참으로 무서운 작가야.

– 그 정도예요?

– 그래, 『나무』라는 책으로 그의 창의력의 파워가 얼마나 센지
한 번 맛볼까?

– 와, 선생님이 극찬하니까 기대되는데요?

– 이 소설은 몇 편의 짤막짤막한 이야기로 구성되어 있지. 〈내
겐 너무 좋은 세상〉이란 단편 이야기를 먼저 하마. 주인공 이름이
뢰인데, 뢰이 아침 자명종 소리에 깨어나지. 자명종이 "이봐요, 일
어나야 돼요. 기상 시간이에요."라고 외치는 거야. 그래서 그는 일
어나서 실내화를 신지. 그런데 "자아, 앞으로 갓!" 구령을 하는 게
실내화야. 여기에선 모든 살림도구들이 말을 할 줄 알아. 그렇게
뢰은 주방으로 가서 선반위에 놓인 물건들과 인사를 나누지. 전자
공학이 발달함에 따라 가전제품들이 사람처럼 말을 하게 된 거야.
셔츠를 입을 필요도 없어. 그냥 걸치면 셔츠가 알아서 단추를 채

워줘. 넥타이도 마치 뱀처럼 제 스스로 사람의 목에 감기는 거야. 어때, 이 정도면 호기심이 일지?

― 와, 재밌네요, 쌤. 그 다음은요?

― 그때, 여자 강도가 권총을 갖고 들이닥친단다. 그녀는 뤼을 위협하고 가전제품들을 큰 가방에 쓸어 넣은 뒤 뤼에게 입맞춤을 해주고 달아나지. 섹시한 강도지? 하하. 그런데, 그날 오후 우연히 뤼은 그 금발의 강도와 마주치게 된단다. 그는 여자를 가까운 경찰서로 끌고 가야 하나 말아야 하나 고민하다가 그녀가 해준 키스 생각을 하게 돼. 그래서 그녀에게 키스를 다시 한 번 해보려고 하는데, 그녀가 까르르 웃는 거야. 그러고는 느닷없이 뤼의 옷깃을 양쪽으로 홱 잡아당겨. 그녀는 이때 뤼의 가슴살을 찢고 그 속에서 인공심장을 끄집어내지.

― 허걱! 심장을요?

― 그녀는 "이런 걸 달고 있는 주제에 사랑을 할 수 있을 것이라고 생각해?" 하면서 심장을 다시 뤼의 가슴에 집어넣고 뚜껑을 닫지. 그런 다음 뤼의 일그러진 얼굴을 보면서 이렇게 말하지. "나 역시 당신 심장과 똑같은 것을 내 가슴속에 감추고 있어. 우리는 모두 기계야. 그럼에도 우리 자신이 살아있다고 생각하지. 그런 환상을 품도록 우리 뇌가 프로그래밍 되어있기 때문이야. 땅콩자동판매기와 당신 사이에 차이점이 있다면, 그건 당신이 꿈을 꾸고

있다는 것뿐이야. 꿈에서 깨어나야 해." …… 어때, 기막힌 반전의
이야기이지?

– 와, 떨리네요. 정말 저도 가슴에 인공심장이 들어있을 것만
같아요.

– '살아 움직이는 인간들이여, 그대들에게 진정 영혼이 있는
가?'라는 말을 작가는 하고 싶었던 거야. 제목도 역설적이잖아?
〈내겐 너무 좋은 세상〉이라니!

– 그 다음 얘기도 해주세요, 쌤.

– 그래. 더 재미있는 이야기를 해주마. 〈완전한 은둔자〉라는 단
편인데, 정말 충격적인 상상으로 독자의 고정관념을 파괴하지.
음, 주인공 귀스타브라는 사람이 있는데 어느 날 방 속에 틀어박
혀 명상을 해. 그 결과 얻어낸 생각이 "모든 것이 이미 다 내 안에
있는데 사람들과 부대끼며 사는 것이 무슨 의미가 있는가."였어.
살아가는 데 육신은 그다지 필요 없다는 생각이었지. 사실 우리는
육신 때문에 괴로움이 생기잖아? 배고프면 먹어야하고 병이 나면
치료를 해줘야 하니까 육신은 불편한 것이라고 생각한 거야. 하지
만 뇌만 놓고 보면 필요한 것이 그렇게 많지 않잖아. 우리 뇌가 하
는 일의 대부분은 다른 기관들을 관리하는 거 아니니? 우리 몸을
유지하고 보호하는 일에 에너지의 대부분이 소비된다는 얘기지.

– 몸만 없으면 뇌가 편하겠군요.

– 결국 주인공은 육신의 고통에서 벗어나고자 뇌만 따로 분리
해내지. 친구의 도움을 받아 뇌를 떼어내고 영양 액으로 채워진

어항에 들어가 생각만 하며 살게 돼. 그렇게 십 수 년을 명상 속에서 사는 거야. 그러던 중 어느 날 증손자의 친구들이 놀러오지. 그들은 짓궂게 놀다가 급기야 어항에 담긴 뇌를 꺼내 럭비공 다루듯 가지고 던지며 노는 거야. 그러다가 실수로 잘못 던진 뇌가 밖에 있는 쓰레기통에 처박히지. 때마침 그곳을 지나던 개가 그걸 먹어버리는 거야. 이렇게 그의 은둔은 끝나버려.

　－ 완전 어이없네요, 쌤.

　－ 자, 수로야, 그럼 한번 생각해보자. 제목에서처럼 귀스타브는 완전한 삶을 살았을까? 어디 정리해서 말할 수 있겠니?

　－ 완전한 삶이 아니라 바보 같은 삶이죠! 제가 보기엔 식물인간이나 똑같은데요, 뭐.

　－ 그렇지. 자기 혼자 꿈꾸고 명상을 한들 무슨 소용이 있겠니? 인간으로서 의미가 없는 것 아니겠니? 인간이라면 적어도 인간 사이에서 순리대로 살아야하는 거야. 생로병사가 자연의 순리이지. 이러한 것을 초월하여 명상만 하며 산다는 건 신선의 삶과는 또 달라. 네가 말한 것처럼 식물인간과 다를 바 없지.

　－ 끔찍하네요.

　－ 이게 베르나르의 매력이야. 그의 소설적 상상력은 단순한 판타지하고는 차원이 달라. 그의 소설은 독자들을 생각하게 만들지. 우리가 인간답게 살고 있는가 하는 게 그의 화두야. 그의 소설은 우리에게 맛있게 먹히기도 하지만 영양가 높은 보약이기도 해. 선

생님은 이렇게 부르고 싶다. 상상력의 귀재 베르나르! 넌 어떻게 생각하니?

　－ 선생님은 언어의 마법사! 공통점이 있는데요? 하하. 참 저, 오늘은 일찍 가서 베르나르의 책이나 한 권 사야겠어요. 쌤, 오늘은 여기까지만 하죠?

　－ 좋아, 좋아. 창의적 상상력을 위하여, 오늘은 여기까지! 하핫.

베르나르 베르베르의 중독성이 강한 또 다른 책 『타나토노트』는 과학과 철학이 조합된 아주 맛있는 책이다. 또한 『파피용』・『신』을 곁들여 읽는 것도 황홀한 지적 체험이 될 것이다.

- 쌤, 저 다음 주에 환경보호백일장 나가려고 하는데 쌤 생각은 어떠세요?

- 정말? 와, 대단하다. 일단 너의 적극적인 태도에 갈채를 보낸다.

- 그래서 그런데요. 그동안 쌤한테 배운 창의적인 생각으로 글을 쓰려고 하는데 막상 무엇을 어떻게 써야할지 모르겠어요. 그래서 오늘은 창의적인 글쓰기에 대해 말씀해주시면 안 돼요?

- 맞아. 언젠가 수로에게 한번 얘기해주어야겠다 생각했는데, 그게 오늘이 되는구나. 자, 자리에 앉아봐라.

- 예. 필요한 건 제가 메모할게요, 쌤.

- 좋은 글을 쓸 수 있는 것은 하루아침에 이루어지는 것은 물론 아니란다. 평소 바른 글쓰기 태도를 생활에서 실천하는 게 필요하지. 마침 나탈리 골드버그란 사람이 했던 말을 토대로 얘기해주마. 잘 들어봐라.

- 옙!

- 글을 쓸 때는 싸움에 나선 전사가 되어야 한단다. 생각을 하더라도 정신을 집중하여 적을 공격할 때처럼 긴장을 놓지 말아야 하고. 스스로에게도 "그래! 좋아!"라고 용기를 준 다음 일단 그냥 써내려가는 게 중요하단다.

- 와, 굉장히 전투적이네요? 쌤.

- 주의할 것은 방금 쓴 글을 읽기위해 손을 멈추면 안 돼. 그렇

게 하면 생각이 끊겨버리거든. 철자법이나 구두점 같은 문법에도 신경 쓰지 말아야 해. 그건 나중에 퇴고할 때 고치면 되니까. 일단은 그냥 마음 가는 대로 쓰는 거야. 또한 자신의 생각이 다른 사람에게 읽힌다는 생각도 할 필요가 없어. 그냥 무조건 자신의 생각 속으로 깊이 빠져들어야 해.

  ― 네에, 쌤, 조금만 천천히 말씀해주시면 안 돼요? 제가 쓰는 속도가 좀…… 히히.

  ― 알았다, 하하하. 글을 쓰는 건 첫 생각이 중요하지. 그 첫 생각이란 우리 마음에 번쩍 하고 다가오는 불씨 같은 거야. 생각에 불을 활활 붙여주는 것. 글을 마구 쓰고 싶은 충동을 일으키게 하는 것, 그것을 찾아내야 해. 첫 생각을 잘 잡아낸 뒤 진솔하게 쓰면 일단 성공이란다.

  ― 네에. 첫 생각이라…….

  ― 그 다음에 인내심을 가지고 글을 써야 해. 새는 바람을 타고 날아가잖아. 물고기가 물속에서 행복을 느끼잖아. 그처럼 나도 내 생각의 물살을 타고 흐르면 아름다운 글이 만들어 지는 거야. 마음이 불안해서 글 쓸 기분이 아니더라도 글을 써야 해. 일단 글을 쓰기 시작하면 마음이 행복해지고 안정이 되지. 그래서 글을 쓰는 일은 안정제, 차 한 잔, 조용한 음악 감상과 다름없는 거야.

  ― 네에, 인내심이라…….

  ― 지금 이 순간에도 수로의 마음에 떠오르는 뭔가가 있다면, 바로 메모지에 적어야 한단다. 반짝하고 떠오른 생각은 그 순간에

잡지 못하면 영영 사라져버리거든. 그래서 글 쓰는 사람들은 항상 노트나 수첩을 가지고 다니는 거지. 길을 가다가도 어떤 생각이 떠오르면 즉시 노트에 적어두어야 하니까 말이야.

－ 쌤, 저는 지금 눈에 번쩍 불이 납니다, 히히.

－ 하하. 그리고 평소 진정으로 아끼고 사랑하는 장소들을 시각화시켜 보는 것도 글쓰기 훈련으로 추천할 만하지. 내가 마치 지금 그 장소에 있는 것처럼 머릿속에 떠올려보는 훈련 말이야. 그런 다음 조용히 눈에 보이는 것을 글로 풀어 쓰면 되거든. 예를 들어 그곳이 동네 피자가게라고 생각해봐. 그러면 가게 안에는 어떤 색으로 채워져 있는가? 무슨 소리가 들려오는가? 어떤 냄새가 나는가? 글을 읽는 사람이 마치 그 장소에 앉아있는 듯한 착각이 들도록 글을 쓰면 되는 거야.

－ 아, 피자가게 누나가 보고 싶어요, 쌤!

－ 수로가 외롭다면 외로움을 이용하는 것도 좋은 방법이란다. 왜냐하면 외로움이란 누군가와 이야기하고 싶다는 강한 욕망이거든. 그래서 외로움을 받아들이고 그 쓸쓸한 마음으로 내면세계를 탐사하면 좋은 수필이 되기도 하지. 혹시 너 아주 오랫동안 한 가지 생각에 머물러본 적이 있니?

－ 오랫동안 한 가지 생각이요?…… 예전에 세뱃돈 받은 거 잃어버렸을 때, 그때 일주일 갔어요.

－ 하하, 그것도 좋다. 이를테면 상실감이 뭔지 처절히 느꼈을 테니까. 바로 그와 같은 상태에서 생각이 비약적으로 튀어 오르는

데, 그게 바로 영감(靈感)이란 거야. 그게 필요해. 글을 쓴다는 게 더러는 힘든 작업이니까 말이야. 경우에 따라서는 고통에 울부짖는 짐승처럼 시작해야하는 경우도 많아. 그래서 영감이 필요해.

– 아, 영감! 그런데 왜 돌아가신 할아버지가 생각나죠?

– 허허, 또 슬슬 심심한가보구나. 잘 들어라.…… 글쓰기는 패스트푸드가 아니라 슬로푸드라는 걸 알아야 해. 요리가 천천히 익어가는 것처럼 글쓰기도 절대 서둘러서는 안 된다는 말씀이야. 아울러 잘 듣는 것도 중요하단다. 무슨 말이냐 하면 보이지 않는 소리에 귀를 기울일 줄 알아야 한다는 거야. 지나가는 사람의 표정이 무얼 말하는지 들어야 하고, 나뭇가지에 앉은 새의 말을 들어야 하고, 심지어 식탁과 의자가 말하는 소리까지 들을 수 있어야 하는 거야. 세상을 마음의 눈으로 보아야 한다는 얘기란다, 하하. 그래서 좋은 글을 쓰려면 기본적으로 많이 읽고, 열심히 듣고, 많이 써 보는 것이 중요해.

– 예.

– 수로야, 글쓰기에 관련된 속담 하나 들려줄까? '말하지 말고 보여주라'는 말, 무슨 뜻이겠니?

– 글쎄요, 알 듯하면서도 모르겠는데요?

– 다시 말해 글 속에 너의 생각이나 주장을 집어넣지 말고 그냥 눈에 보이는 것, 들리는 것, 냄새로 느껴지고 만져지는 것들을 있는 그대로 보여주라는 뜻이야. 자기가 쓴 글은 쓰자마자 바로 읽지 마. 그냥 김치를 발효시키듯이 덮어두고 기억에서 잊어버려.

그리고 한참 지난 후에 꺼내 남의 글처럼 읽어보면 잘되고 못된 문장들이 눈에 들어올 거야. 그때 퇴고하면 비로소 훌륭한 글이 탄생하는 거지. 한마디로 인내심과 창의력, 이것이 최고의 글쟁이를 만들어내는 거란다. 어렵지?

 – 와, 세상에 쉬운 게 없네요. 그래도 많은 도움이 되었어요. 쌤, 사랑해요~.

함께 읽으면 좋은 책으로, 바바라 애버크롬비의 『글 잘 쓰는 기술』을 권한다. 미국인들에게 글쓰기의 혁명적인 변화를 일으킨 이 책은 논리적 사고능력과 창조적 사고에 대한 글쓰기 방법을 명쾌하게 제시한다. 용기 하나로 시작한 발칙한 글쓰기에 있어서 여러분의 친절한 멘토가 되어줄 것이다.

논술, 창의력 쑥쑥 키우기

- 쌤, 요즘 창의적인 논술이 다시 강조되잖아요. 그래서 말씀인데, 창의적으로 논술 쓰는 방법에 대해 말씀 좀 해주실래요?

- 좋은 얘기다, 수로야. 창의적인 논술을 써야 한다니까 사소한 것조차 확대 · 과장하여 쓰거나 엉뚱한 결론을 횡설수설 늘어놓아도 되는 줄 아는 아이들도 있는데 그건 아니란다. 이런 글은 오히려 아니 씀만 못하지.

- 쌤, 예를 들면서 쉽게 설명해주시면 안 돼요?

- 하하, 그럴까? 수로야, 논술 문제는 더러 그 사회에서 찬반양론이 대립되는 문제들이 출제되기도 한단다. 그래서 평소 사회적인 이슈에 대해 자신의 생각을 정리하고 있어야 하는데, 새로운 입장을 가지고 있어야 해.

- 아하, 새로운 입장, 그런 게 창의력이란 얘기죠?

- 얼마 전에 낙태를 반대하는 한 의사가 불법 낙태 시술을 한 동료 의사를 관련 행정 기관에 고발하여 사회 이슈가 된 적이 있는데 기억나니? 물론 이 문제는 어제 오늘의 문제는 아닌데, 뾰족한 해법도 없단다. 현재 우리나라에서 낙태는 불법이야. 그럼에도 불구하고 한 해 160만 건의 낙태가 불법으로 이루어지고 있어.

- 우와, 그렇게 심각해요?

- 그래서 이러한 문제에 대해 만약에 시험관이 '낙태 문제에 대한 바람직한 해결 방안'을 쓰라고 한다면, 수로 넌 어떻게 할래?

- ……?

- 먼저 실태와 원인을 알고 해결책을 생각해야 해. 왜 이런 낙태가 발생하는가 하는 원인 말야. 수로는 여성들이 왜 낙태를 하는지 생각해본 적 있니?

- 아들 낳으려고 했는데 의사가 딸이라고 하니까 낙태하는 것 아녜요?

- 그리고 또 없어?

- 음, 성폭행당한 경우도 있겠죠.

- 그 정도 가지곤 안 돼. 원인을 더 말해봐라.

- ……제가 여자가 아니라 더 이상은 모르겠어요. ㅎㅎ

- 바로 그거야. 평소 나와 관련 없는 문제라고 생각하니까 생각이 없는 거야. 음, 낙태의 원인은 방금 말한 것 외에도 출산을 연기하기 위한 낙태, 결혼 전 임신, 특히 10대들의 임신에 의한 낙태 그리고 터울을 조절하기 위한 낙태가 있지. 그리고 산모가 건강이 안 좋아서도 낙태를 하고, 뱃속의 아기가 기형아로 판명되었을 때도 낙태를 하지.

- 쌤, 먹고 살기 힘들어서 낙태하잖아요!

- 하핫, 이제야 수로가 정확히 꼬집어내는구나! 그래, 통계에 의하면 실업자나 일용직 근로자들일수록 낙태율이 높단다. 자 그래서, 이처럼 남들이 생각하지 못하는 원인을 다양하게 찾아낸 다음 그것에 대한 해결책을 구체적이고 참신한 안을 제시할 줄 알아야 해.

- 아하, 그렇군요!

- 서울대학교에서도 전부터 뚜렷한 자기 목소리를 가지고 있는 학생들에게 좋은 점수를 주고 있단다. 그러니까 다른 사람들이 미처 생각하지 못한 방법을 다양하게 제시해야 좋은 논술이란 것이지.

- 네에, 쌤. 이해가 가요.

- 그러면 아래의 예시답안은 낙태에 대한 반대의 입장에서 창의력을 활용해 1,000자 내외로 쓴 건데 수로가 한 번 읽어볼래?

✎ 낙태란 인공적으로 태아를 산모의 몸에서 분리해내는 행위를 말한다. 일반적으로 출산 예정일을 앞당기는 수술을 포함하여 뱃속에서 죽은 태아를 수술하는 것을 포함한다. 그러나 흔히 말하는 불법 낙태란 7개월 이내에 실시하는 임신중절을 말한다. 통계에 의하면 한 해 우리나라에서 160만 명의 태아가 이러한 낙태로 죽는다고 한다. 이것은 선진국이나 개발도상국이나 큰 차이는 없다.

세계 대부분의 나라에서는 낙태수술을 법적으로 금지하고 있다. 그럼에도 낙태가 줄지 않는 것은 수술하고자 하는 욕구가 법적 규제보다 크기 때문이다. 그러나 수술은 태아의 생명을 빼앗은 것은 물론 산모도 위험에 빠질 수 있다.

우리나라의 경우, 아직도 남아선호사상 때문에 낙태하려는 사람이 많다. 아들만이 제사를 모실 수 있다는 유교적 생각에서이다. 그리고 핵가족화와 '한 자녀 낳기'로 자녀를 인위적으로 제한하고자 한다. 경제적으로 어려운 가정에서는 터울을 조절하고자 수술을 한다. 또한 10대 미혼모의 임신 중절도 여전히 증가 추세이다.

현행 낙태관련법에서 허용하는 임신중절은 산모가 위험하거나 유전적 질병이 의심되는 경우에 국한한다. 그리고 성폭행에 의한 경우와 혈족에 의한 경우에도 마찬가지이다. 하지만 이러한 경우를 제외하고는 모두 불법이다. 어느 누구도 태어나려는 생명을 파괴할 수는 없는 것이다. 세상에 먼저 태어났다는 기득권으로 태어나야 할 생명을 막을 권리는 없다. 이것이 생명의 존엄성이다.

사람들은 단출하고 편리하게 행복을 누리고자 한다. 물질적 사고와 개인주의로 말미얌아 생활에 쪼들리거나 자녀양육으로 희생당하는 것을 싫어한다. 그러나 낙태는 생명을 침해하는 행위이다. 경제적 문제 또는 자녀에 구속되는 것을 꺼려하여 부모가 태아의 생명을 빼앗을 수는 없다.

모두의 생명은 소중하다. 태아는 산모의 신체조직의 일부가 아니라 스스로가 존엄한 생명체이다. 아들 딸 구별 없이 낳아 기르는 시대에, 우리는 올바른 가족윤리와 성도덕에 대한 인식을 바꿔야 한다. 10대들에게는 순결교육과 실질적인 성교육을 강화해야 한다. 또한 경제적으로 어려운 산모의 경우 출산과 육아비용을 지원하고 '미혼모'가 아이를 낳은 경우에도 산모와 아이에게 복지차원의 혜택을 제공해야 한다. 생명은 부담스러운 대상이 아니라 가장 아름다운 축복이기 때문이다.

- 와, 멋져부러요, 쌤!

- 하하, 고맙구나. 그러니까 '낙태는 살인 행위이니까 해서는 안 된다'는 식의 섬뜩한 주장은 누구나 할 수 있단 얘기야. 그래서 수박 겉핥기식으로 하지 말고 수박 속을 파고들란 얘기지!

- 아하, 그러니까 남들과 달리 새롭게 쓰란 얘기죠, 쌤?

- 그래!

- 아~ 쌤, 이제 논술에 자신이 생겼어요! 자신감 말이에요!

II

표현력 밖으로 드러내기

섬 · 햄릿 · 오만과 편견 · 설국 · 자아 · 산가일기
샤갈의 마을에 내리는 눈 · 죽은 황녀를 위한 파반느

쌤~, 표현력이 뭐예요?

– 선생님 안녕하셨어요?

– 엇, 수로 아냐? 어서 와라. 그렇지 않아도 보고 싶었다. 근데 오늘은 친구랑 같이 왔구나. 누구냐?

– 아, 제 동생 같은 친구예요. 인사드려. 내가 제일 존경하는 선생님이셔.

– 안녕하세요? 저 혜리예요. 이혜리.

– 음, 가수 이름하고 비슷하구나. 얼굴도 예쁘구……, 마음씨도 물론 예쁘겠지?

– 호홋, 그래요.

– 쌤, 사실 오늘은 표현력에 대해 여쭤보려고 왔어요. 제가 아는 건 많은데 가끔씩 표현력이 부족한 느낌이 들어서요. 그게 요즘 고민이 돼요.

– 애, 넌 생각이 부족해서 그런 거야, 호호.

– 아이, 장난치지 말고, 난 심각하단 말이야. 그래서, 쌤! 표현력이 뭔지 좀 얘기해주시면 안 되나요?

– 표현력이라. 수로가 그게 문제였구나. 사실 구슬이 서 말이라도 꿰어야 보배란 말이 있잖니? 우리가 머릿속으로 아는 게 많아도 그것을 상대에게 적절하게 표현하지 못하면 무용지물이지. 요즘 보면 사랑하는 사람들끼리도 다투잖아? 그게 자신의 생각을 적절하게 표현하지 못한데서 비롯되는 거야. 그래서 심하면 이혼까지 가는 경우도 생기는 거고.

– 어머나, 그런 사람들이 많아요?

– 부부싸움이 대부분 상대를 존중하지 않고 입에서 나오는 대로 말하기 때문에 생기는 거란다. 따라서 표현력이란 자신의 생각을 효과적으로 전달해서 상대의 이해를 돕는 언어적 기술이야.

– 말 한마디로 천 냥 빚도 갚는다, 이런 얘기겠네요, 그죠?

– 허헛, 수로가 문자를 쓰네? 프랑스의 아가씨들은 남자를 선택할 때 얼굴이나 경제력도 중요하겠지만 위트 있는 남자를 더 선호한다고 하는데…….

– 어, 웃기는 거하면 바로 전데요, 쌤!

– 얘, 네가 하는 건 주로 몸 개그잖아!

– 혜리야, 네가 나의 진수를 못 봐서 그래. 내가 웃기는 말하면 여기 있는 사람 다 쓰러져. 내가 간접살인을 하는 거야!

– 하하, 그렇다면 수로는 나중에 프랑스에 가서 살면 되겠다. 방금 선생님이 한 말이 무슨 뜻이냐 하면 프랑스사람들은 그만큼 언어를 즐길 줄 안다는 거야. 고도의 정신적 능력을 갖춘 셈이지. 사랑을 고백하더라도 그냥 '나랑 결혼해 줘!' 이런 말보다 '난 마

법에 빠졌어요. 당신을 사랑합니다!' 이게 얼마나 더 감동적이냔 얘기야.

– 선생님. 저라도 프러포즈 받을 때는 그런 감동적인 말로 받고 싶어요.

– 그리고 말이야, 우리가 책을 읽거나 영화를 보더라도 정말 밑줄을 치고 싶은 대사들이 있잖아. 그러한 대사가 가슴에 머물면서 온종일 행복했던 경험들 혹시 있니?

– 저는요, 영화 『8월의 크리스마스』에서 한석규가 한 말이 생각나요. "내 기억속의 무수한 사진들처럼 사랑도 언젠간 추억으로 그친다는 것을 난 알고 있었습니다. 하지만 당신만은 추억이 되지 않았습니다. 사랑을 간직한 채 떠날 수 있게 해준 당신께 고맙다는 말을 남깁니다." 전 지금도 이 말을 떠올리면 눈물이 나요.

– 야야, 혜리야, 네가 그걸 다 외었단 말이지? 너 공부를 그렇게 했으면 벌써 성공했을 텐데 안타깝다. 푸하하.

– 수로야, 너 정말 유치하게 왜 이래?

– 선생님도 그 영화를 보았지. 사실 국산영화에 대한 편견이 있었는데, 그 영화는 우선 제목이 기막히잖아. 『8월의 크리스마스』라. 지독한 역설적 표현이 너무 아름다웠던 영화야. 그러니까 국내영화도 예술성 면에서 외국영화에 뒤지지 않는다고 할 수 있어. 표현은 진실함에 바탕을 두어야해. 기왕 말이 나왔으니까 말이지 우리 영화나 소설 중에서 멋진 대사나 표현들을 생각나는 대로 하나씩 말해볼까?

– 선생님부터 해보세요.

– 좋아, '당신의 눈동자에 건배!'

– 끝난 거예요, 쌤?

– 하하, 너무 짧으냐? 영화 『카사블랑카』에서 나오는 대사야. 촌철살인이라는 말이 있듯이 짧은 이 한마디가 낭만적이잖아?

– 혹시 선생님, 술 좋아해서 그러신 것 아녜요?

– 허헛, 녀석 눈치한 번 빠르군. 이번엔 수로 네가 한 번 이야기 해봐라.

– 음, 영화 『포레스트 검프』의 비디오를 봤는데, '인생은 초콜릿 상자에 있는 초콜릿과 같다…… 어떤 초콜릿을 선택하느냐에 따라 맛이 달라지듯이 우리의 인생도 어떻게 선택하느냐에 따라 인생이 달라질 수 있다……' 뭐 이런 내용인데, 어때요, 멋지죠, 쌤!

– 우와, 수로도 머리 끝내주는구나. 그런 것이 바로 멋진 표현이란다. 이번엔 그럼 혜리가 해봐라.

– '주님께서는 한쪽 문을 닫을 때, 다른 한쪽 문을 열어 놓으신다.' 영화 『사운드 오브 뮤직』에서 나오는 말인데요, 영화는 못 보았지만, 힘들 때 저에게 희망을 주는 말이에요.

– 야, 너 교회에 나가냐? 혹시 간식 얻어먹으려고 나가는 거 아냐? 푸하핫.

– 얘 얘, 난 다이어트 중이라고!

– 얘들아, 건성으로 듣지 말고 우리가 지금 표현력에 대해 이해하고자 하는 것이니까, 저 말이 왜 멋지게 들리는가. 왜 감동을 주

는가 하는 것에 집중하며 느껴보란 얘기야.

음, 그럼 이번엔 선생님이 말해볼게. 선생님이 대학교 때 보았던 영화인데 『러브 스토리』란 영화 알지? 배경음악이 참 아름다운 영화야. 그 영화에서 여자주인공이 이런 말을 해. '사랑이란 결코 미안하다는 말을 해서는 안 되는 거예요.' 슬픈 영화인데, 이런 게 진실한 사랑이 아닌가 하는 생각을 하게하지.

– 그래요? 야, 혜리야, 그럼 나도 앞으로 너한테 미안하다는 말 안 할 거다!

– 웃기시네! 넌 언제 철들 거냐?

– 나 요즘 운동하느라 철들고 있어. 아령도 하루에 200개씩 하는데, 뭘.

– 으이그 못 말려. 선생님 그럼 이번엔 예쁜 혜리가 해볼게요.

– 그래, 기대하마.

– 영화 『봄날은 간다』에서 은수가 상우에게 '우리 헤어져'라고 하거든요. 그러자 상우가 '내가 잘할게'라고 해요. 그러면서 '너, 나 사랑은 했니?' '어떻게 사랑이 변하니?'라고 하는데 가슴에 뭔가 내려앉는 느낌이었어요.

– 흐음, 혜리도 다 컸구나. 사랑의 감정이 어떤 건지 이미 알고

있다는 얘기야.

－ 사랑에 대한 얘기 중엔 이런 대사도 있지. "사랑을 하면 바보가 된다지. 누가 나 때문에 바보가 되었으면 좋겠다."

－ 어, 저도 그 말 어디서 들은 거 같아요.

－ 음 또 다른 멋진 말도 있지. "당신과 나는 날개가 하나밖에 없는 천사입니다. 우리가 날기 위해서는 서로를 안아야 합니다."

－ 와, 죽이네요.

－ 쌤, 이참에 아예 김쌤 어록을 하나 만드시죠!

－ 그렇다고 너무 이런 멋진 말만 골라서 표현을 한다면 그건 알팍한 잔재주에 지나지 않아. 이러한 표현을 잘 소화해서 자신도 그러한 창조적 표현을 하려고 노력할 때 비로소 심금을 울리는 표현이 나오는 거야. 평소 말을 할 때도 너저분한 농담을 하려고 하지 말고 위트 있는 말을 하도록 해야 해. 위트는 지적인 반짝임을 말하는 거야. 위트를 할 줄 안다는 건 매력이 있다는 뜻이기도 해.

－ 네, 앞으로는 생각하면서 말을 하겠습니다.

－ 이번엔 문학적인 쪽에서 얘기를 해보자. 수로야, '4월은 가장 잔인한 달'이라는 말 들어봤니?

－ 아이, 쌤. 저를 어떻게 보시고 그런 섭한 말씀을!

－ 모르면 모른다고 해.

－ 네, 실은 모릅니다.

－ 거 봐, 녀석아. 그 말은 시인 엘리어트가 〈황무지〉라는 시에서 한 말이야. 가장 생명력이 왕성할 때가 죽음의 때라는, 문명에

대한 역설적 표현을 한 거야. 이런 시 구절도 들어봤는지 모르겠다. "바람이 분다, 살아야겠다." 이건 폴 발레리가 한 말인데 들어봤니?

– 에이 참, 그것 역시 안 들어봤는데요?

– 수많은 시인들에게 섬광 같은 한줄기 깨달음을 주는 표현이야. 수로나 혜리도 나중에 힘든 일이 있으면 이 구절을 읊조려보길 바란다. 항생제와 같은 치료효과가 있으니까.

– 쌤, 저희 심장이 짜릿짜릿 전기를 느낄 만한 뭐 그런 좋은 우리나라 시들은 없나요?

– 그거야 말로 다 얘기 못하지. 그냥 너희들이 이해하기 쉬운 걸로 몇 가지만 얘기해줄까?

– 네, 선생님. 짜릿짜릿한 말씀으로 우리를 감전시켜주세요.

– 네, 쌤. 저도 감전사할 준비가 되어있습니다.

– 하핫. 이상국이라는 시인의 〈어둠〉이라는 시부터 말해볼까? '나무를 베면/뿌리는 얼마나 캄캄할까' 어때? 시를 입속에 넣고 살살 녹여가며 먹어봐라.

– 와, 뭔가 뜨거운 다리미 같은 것에 덴 느낌인데요?

– 증말이야? 오버하는 건 아니고?

– 아냐, 방금 뜨거운 전율이 두개골에서부터 척추뼈 1번과 2번을 관통하며 지나갔어. 이런 게 섬광 같은 감동이라고 하는 거구나······.

– 허헛, 수로 말이 진심이라면 좋겠다. 다음은 너희들이 잘 알

고 있는 김수영의 시 구절 하나를 얘기하겠다. 일단 눈을 지그시 감고 편안한 마음으로 들어봐.

– 네, 말씀하시옵소서.

– '비가 오고 있다/여보/움직이는 비애(悲哀)를 알고 있느냐'

– 크크크크……,

– 왜 웃어?

– 여보라는 말이 웃겨서요.

– 이런 엉뚱한 같은 녀석! 거기서 웃으면 안 되지. 이 시는 김수영의 〈비〉라는 시인데, 비를 '움직이는 비애'라고 표현한 건 정말 소름끼치도록 대단한 비유야.

– 아하! 시를 그런 맛에 읽는군요, 쌤.

– 선생님, 전 시가 어렵게 느껴져요. 문제집을 풀 때에도 무슨 말인지 몰라서 틀려요.

– 그건 출제하는 사람들 잘못이지. 시인이 시를 지을 때 느끼라고 지은 것이지, 선생님들 기말고사에 출제하라고 창작한 게 아니잖아?

– 맞아요, 선생님!

– 내가 지금 시 한 구절을 읊어볼 테니까 무엇을 표현한 것인지 짐작해보겠니? 의외의 것일 수도 있으니 한번 감상하며 생각해보자. '누군가 목에 칼을 맞고 쓰러져 있다/흥건하게 흘러 번진 피/그 자리에 바다만큼 침묵이 고여 있다' 자, 잘 들었지? 제목을 뭐라고 붙여볼까?

– 범죄현장! 아녜요? 아니면 살인!

– 얘, 얘, 수로야, 그렇게 해서 무슨 시가 되고 감동이 생기겠니?

– 쌤, 그럼 배신자의 최후, 맞죠?

– 아무래도 선생님이 얘기해야 할 것 같구나. 이 작품은 이형기 시인의 〈황혼〉이란 작품이야. 바로 황혼을 끔찍하리만큼 감각적으로 표현한 거야. 이렇게 제목을 붙여야 시가 되는 거야. 전문적으로 말하면 '낯설게 하기' 기법과 같은 것이지.

– 아하, 이해가 가네요. 알겠습니다. 뭐 또 다른 건 없습니까? 이번엔 제가 정확하게 맞추겠습니다.

– 시는 퀴즈가 아니란다, 수로야. 시는 운명이고 목숨이야. 어쩌면 시인에게 있어서는 악마와 같은 대상이야. 끊임없이 시인을 괴롭히는 시의 악마. 김수영은 '시는 나의 닻(錨)이다'라고 했지. 선생님도 그 표현을 보는 순간 식칼 하나를 손에 올려놓은 떨림을 받았지.

– 네에~.

– 송기원 시인은 〈시〉라는 시를 썼는데 얼마나 가혹한 것이 시였으면, '그대 언 살이 터져 시가 빛날 때'라고 했을까. 그만큼 불후의 문장 하나를 찾기 위하여 폐인이 되기를 서슴지 않는 게 시인이라는 얘기야.

– 선생님도 시를 쓰시잖아요. 근데 아직 폐인까지는 안 가신 것 같은데…….

– 하하하, 수로야 폐인이 되더라도 뭔가 대단한 시를 써야 의미

가 있지 않겠니? 물론 시를 만나기 위해 거창하게 찾아다닌다고 해서 만나지는 것도 아니고 우울하게 술을 마시며 기다린다고 나타나는 것도 아니지만. 오규원 시인은 버스를 타려고 기다리다가 문득 시를 발견했단다. 그때 그는 이렇게 말했어. '노점의 빈 의자를 그냥/시라고 하면 안 되나' 어떠냐? 정말 우연치고는 대단한 발견이잖니? 제목이 〈버스정거장에서〉란 시야.

– 네, 선생님. 무슨 말인지 조금 알 것 같아요. 그러니까 시란 것이 어떤 거창한 것이 아니고 일상적인 삶이란, 그런 얘기죠?

– 흐음, 바로 그거야. 혜리가 시인의 소질이 있구나! 사람들은 감동적인 표현을 멀리서 찾으려 하는데 더러는 우리 주변에서도 찾을 수 있는 거야. 즉 진솔하게 우리의 삶에 말을 걸고 소통을 하면 돼. 김명인 시인은 동두천에서 국어선생을 하던 당시 이런 시 한 구절을 썼어. '캄캄한 교실에서 끝까지 남아 바라보던 별 하나' 어때, 무슨 생각이 드니?

– 쌤, 저는 야간자율학습이 떠오르는데요?

– 저는요, 뭔가 슬픈 느낌이 들어요.

– 다 맞는 얘기이다. 무언가 암담하고 절망적인 가운데 그래도 희망을 포기하지 않는 화자의 간절함이 묻어나지 않니?

– 네, 말씀을 들으니 그러네요. 윤동주의 시에서도 별은 순수한 소망을 상징한다고 배웠거든요.

– 좋은 표현을 배우겠다면 마음의 눈을 갖는 게 필요해. 차분하게 생각하는 태도도 필요하고. 생각이 들떠버리면 좋은 표현이 깃

털처럼 날아가 버리거든. 아마 너희들도 들어본 적 있는 시일 텐데, '사람들 사이에 섬이 있다/그 섬에 가고 싶다'란 시 본 적이 있을 거야. 정현종 시인의 〈섬〉이라는 시인데…….

– 아, 그거 우리 동네 가다보면 나오는 카페 이름이에요. '그 섬에 가고 싶다', 그게 시였어요?

– 그 표현이 고독하고 아름다워서 유흥음식점에서도 쓰는 모양이구나.

– 쌤이 특별히 좋아하는 멋진 표현은 뭐예요?

– 그렇지 않아도 내가 미리 준비하고 있었다. 선생님은 '무슨 꽃으로 문지르는 가슴이기에 나는 이리도 살고 싶은가……'라는 이 구절이 가슴에 닿을라치면 몸이 마비됨을 느낀단다. 솔직한 말이지만, 다른 건 몰라도 서정주 시인의 그 기막힌 천부적 표현들에 나는 예를 갖출 수밖에 없지.

– 정말 방금 말씀하신 그 표현 적어두어야겠어요.

– 혜리, 너 나중에 연애편지 쓸 때 써먹으려고 그러지?

– 너한테는 안 써먹을 테니 걱정 마! 으이그~.

– 쌤, 저희들에게 선물할 만한 글귀도 준비하셨죠?

– 오브 코오스! 근데, 너희들이 이해할 수 있을까 모르겠다. 너희들이 받아들이기에는 좀 무거운 표현인데…….

– 괜찮아요, 쌤. 우리가 이래봬도 정신연령이 높잖아요.

– 맞아요, 저도 다 컸어요, 선생님!

– 음, 좋아. 김광섭 시인의 〈저녁에〉라는 시인데 이런 구절이

있지. '어디서 무엇이 되어 다시 만나랴'라는 표현이 있는데 어떠냐? 참 좋지?

  - 네에, 그러네요.

  - 아~ 정말 참 좋네요, 선생님. 정말 우리 헤어지면 어디서 어떻게 만나죠?

  - 별이 되어 다시 만나야지. 만나면 헤어지고, 헤어지면 다시 만나는 게 인연 아니겠니?

  - 선생님, 갑자기 슬퍼지려고 해요.

  - 하하, 혜리가 보기보단 감상적인 면이 있구나. 너무 센티멘탈에 빠지지 말고, 주제에 집중해보자. 표현력이라는 게 이처럼 사람의 마음을 송두리째 흔드는 마력이 있다는 얘기야.

  - 아, 참 그렇지. 네, 쌤. 오늘 잘 공부했습니다.

  - 선생님, 저도 조금 있다가 학원에 가야하는데 오늘은 여기까지 공부하면 안 돼요?

  - 좋아, 오늘은 표현력이 무엇인지 맛을 보는 시간이었으니까 여기까지 하자. 그런데 표현력이 뭔지 이해는 갔니?

  - 네, 쌤. 인생이 뭐 있나요, 저도 멋진 표현 한방으로 훅훅 날려버리겠습니다.

  - 수로는 웬 호들갑이야? 선생님 저도 오늘부터 아름다운 표현을 쓰도록 노력할게요, 안녕히 계세요!

  - 그래, 다음에 만나자.

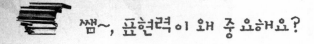

쌤~, 표현력이 왜 중요해요?

- 쌤, 저희들 왔어요. 어디에 계세요?

- 음, 잠깐만 기다려라. 커피를 타는 중이다.

- 저희가 타 드릴까요?

- 아냐, 다 됐다. 어? 오늘도 수로랑 혜리랑 둘이 왔네? 니들 보기 좋다. 혹 사귀는 거 아냐?

- 아이구, 쌤. 천만의 말씀. 제가 왜 이런 애를 사귀어요?

- 아녜요, 선생님. 수로가 절 자꾸 따라다니는 거예요.

- 됐다, 됐어. 자, 자리에 앉아라. 오늘도 우리가 지난번에 못다 한 이야기를 나눠보자.

- 쌤, 저번에 표현력에 대해 말씀해주셨거든요? 표현력이 뭔지는 알겠는데, 살아가는데 표현력이 꼭 필요할까요? 거 대충 말하고 살면 안 되나요?

- 수로야, 너 저번에는 아름다운 시들을 얘기하면서 감동 어쩌고저쩌고 하더니 며칠 사이에 다 까먹었구나?

- 사실, 저는 생각나는 대로 말하는 게 편한데, 멋진 말을 하려

고 하니까 머리에 쥐가 나는 거 같았거든요.

- 호호홋, 선생님, 그게 수로의 한계예요. 수로는 농촌의 언어가 어울리는 애예요.

- 하하하, 틀린 말은 아닌 것 같은데⋯⋯, 표현력, 그러니까 말솜씨지. 그 말솜씨가 왜 중요한가 하면, 그런데 참, 너희들 혹시 경제원칙이 뭔가 배웠니?

- 경제원칙요?

- 그래, 경제원칙!

- 아, 선생님. 제가 알아요. 최소의 노력으로 최대의 효과를 거둔다!

- 오우케이! 바로 그거야. 쌤, 제가 말하려고 했던 걸 혜리가 미리 말해버렸네요.

- 그래그래, 바로 맞췄다. 물건을 만들어 팔더라도 적은 돈을 투자하여 많은 돈을 버는 것이 경영하는 사람들에게는 최대의 목표야. 마찬가지로, 말을 하거나 글을 쓸 때도 꼭 필요한 최소의 표현으로 상대방을 한방에 감격시키거나 변화시켜야 하지.

- 네에.

- 그러니까 아무리 수다스럽게 말을 많이 한다고 해서 상대방이 수긍하는 건 아니야. 오히려 알맹이 없는 말만 늘어놓다가는 수다맨이란 말만 들을 거야. 너희도 친구와 얘기하다가 짜증나는 경우 못 느꼈니?

- 선생님, 맞아요. 저는 주변 여자애들하고 얘기하다보면 증말

짜증 제대로인 경우 많이 느꼈어요. 다 지들 잘났다는 거예요.

– 허헛, 그건 대화의 기본 매너에 대한 문제이고, 같은 말을 하더라도 어떤 친구의 말을 들으면 기분이 편안해지지. 하지만 같은 말이라 하더라도 다른 아이의 말을 들으면 괜히 기분이 상하는 경우 그런 거 말이야.

– 쌤, 저는 아빠가 말하면 기분 괜찮은데, 엄마가 뭐라고 하면 짜증이 나요.

– 왜 그런다고 생각하니?

– 시험 때가 되면 더 그러는데요, 엄마는 만날 한말 또 하고 또 하고 인상 쓰면서 잔소리를 하거든요. 공부하다가 잠깐 컴퓨터를 켰을 뿐인데 어느새 엄마가 나타나서 '넌 누굴 닮아서 그렇게 공부하길 싫어하니?' 그러거든요. 아, 그때는 정말 기분 짱이에요 짱!

– 어머, 어머. 수로, 너도 그래? 나도 저번에 공부하다가 잠깐 음악 들으려고 막 이어폰을 꽂았는데 엄마가 '너 계속 음악만 듣고 공부는 언제 할래? 으이그, 네가 무슨 공부를 한다고……' 그러는데 그 순간 정말 속상했어. 왜 같은 말이라도 엄마들은 말을 그렇게 하는지 모르겠어.

– 하하하, 다 그래. 그게 엄마와 자식 사이라서 가능한 거지. 엄마와 자식 간의 언어는 표현에 신경 쓰지 말고 가슴으로 느껴야 해. 물론 엄마들이 예쁜 표현을 쓴다면 좋겠지만, 그건 사실 텔레비전 연속극에서나 가능한 거 아냐?

– 그렇지 않은 것 같아요. 내 친구 엄마들은 친절하고 말도 다

정하게 하는데……, 엄마들이 좀 다정하게 우리를 이해해줬으면
좋겠어요.

  - 자, 그러면 대충 너희들이 해답을 찾은 거 같다. 왜 표현력이
중요한지 말이야.

  - 그래서 저는 가급적 말을 안 하고 살고 싶어요.

  - 어쭈, 수로야 너답지 않게 웬 묵언수행? 네가 하루를 갈 수
있을 거 같아? 말은 해야 맛이고 고기는 씹어야 맛이야, 알어?

  - 혜리가 어른스럽게 말을 하니 내가 다 어색하구나, 허허허. 그
래, 하느님이 말하라고 만들어준 입을 닫아둔다는 것은 어리석은
일이지. 더군다나 커뮤니케이션이 중요한 정보사회에서 말이야.

  - 맞는 말씀이에요, 선생님.

  - 지금은 최대한 자신을 알리며 살아야 하는 시대야. 우리가 광
고를 하는 것도 소비자에게 상품을 최대한 홍보하여 팔고자 하는
게 목적인 것처럼, 자신을 최대한 홍보하고 그 가치를 높여야 하
는 시대야. 더욱이 요즘 대학교에서도 입학사정관을 두어 학생을
평가하잖아?

  - 네, 쌤. 저도 그거 알고 있어요.

  - 전에 내가 가르치던 학생 하나가 전교에서 1등을 하고 있었
는데, 서울대학교에 응시했다가 입학사정관과의 면접에서 탈락한
일이 있었어. 오히려 전교 5등 하던 아이가 합격하고.

  - 전교 1등이 왜 떨어져요?

  - 바로 지금 우리가 얘기하고 있는 이 내용인데, 그 아이는 학

교공부는 최고 수준이었지. 그런데 안타깝게 남 앞에 서면 알고 있는 것조차 표현하지 못하는 거야. 그게 화를 자초한 거지. 그 아이는 입학사정관으로부터 몇 가지 질문을 받았는데, 그만 머리가 하얘지면서 아무 말도 못하고 나왔다는 거야. 너희들도 한번쯤 그런 경험 있을 거야. 무슨 발표회 때 준비했던 말들이 까맣게 지워져서 당황했던 적 말이야, 안 그래?

– 맞아요, 선생님. 사실 저도 작년에 시민회관에서 예능발표회가 있었는데 나갔다가 혼났어요. 많은 사람들이 쳐다보니깐 두근거려서 그만 동작 하나를 놓친 거예요. 한번 그러니까 계속 실수를 하게 되고 창피했어요, 히히.

– 그랬어? 얘기 잘했구나, 혜리야. 춤도 표현의 예술이니까 같은 거야. 그러니까 표현이란 저절로 되는 게 아니고 어려서부터 틈틈이 배우고 노력해야 하는 거야. 하다못해 학교에서도 수업시간에 일부러 발표도 해보고 선생님이 질문하면 제대로 답변하려고 노력하는 자세가 필요하다는 거야. 알았니?

– 쌤, 사실 저도 저번에 학생회장 선거에 나갔다가 떨어졌거든요.

– 수로 네가? 호호호 네가 출마하면 애들이 안 웃어?

– 끝까지 들어보자, 혜리야.

– 근데 라이벌인 상대 후보 녀석이 말이죠, 웅변학원에서 써 준 원고를 가지고 연설을 하는 바람에 정말 근소한 차이로 떨어졌어요. 여학생 표가 다 걔한테 갔거든요.

– 좋은 경험을 했구나. 경우에 따라서 여자아이들이 남자아이들보다 냉철하거든. 솔직히 선생님도 간혹 학생들을 지도하다 보면 답답한 경우가 생긴단다. 어떤 아이는 화장실에 가고 싶은데 그 말을 못하고 그냥 교실에 앉아 참고 참다 바지에 소변을 지린 경우가 있었어. 작년엔가는 교실에서 도난사건이 발생한 적이 있었는데, 그때 한 아이가 지목되었지. 나는 그 아이와 종례가 끝나고 얘기를 했었는데 결국은 자기가 훔치지 않았다는 얘기를 하는 거야. 그러면 처음부터 얘기를 하지 그랬느냐 하니까, 아무도 안 믿어줄 것 같아서 그냥 말을 안 했다는 거야. 참 답답하지 않니?

– 어휴, 그런 애들이 지금도 있어요? 말만 들어도 답답하네요.

– 그렇지. 너희들, 짐 캐리를 봐라. 옛날 영화 『마스크』에서 열연한 짐 케리 알지?

– 잘 알지요, 쌤. 수로 하면 짐 캐리, 짐 캐리 하면 수로 아닙니까?~

– 그건 니 생각이고~ 호호.

– 선생님 얘기는 무슨 말이냐 하면 표현에는 적절한 말의 속도 억양을 비롯하여 얼굴의 표정과 손짓까지 포함된다는 거야. 음악이나 향기도 다 표현

에 동원되어야 해. 그러니까 만약에 사랑을 고백하겠다면 깔끔한 차림으로 아름다운 음악이 흐르는 곳에서 예쁜 꽃을 준비하여 고백하는 거야. 진실한 눈빛으로 말하라는 거야. 매일 아침 눈뜰 때마다 당신을 보았으면 좋겠다는, 그런 고백을 한다면 가장 효과적인 표현 아닐까. 안 그래?

- 아, 선생님, 말만 들어도 행복해지네요.

- 야야, 혜리야 꿈 깨, 넌 마 아직 어려!

- 아참, 김소운님의 수필 한 토막 생각이 난다. 그분이 쓴 〈가난한 날의 행복〉이라는 수필인데, 눈물 찡한 이런 내용이 나오지. 잘 들어봐라. 어느 가난한 신혼부부가 있었는데 말이야, 남편은 실직해서 집에 있고 아내가 회사에 다니며 남편을 먹여 살리고 있었어. 그 남편 마음이 오죽하겠니? 그날도 아침에 쌀이 떨어져서 아내는 아침을 굶고 출근했단다. 남편은 아내에게 "어떻게든지 해서 점심을 지어놓을 테니, 그때까지만 참아요."라고 말했지.

- 그래서요?

- 마침내 점심시간이 되어서 아내가 집에 와보니, 남편은 보이지 않고, 방안에 신문지에 덮인 밥상이 있는 거야. 아내가 조용히 신문지를 걷어보니, 따뜻한 밥 한 그릇에 간장 한 그릇이 있었어. 그때 문득 아내는 상위에 놓인 쪽지를 보게 돼. '왕후의 밥, 걸인의 반찬……'

- 그게 무슨 뜻이에요?

- 가난한 남편은 쌀은 구했는데, 반찬까지는 마련할 수 없었던

거야. 그래서 밥은 왕의 밥처럼 지었는데 반찬은 거지의 것처럼 초라하다는 내용이었어. 그 쪽지에 아내는 눈물을 글썽일 수밖에 없었던 거지.

- 와~ 정말 애틋한 사랑이네요, 선생님!

- 그러니까 남편은 돈을 잘 벌어야 해요, 안 그래요, 쌤?

- 수로 말이 틀린 건 아니지만 돈이 전부는 아니란다. 사랑과 믿음이 중요한 거야.

농담으로 말하자면 만약 그 남편이 '왕후의 밥, 걸인의 반찬'이라는 표현을 않고 무심하게 아내를 대했다면 아내는 가출했을지도 몰라. 그런 무능하고 무심한 남편하고 산다는 건 절망이니까. 안 그래? 아내가 가난한 생활 속에서도 남편을 믿고 떠나지 않은 건 남편이 보여준 사랑의 위트, 그 표현에 있었던 거야. 무슨 말인지 알겠니?

- 네, 선생님, 전 이해가 가요, 수로야 넌 모르지?

- 뭐? 푸하하 그래 난 부자라서 가난은 잘 모른다, 어쩔래? 아, 잘 먹고 잘 사는 부농의 아들, 수로여~ 영원하라!

- 지금까지 이야기는 어쩌면 작은 부분일지도 몰라. 만약 노사 간 협상을 할 때라든지, 국가와 국가 간 외교적인 협상을 할 때는 상황은 크게 달라지지. 어설픈 표현으로 말미암아 엄청난 손해나 잘못된 결과를 가져오기 십상이야. 이처럼 정확한 표현 그리고 상대의 마음을 움직일 수 있는 표현이 얼마나 중요한지 이젠 알겠지?

- 그러네요. 솔직히 우리는 지금까지 너무 대충대충 생각나는

대로 말했던 것 같아요.

─ 너희도 나중에 배우겠지만, 신라 때 최치원 선생은 당나라에 최연소 유학을 간 사람으로 유명하지. 당시에 황소라는 장수가 반란을 일으킨 사건이 있었어, 그때 최치원이 황소의 무모함을 꾸짖는 '토황소 격문'을 지어 보냈는데 그 글이 얼마나 명문이었으면 황소가 글을 읽다가 침상에서 떨어졌다는 얘기가 있어. 정말 한편의 글이 얼마나 큰 위력을 발휘하는가 그 중요성을 이해하겠지?

─ 아하, 그래서 펜은 칼보다 강하다, 'The pen is mightier than the sword' 이 얘기를 하시고자 하는 거 아녜요. 쌤? 어때요, 저 똑똑하죠?

─ 하하하, 수로 아이큐는 참 우발적이야. 도무지 감을 잡을 수 없어. 그래 좋다. 오늘은 여기서 수업 끝~.

─ 땡큐, 써-ㄹ!

쌤~, 표현력으로 이루어진 것들엔 뭐가 있어요?

- 나의 사랑하는 제자들아, 어서 오너라. 기다리고 있었다.

- 정말요? 선생님.

- 선생님! 저희가 선생님께서 커피 좋아하실 것 같아서 캔 커피 좀 사왔는데 드시겠어요?

- 오우, 역시 너희밖에 없구나. 사실 난 너희가 천사라는 걸 이미 눈치 채고 있었다. 하하하. 자, 같이 마시자.

- 네, 쌤.

- 선생님. 훌륭한 표현력을 좀 구체적으로 알고 싶은데, 어떤 것들이 있을까요?

- 그 질문 나올 줄 알고 있었다, 혜리야.

- 쌤, 재미있는 것들로 얘기해주세요.

- 그럼, 재미있는 것들로 해줘야지. 우리가 지난번엔 주로 시적 인 표현을 통해 얘기했는데, 이번에는 영화나 사진, 미술에 나타 난 표현력에 대해 함께 얘기해보자.

- 네, 쌤. 영화부터 얘기해주세요. 전 영화가 좋아요. 영화배우가 꿈이거든요.

- 알았다. 수로나 혜리가 좋아하는 영화와 영화평론가들이 좋아하는 영화는 좀 차이가 있을 거야. 선생님이 말하는 영화도 평론가들의 생각과 비슷하니까 좀 차원이 높아도 이해하도록 해보려무나.

- 네, 저희도 알건 다 알아요, 쌤.

- 하하, 그러니? 그럼 좀 옛날영화인데, 먼저 추천할 만한 것으로『일 포스티노(IL Postino)』라는 영화가 생각나는구나.

- 어떤 영화인데요?

- 이 영화는 지중해의 아름다운 바다가 압권이란다. 그러니까

 시와 바다와 자전거, 이 세 개의 소재가 인상적인 작품이라고 할 수 있지. 스토리는 칠레의 세계적인 시인 파블로 네루다에 대한 실화를 영화로 만든 것인데, 네루다가 칠레정부의 박해를 피해 지중해의 작은 섬에 정착하면서 이야기는 시작되지. 그런데 거기에서 우체부 마리오라는 사람을 만나게 되는 거야. 네루다에게는 수많은 우편물이 배달되므로 자연히 마리오와 시인 네루다는 가까워지게 돼. 이들 사이에는 차츰 우정과 신뢰가 싹트는데, 마리오는 네루다를

통해 아름다운 시와 은유의 세계가 무엇인지 알게 되지.

– 그래서요, 선생님?

– 순수한 청년 마리오는 그때 베아트리체라는 아름다운 여인을 짝사랑하고 있었는데 결국 시적인 감수성으로 그녀의 마음까지 움직이게 만들지. 마리오는 태양 가득한 지중해 해안에서 가장 순수한 시가 무엇인지 스스로 발견한 거야.

– 와, 말씀만 들어도 가슴이 설레요. 저도 지중해가 보고 싶어요, 선생님.

– 이 영화는 시가 무엇인지 말해주는 영화인데, 그 눈부신 지중해와 그 모든 풍경이 다 한 폭의 그림이자 한편의 시(詩)인 거야. 인간의 감수성이 얼마만큼 아름다운가를 이처럼 잘 표현한 영화도 드물 거야.

– 선생님, 불후의 명작이란 게 그런 영화를 말하나 보죠?

– 불후의 명작! 좋은 말이다. 소설을 영화한 작품들 중 그런 게 많은데, 영화 『닥터 지바고』도 눈 덮인 설경과 운명적인 사랑이 보는 이들의 마음을 송두리째 뒤흔드는 그런 영화지. 또 그런 영화에 『피아노』란 작품도 추천하고 싶다.

– 우리나라 영화에는 그런 영화는 없나요?

– 우리나라에도 많지. 선생님은 이청준 소설을 각색한 『서편제』를 보면서 '영화도 소설을 능가할 수 있구나'라는 생각이 들었단다. 우리 남도의 한(恨)을 그대로 절제된 대사와 영상미로 승화시킨 '한의 결정체'라고 할 수 있어. 수로도 꼭 이런 영화를 통해

서 예술의 정수를 배우길 바란다.

- 아, 전번에 선생님께서 저한테 말씀하셨잖아요. 영화에 나오는 김명곤이라는 분이 선생님 선배분이라면서요.

- 하하, 그랬던가? 맞아 내 고등학교 선배님인데, 벌써 얘길했나 보구나. 그리고 또 『봄 여름 가을 겨울』이라는 영화가 있는데, 이 영화는 선생님을 주남저수지까지 다녀오게 만든 영화란다. 영화의 배경이 주남저수지인데 사계절이 기가 막힌 곳이거든. 이야기의 전개를 배경으로 상징적 처리하는 그 기법이 뛰어나. 그곳 수상 암자에서 펼쳐지는 인간의 욕망이 얼마나 덧없는 건지 저절로 깨닫게 하지.

- 네, 좀 어렵겠네요, 저희들한테는……. 호호.

- 천만에, 너희들 모두 똑똑하니까 다 이해할 거야.

- 좀 쉬운 영화는 없나요?

- 너희들 혹시 찰리 채플린이라고 아니? 그 채플린 주연에 무성영화 『모던 타임스』는 너희 때 꼭 보아야하는 영화란다. 현대문명에 대한 신랄한 풍자가 이해하기에도 쉬울 거야. 흑백필름의 무성영화라서 좀 낯설지 몰라도 아마 채플린이라는 인물에 푹 빠지게 될 거다. 선생님이 이따가 DVD를 빌려줄 테니 집에 가서 반드시 보도록! 알겠지?

- 네, 쌤, 저부터 빌려주세요. 제가 먼저 보고 혜리한테 줄게요.

– 그런데요, 선생님. 저희 엄마는요, 영화 『바람과 함께 사라지다』를 굉장히 좋아하거든요. 그 영화는 어떤 거예요?

– 하하, 엄마도 굉장히 낭만적인 분이시구나. 옛날영화인데, 아마 엄마께서 클라크 게이블이란 멋진 배우를 좋아하기 때문에 그런 건 아닌지 모르겠다. 그 영화를 본 대부분 사람들이 게이블이나 비비안 리의 매력에 반했으니까 말이야. 남녀 간 애정을 다룬 그 영화는 뭐니 뭐니 해도 마지막 대사가 참 유명하지. '내일은 내일의 태양이 다시 떠오른다'는 스칼렛의 대사. 얼마나 멋진 말이냐? 지금은 상처받고 좌절할지라도 내일 다시 일어서면 된다는 긍정적 표현, 사랑과 인생이 이 한 마디에 담겨 있지.

– 아, 그렇구나. 선생님, 이번엔 제가 좋아하는 음악 쪽에서 말씀 좀 해주시면 어때요?

– 음악이라, 거 좋지! 선생님도 너희만한 때는 대중적인 음악을 주로 좋아했다. 다들 그러잖아? 그런데 어느 날 클래식을 만나게 되면서 인생이 달라졌어. 이를테면 자장면이 최고로 맛있는 줄 알고 있다가 잡탕밥을 먹고 잡탕밥의 맛에 푹 빠지게 되었을 때처럼 말이야. 선생님은 차이코프스키의 교향곡 6번 '비창' 그리고 베토벤의 피아노 소나타 8번 '비창'과 14번 '월광소나타'를 즐겨들었단다. 특히 차이코프스키 음악엔 대륙적인 웅혼함과 시베리아 특유의 음울한 정서가 강렬해.

– 아, 클래식은 좀……

– 물론 처음부터 클래식이 땅겼던 건 아니야. 처음엔 평범한 소

품곡인 사라사테의 '찌고이네르바이젠'이나 베토벤의 '엘리제를 위하여' 같은 음악에 귀가 열렸지.

　-아, 저도 그 정도는 아는데요, 히힛.

　- 그러다 나는 우연히 바흐의 '토카타와 푸가 D단조'를 듣다가 클래식에 푹 빠져버렸단다. 그 파이프 오르간의 웅장한 선율은 지금도 내 뼈마디를 와르르 무너뜨려버린단다. 로드리고의 '조화의 영감'도 좋고, 쇼팽의 '즉흥 환상곡'이라든가 비발디의 '겨울' 2악장 같은 것, 특히 모차르트의 음악은 지금 생각해도 천상의 음악이라는 생각이 들어. 그만큼 절대적이란 얘기야.

　- 비오는 날에는 무슨 음악을 들으면 좋아요, 쌤?

　- 비오는 날? 흐음. 쇼팽의 빗방울 전주곡을 들으면 어떨까. 빗방울 소리를 피아노로 옮겨 놓은 것인데. 바이올린의 기막힌 솜씨를 맛보고 싶으면 파가니니의 '라 캄파넬라'를 들어도 좋아.

　- 와, 선생님은 모르는 게 없네요?

　- 허헛, 아냐. 선생님은 지극히 아마추어 수준일 뿐이야.

　- 팝송은 뭐 없어요?

　- 하하, 팝을 설명하기에는 시간이 없는데……. 이를테면 비틀즈 음악 정도면 인간의 감수성을 기막히게 표현한 최상의 팝이라 하겠지. 과거 빌보드 차트에 올랐던 음악들도 찾아서 들어보면 실망하지는 않을 거야. 인간의 감정이 어떻게 무너지는가를 배울 수 있으니까.

　- 쌤, 그럼 이번엔 소설 쪽에서 그런 영향력이 큰, 뭐 좀 에피소

드가 있는 작품은 없나요?

— 갑자기 또 소설로 바뀌는구나, 하하. 너희들 독일의 문호 괴테 알지?

— 들어는 봤죠!

— 괴테가 쓴『젊은 베르테르의 슬픔』이 바로 수로가 물어본 그런 소설이 아닌가 싶어. 그 소설이 출판되자 많은 청년들이 주인공처럼 모방 자살을 하여 '베르테르 효과'란 말까지 생겨난 책이지. 사랑해서는 안 될, 약혼자가 있는 로테를 사랑함으로써 빚어지는 비극인데, 독일정부는 괴테의 그 작품이 자살을 부추긴다고 판단하여 판매금지까지 시켰단다. 그 소설의 비극적 내용도 내용이지만, 괴테란 작가가 얼마나 대단한 작가인지 위력을 알 수 있게 하는 사건이었어. 그의 문체는 한마디로 사람을 매료시키는 마력이 있다는 얘기야. 나폴레옹도 그 책을 손에서 놓지 않았다는 하는 일화로 유명하잖아?

— 아하, 저도 읽어봐야겠네요.

— 호호, 수로도 그러다가 권총 필요한 거 아냐?

— 하~ 참, 혜리야. 너 재수 없는 얘길 꼭 해야겠니?

— 자 자, 그만. 표현의 중요성에 빠질 수 없는 게 또 사진예술이 있는데 그걸 마저 얘기할 테니 잘 들어봐라. 수로야, 휴대폰은 왜 꺼내서 보니?

— 아녜요, 지금 몇 시나 됐는지 보려고요.

— 얘기하는 도중에 그러면 실례란다. 옐로우 카드 한 장! 알았

지? 잘 들어봐. 사진으로도 인간의 무한한 감성을 표현하는 게 많단다.

– 쌤, 저희 집에도 달력에 예쁜 사진들 많은데요.

– 수로야, 너, 혹시 야한 달력 걸어둔 거 아냐?

– 농담들 하지 말고 선생님 말씀에 몰입 좀 해라. 사실 사진을 예술로 보아야 하느냐 말아야 하느냐 하는 논쟁이 있었지만 지금은 예술로 굳어진 추세야. 선생님은 사진하면 우선 전쟁과 테러, 굶주림과 파괴의 현장을 카메라 하나만 들고 뛰어다니는 보도 사진작가들을 높이 평가해. 왜냐하면 그들은 자신의 목숨을 내놓고 현장을 고발하기 때문이지. 사실 그들 사진처럼 리얼한 언어는 없는 것 같아.

– 아, 그래서 퓰리처상을 그런 분들에게 주는 거예요, 선생님?

– 아니, 수로가 퓰리처상을 아는구나! 그래, 맞다. 나는 1994년에 퓰리처상을 수상한 케빈 카터라는 사람을 항상 잊지 못한다. 그는 '수단의 굶주린 소녀'라는 사진으로 퓰리처상을 받았지. 그 사진은 독수리 앞에서 굶주림에 죽어가는 소녀를 찍은 것인데, 보는 사람들을 패닉상태에 빠지게 만들었어. 인간의 존엄성이 독수리의 먹이가 되어야 하다니, 참으로 몸에 소름이 돋는 장면 아니냐? 케빈 카터도 '오, 하느님'을 부르짖으며 심한 괴로움에 떨었어. 그는 결국

이듬해 우울증을 견디다 못해 자살하고 말았지. 이처럼 사진은 그 어떤 표현예술보다 강렬한 예술이라 해도 과언이 아니야.

– 네. 저도 그 사진 본 적 있는 거 같아요, 선생님.

– 쌤, 쌤이 추천해주고 싶은 아름다운 사진은 없나요?

– 있지, 수로야. 음, 너희에게 말해주고 싶은 작가는 몇 년 전에 『하늘에서 본 지구』라는 사진집을 발간한 얀 아르튀스 베르트랑을 추천하고 싶구나. 그는 열기구를 타고 세계의 상공을 누비며 10만 장 정도의 사진을 찍었는데 우리에게 전혀 낯선 지구의 신비를 보여주었단다. 지상  에서는 보이지 않던 풍경들이 하늘에서 하느님의 시각으로 바라보니 정말 기막히게 아름답더라는 거야. 나중에 인터넷으로 검색해서 찾아보렴. 아마 너희들도 감탄할 거야.

– 쌤! 쌤은 정말 위대하십니다. 역시 저의 우상입니다. 저, 그런데 오늘은 여기까지 말씀 들으면 안 될까요? 제가 아랫배가 살살 신호가 와서요.

– 어쩐지, 아까부터 방귀냄새가 나더라니만 수로, 네가 범인이었구나!

– 하하, 방귀마저 사랑해야 그 사람을 진정 사랑하는 거야.

– 선생님, 전 방귀를 함부로 뀌는 사람하고는 절대 사귀지 않을 거예요.

- 좋아, 좋아. 마지막으로 너희에게 좋은 표현 한마디 해주고 끝내겠다. 자 받아쓸 준비!

- 잠깐, 잠깐만요.

- '영원히 살 것처럼 꿈을 꾸고, 내일 죽을 것처럼 오늘을 살자!'

- 와, 이 표현 진짜 죽인다~.

쌤~, 표현력은 어떻게 해야 길러지나요?

– 어? 쌤, 혜리 아직 안 왔어요?

– 응, 곧 오겠지, 뭐. 어, 저기 오는구만.

– 선생님, 제가 좀 늦었죠? 선생님 생신 선물 좀 사오느라고 늦었어요.

– 어? 내 생일……? 오늘이 아닌데.

– 네에? 제가 분명히 오늘로 기억하고 있는데요?

– 아하, 선생님은 양력이 아니라 음력이잖아. 아직 한 달이나 남았어. 하하핫. 아무튼 고맙다.

– 아아, 이럴 수가. 선생님, 그럼 진짜 생신 때 안 드려도 되죠? 잊으시면 안 돼요.

– 그래, 기억하마. 근데 수로는 선생님 생일 알고나 있었니?

– 어~ 어~ 그럼요. 저는 정확히 음력으로 알고 있었기 때문에 그냥 온 거죠. 혜리 재가 잘 모르고 미리 설친 거죠, 헤헤.

– 암튼 고맙다. 선물도 선물이지만 따뜻한 마음이 가장 고마운

선물이란다. 자, 자리에 앉자.

- 선생님, 이 시간엔 표현력을 키우는 방법에 대해 말씀해주신
다고 하셨는데, 어떻게 해야 하는 거예요?

- 모든 게 연습과 노력이 필요한 법이야. 요즘 아이들은 패스트
푸드를 먹어서 그런지 매사에 성질이 급해. 그래서 말을 함부로
하고, 심지어 욕설도 심심찮게 하는 걸 자주 본단다. 남자애들이
욕하는 것도 보기 나쁜데 요즘은 여자아이들도 길거리에서 그냥
'졸라', '존나'라는 말을 그냥 아무 생각 없이 쓰더라.

- 쌤, 요즘 그런 말 안 쓰는 애들 거의 없어요. 다 그런 말 쓰는
거예요. 그런데 그 말이 안 좋은 건가요?

- 하하하, 욕의 어원을 따져보면 굉장히 낯 뜨겁고 저질스러운
것들이란다. 선생님 말은 표현력을 고민한다면, 자신의 언어부터
맑게 다듬어야 한다는 거야. 그러니까 평소 대화할 친구들을 잘
만나야겠지.

- 맞아요. 그래서 저는요, 주변에 친구들이 다 착하걸랑요? 그
래서 저도 말을 예쁘게 하는 거예요. 물론 얼굴도 예쁘지만요, 그
렇죠? 선생님.

- 하하, 맞다. 지난 시간에 얘기한 것처럼 좋은 표현이 나오길
바란다면 좋은 책들을 많이 읽어야 해. 좋은 책이란 명작소설일
수도 있고, 저명한 분들의 마음이 담긴 산문일 수도 있지. 우리가
오늘날 책이 없어서 못 읽는 일은 없잖니? 다들 엉뚱한데다 시간
을 빼앗기고 책 읽을 시간이 없다는 거야. 격언에 있듯이 '사람이

책을 만들고, 책은 사람을 만든다'라는 말을 안다면 독서를 게을리 할 수 없을 거다.

– 책은 마음의 스승이라는 말도 있던데요?

– 디즈레일리는 '단 한 권의 책밖에 읽은 적이 없는 인간을 경계하라'는 말을 했단다. 무슨 말이냐 하면, 책을 읽지 않은 사람은 자연히 마음이 거칠고 생각이나 표현도 거칠어서 동물과 다를 바가 없다는 거야. 사실 그런 사람을 이성적인 인간이라고 하기에는 좀 거리가 있잖니?

– 쌤, 혜리가 나를 이상한 눈으로 봐요!

– 하하하, 혜리가 너 책 한 권밖에 안 읽은 걸 눈치를 챘나 보다.

– 어, 쌤. 저 책 엄청 읽었어요!

– 만화책은 책이 아니잖아.

– 하하, 계속 들어 보거라. 그러니까 책을 그냥 읽지 말고 독서노트를 쓰는 거야. 요즘은 인터넷 개인 블로그를 많이 사용하니까 개인 서재를 만들어서 거기에 기록을 하는 거야. 자신이 읽은 책에 대한 줄거리나 느낌, 마음에 와 닿은 훌륭한 문장들을 기록으로 남기고 남들과 공유하면 좋겠지. 그리고 소설가나 시인들의 서재에 들어가 독서노트를 살펴보고 배우는 거야. 그 분들은 어떤 책에서 무엇을 느끼며 어떠한 구절들에 방점을 찍는가 하는, 이런 것을 정리하다보면 자신에게 숨어있던 훌륭한 언어들을 발견할 수 있지 않을까 생각한다.

– 네에.

– 좋은 음악을 시간 내어 들어야 한다. 요즈음 아이들은 대부분의 시간을 텔레비전 또는 컴퓨터 앞에서 보내는데, 그 중 적어도 1시간 정도는 좋은 음악, 그러니까 세미클래식이나 클래식 같은 음악을 들었으면 한다. 가볍게 들을 수 있는 클래식 소품 같은 걸 들으면서 편지를 쓰거나 사색에 잠기는 게 얼마나 소중한 시간이겠니? 대신 통속적인 음악은 멀리해야 한다. 왜냐하면 음악도 좋은 게 있고 나쁜 게 있기 때문이야. 입으로 들어오는 것은 우리 몸에 영향을 주지만, 귀나 코, 눈을 통해 들어오는 것들, 그러니까 소리나 향기나 풍경들은 우리의 정신에 영향을 주기 때문이지.

– 아, 그런 것 같네요.

– 하하하, 그런 거 같은 게 아니라 정말 그래. 그래서 좀 전에 말한 것처럼 가급적 좋은 향기, 그러니까 레몬이나 허브 같은 향기로 정신을 맑게 하는 것도 필요하고, 아름다운 풍경 사진을 바라보며 가슴에 꿈의 정원을 만들기도 해야 해. 아름답고 절묘한 화가의 작품도 눈여겨보는 습관도 필요한 작업들이야.

– 생각만 해도 마음이 편해져요, 쌤.

– 아, 선생님은 역시 환상의 마술사예요!

– 다 끝나고 얘기햇! 좋은 표현을 기르기 위해 우리가 좀 섬세해질 필요가 있단다. 사색과 관찰을 많이 해보는 거야. 날아가는 철새를 하염없이 바라보기도 하고 또 늦은 봄 떨어지는 꽃잎을 가슴에 문질러보기도 하고. 가을이면 붉은 단풍들에 경의도 표하면 좋겠지. 산책을 자주하고 여행도 자주 가야 해. 그렇게 해야 새로

운 표현과 만날 수 있거든.

– 와, 역시 환상이에요! 호호.

– 창의력에서 말한 것을 다시 강조하는데, 다들 일기를 꼬박꼬박 썼으면 한다. 물론 일기를 매일 써야 한다는 강박관념을 가질 필요는 없어. 일기는 쓰고 싶을 때 하루에도 몇 번씩 쓸 수 있는 거 아니겠니? 쓰다가 삽화도 그려 넣고. 흐음, 선생님도 전에 일기를 주로 시(詩)로 대신 썼는데 그때만큼 진솔한 표현이 나온 적이 없어. 가장 진솔한 표현, 이것이 모든 언어에 생명을 불어넣어 주거든.

– 아, 맞아요, 선생님. 저도 일기장에 시 몇 편 써 놓은 게 있거든요. 그때 정말 멋진 시를 썼어요. 울기도 많이 했고요.

– 으음, 그랬구나.

– 그럼, 이 시간 말씀을 간단히 요약하면 한마디로 뭐라고 강조할 수 있어요? 쌤.

– 허허, 수로가 인터뷰하는 것처럼 말하네. 좋다. 좋은 표현력이 나오게 하려면 엄지와 검지를 많이 사용해야 한다.

– 오잉? 그건 왜요?

– 엄지와 검지로 책장을 넘겨야 하니까, 그만큼 엄지와 검지가 닳도록 책을 읽어야 한다는 뜻이야. 한마디로 독서! 많이 먹어야 많이 나오는 거니까, 으하핫.

– 명언이십니다요, 쌤!

– <u>흐흐흐!</u>

쌤~, 표현력과 독서라는 두 마리 토끼를 다 잡을 수 있나요?

두 마리 토끼 잡는 독서 1. 섬

－ 수로야, 혜리야. 이 시간에는 『섬』이라는 책으로부터 표현력에 대해 알아보자.

－ 『섬』요? 무슨 여행 잡지인가요?

－ 허허, 녀석. 알베르 까뮈가 길거리에서 이 책을 처음 몇 줄을 읽다가 가슴에 꼭 껴안은 채 자신의 방까지 한걸음에 뛰어가 읽었던 책이야. 그만큼 감동의 전율을 받았다는 얘기인데, 과연 무엇이 까뮈로 하여금 뛰어가게 만들었을까. 궁금하지 않니?

－ 궁금해 죽겠어요.

－ 아, 그렇다고 죽으면 안 되지, 호호홋.

－ 장 그르니에라는 작가는 바다 가까운 곳에 살았기 때문에 항상 마음속에 허무한 무엇으로 가득 차 있었어. 이른바 공(空) 사상과 같은 거지.

– 엇, 『구운몽』이라는 소설 배울 때 공사상을 배웠는데……, 일장춘몽 뭐 그런 거죠?

– 그래, 수로가 잘 아는구나. 작가는 바다에서 엄청난 우주의 공허를 읽은 것이지. 그는 어렸을 적부터 그랬어. 예닐곱 살쯤에도 구름 한 점 없는 하늘에서 문득 하늘이 허공 속에 사라져버리는 것을 보았지. 그 나이에 이미 세상을 공(空)으로 이해했던 거야.

– 불교와 비슷하네요, 선생님.

– 어이구, 혜리도 많이 아는구나. 그래, 계속 얘기해보자. 작가는 '물루'라는 고양이를 한 마리 키우면서 철학적인 표현을 하지. 이를테면 "동물들의 세계는 침묵과 도약으로 이루어져 있다. 나는 동물들이 잠자듯 엎드려 있는 것이 보기에 좋다. 그들이 그렇게 엎드려 있을 때, 대자연과 만나고 그들이 몸을 내맡김으로써 그들은 자신들을 키워주는 정기를 받는다." 좀 어려운 얘기지만 고양이에게서 자연의 이치를 발견한 거야. 어때 동물을 침묵과 도약으로 분석해내는 생각, 어떠니?

– 쌤, 전 이해할 수 있어요. 혜리가 걱정이 돼서 그렇죠.

– 어머! 난 네가 더 걱정이 된다, 얘.

– 하하. 그래서 장 그르니에는 고양이가 잠들어있는 동안 고양이를 방랑족으로 표현한단다. 밤이 되면 정원은 어두운 밀림이 되고, 지붕도 중세의 수도자들처럼 변하잖아? 그리하여 잿빛 유령들로 가득할 때, 그때 고양이는 그곳에서 가장 대담한 축제를 벌인다고 생각해.

- 고양이가 야행성이라 그런 거잖아요, 뭐.

- 그러니까 여기서 고양이를 그런 생물학적 대상으로 보면 재미가 없어. 환상을 가미해서 생각해야하는 거야.

- 아하, 네에.

- 작가는 '케르겔렌 군도'에서 이런 말을 하지. "나는 혼자서 아무것도 가진 것 없이, 낯선 도시에 도착하는 것을 수없이 꿈꾸어 보았다. 그러면 나는 겸허하게, 아니 남루하게 살 수 있을 것 같았다. 무엇보다도 그렇게 되면 '비밀'을 간직할 수 있을 것 같았다. 그것은 다름이 아니라 살아있기 위해서만이 아니라 자신의 존재를 '확인하기' 위해서이다."

- 좀 어려운 말이네요, 선생님.

- 사람은 낯선 곳에서 비밀스러운 삶을 지향할 때 비로소 살아있음을 깨닫는다는 얘기란다. 예를 들자면, 세계적인 철학자 데카르트는 네덜란드에 홀로 살면서 지극히 평범하게 살았단다. 그랬더니 동네사람이 더 이상 관심을 두지 않더라는 거야. 덕분에 아무런 방해도 받지 않고 자신의 정신세계를 추구할 수 있었던 거지.

- 아하, 연예인들도 동네에서 그렇게 살면 오히려 자유로워지겠네요? 저도 동네에서 그냥 주민들하고 어울리면서 평범하게 살겠습니다, 쌤.

- 하하, 수로가 벌써 유명 연예인이 된 것 같구나, 녀석!

- 호호, 친구들 사이에선 벌써 유명해요.

- 그는 이탈리아의 오래된 어느 시골에서, 아주 높은 두 개의

담벼락 사이에 끼어있는 좁은 오솔길을 회상하지. 그러면서 이런 표현을 해. "오솔길 어느 곳엔가 이르면 강한 재스민과 라일락꽃 향기가 그를 덮치듯 진동했다. 거기에서 나는 오랫동안 꽃 냄새를 맡고, 나의 밤을 그 꽃향기로 물들이곤 했다."

― 와, 죽이네요. 그래서 그는 뭘 깨달았나요?

― 사람들이 담장 속에 꽃들을 가두어놓고 키우는 이유를 깨달아. 소중한 열정이나 사랑은 감싸줘야 하는 것처럼 말이야. 그리고 비밀 없이는 행복도 없다는 것을 깨달은 거야.

― 야아, 참 예쁜 생각이다.

― 또한 그는 '달은 우리에게 늘 똑같은 한쪽만 보여 준다. 사람의 삶 또한 그러하다. 그들의 가려진 쪽에 대해선 우리는 알지 못하는데, 하지만 중요한 것은 가려진 쪽이다'고 하면서 보이지 않는 부분의 중요성을 말하지.

― 맞는 말이네요. 그렇죠, 쌤?

― 사람들은 자기 자신을 찾기 위한 여행을 하지만 정작 높은 곳에 이르면 대부분 사다리를 발로 밀어버리고 만다는 표현을 해. 무슨 말이냐 하면, 자기 자신을 깨닫는데 성공하고 나면 지난 어려웠던 과정을 쉽게 잊어버린다는 뜻이야.

― 주로 깨달음에 대한 표현들이 많네요, 쌤?

― 너희는 과거와 현재를 만나게 할 수 있니?

― 타임머신도 없는데 어떻게 과거와 현재가 만나요? 그건 턱도 없는 일이죠.

– 하하하, 그러나 몽상 속에서는 가능해. 장 그르니에는 "아침 새들의 비상과 저녁 새들의 비상을 서로 마주치게 한다는 것은 기쁨이다."라며 환상적인 생각을 즐긴단다.

– 환상적인 표현으로 자신의 생각을 드러내도 괜찮은가 보죠?

– 바로 그거야. 우리가 표현하면 대부분 경직된 표현들이 많은데 환상적인 생각들을 늘어놓는 것도 참신한 표현이 된다는 거야.

– 음~ 알겠어요, 선생님.

– 이 한 권의 책,『섬』! 이 책은 지중해의 쏟아지는 햇빛 아래에서 작가가 느낀 생각들을 서정적인 문체로 표현한 주옥같은 산문집이니까 그 반짝이는 표현들을 한번쯤 읽어보았으면 좋겠구나.

– 네, 도전해볼게요, 쌤!

– 선생님, 우리 공부도 끝났는데 피자 내기 묵찌빠 한번 해요.

– 정말? 져도 딴 소리 없기다!

– 당연하죠.

– 자~ 그럼, 묵! 찌! 빠!

공(空) 사상

모든 존재는 인연(因緣)에 의하여 생겨난다고 한다. 따라서 고정된 실체(實體)는 없다. 단지 연기(緣起)에 의해 존재하는 연기적 존재이다. 공(空)은 있고 없음의 의미가 아닌 존재의 한 양식인 것이다.

- 영국의 비평가 카알라일이 인도를 줘도 바꾸지 않겠다고 한 그 사람이 누구인지 혹시 알겠니?

- 그거요? 당연히 셰익스피어지요, 쌤!

- 수로가 정확히 맞췄구나. 셰익스피어를 인도와 바꾸지 않겠다고 한 말은 그만큼 셰익스피어 문학이 위대하다는 것을 강조한 거야. 선생님 생각에도 셰익스피어보다 위대한 극작가는 없지 않은가 생각한다. 그래서 셰익스피어의 작품 하나를 오늘 함께 살펴보고자 한다.

- 와~ 기대가 돼요, 선생님!

- 햄릿 하면 우선 떠오르는 대사가 뭘까?

- 글쎄요……, 뭔데요?

- 하하, '사느냐 죽느냐, 이것이 문제로다!'

- 아, 그거였어요? 그 말은 저도 알고 있었는데, 햄릿이 말했던 거구나…….

- 햄릿은 덴마크의 왕자이며 다음 왕의 후계자였지. 그런데 아버지가 죽고 어머니는 아버지의 동생인 숙부와 결혼을 한단다. 그 왕이 클로디어스야.

- 그런 경우도 있어요? 어떻게 남편의 동생과 결혼하죠?

- 그건 그 나라의 풍습이니까 내비 둬. 하하. 그런데 어느 날 아버지의 유령이 나타나 자신은 동생에 의해서 독살되었음을 알리

고 복수를 명령하는 거야. 그때부터 햄릿은 충격을 받고 괴로워하며 미치광이 행동을 하게 되지.

– 네에.

– 햄릿은 어머니를 이렇게 원망하지. "여자란 어쩔 수 없어! 눈물에 잠겨 아버지의 상여를 따라가던 신발이 채 닳기도 전에, 우리 어머니가 저 숙부의 품에 안기다니."라고 말이야. 그렇게 햄릿은 날마다 괴로워해. 그러면서 '사느냐 죽느냐, 이것이 문제로다. 가혹한 운명의 화살이 꽂힌 고통을 참는 것이 옳은 일인가? 아니면 거친 파도처럼 밀려드는 재앙과 싸우는 것이 옳은 일인가?'라고 말하지.

– 그 상황에서도 햄릿이 할 말은 다하네요, 흐흥.

– 그런 셈이구나. 그런데 그 표현을 보면 참으로 그 상황에 딱 들어맞는 비유를 한다는 것이 정말 기막히다는 거야. 햄릿은 오필리아에게도 이런 말을 하지. "수녀원으로 가시오. 왜 그대는 죄 많은 인간을 낳고자 하는 거요?" 햄릿은 자신의 어머니에게서 받은 실망감 때문에 오필리아에게는 차라리 정절을 지키고 수녀원으로 가라는 말을 한 거야.

– 네에, 본심은 아니네요. 햄릿이 불쌍해요.

– 그 다음 말을 잘 들어봐라. "이미 결혼한 놈들은 한사람만 빼놓고 살게 내버려두겠다." 이 표현은 무슨 뜻인지 짐작이 가니?

– 아~ 그러니까, 결혼한 사람 하나를 죽이겠다는 거예요?

– 그렇지. 혜리도 하나를 알려주면 열을 아는구나! 바로 자신의

어머니와 결혼한 '클로디어스 왕'을 죽이겠다는 뜻이지. 그러한 햄릿 앞에 오필리아는 이렇게 말을 해. "나는 이 세상에서 불행한 여자, 저 분의 달콤한 맹세의 꿀을 빨아 먹었던 때도 있었지만, 지금은 이 눈으로, 금간 종소리처럼 울부짖는 그의 모습을 보아야 한다니!"라며 탄식하지. 어때? 표현 하나하나가 상황을 가장 극적으로 드러내잖아?

  - 그러네요, 이런 작품은 정말 연극으로 보아야 할 것 같아요, 선생님.

  - 사실 그래. 연극으로 보아야 제 맛을 느낄 수 있는 거야. 계속해서 얘기하면, 복수의 기회를 노리던 햄릿이 어머니의 방을 찾아가고 거기에서 그 방에 숨어있던 사내를 왕으로 잘못 알고 찔러죽이고 말아. 그런데 그가 바로 오필리아의 아버지였어.

  - 어머나, 어쩜 좋아요?

  - 참, 일이 꼬일대로 꼬이네요, 그죠?

  - 그러니까 비극 아니겠니? 그 끔찍한 상황을 보고 햄릿의 어머니는 탄식하지. "아, 햄릿, 네가 내 심장을 둘로 쪼개버리는구나." 그러자 햄릿이 "정 그러시다면 나쁜 쪽의 심장은 도려내고 나머지 반쪽으로 좀 더 깨끗하게 살아가세요."라며 어머니에게 뼈아픈 말을 해.

  - 네에.

  - 결국 왕은 햄릿을 죽이려고 오필리아의 오빠 레어티스와 결투를 주선하지.

- 참으로 교활한 왕이네요.

- 시합 날 왕은 레어티스의 칼에 독을 묻히지. 그리고 햄릿은 독이 묻지 않은 칼을 쓰게 해. 또한 햄릿이 이겼을 경우를 생각해서 승자가 마실 포도주잔에도 독을 넣어두고.

- 와, 치밀하네요.

- 선생님도 이러한 작품을 쓴 셰익스피어의 기막힌 구성에 정말 경의를 표한단다, 하하. 그렇게 결투는 시작되고 레어티스가 먼저 햄릿에게 상처를 입히지. 그런데 떨어뜨린 칼이 우연히 바뀌고 이번에는 레어티스가 상처를 입지. 아무것도 모르는 왕비는 탁자에 놓인 독이 든 포도주를 마시고.

- 아~ 끔찍해요, 선생님.

- 사태는 이처럼 걷잡을 수 없게 비극으로 치달아. 결국 몸에 독이 퍼진 레어티스는 죽어가면서 왕의 음모를 햄릿에게 얘기해. 그러자 사실을 눈치 챈 햄릿은 "칼끝에 독을 발랐다니! 그렇다면 독이여! 너의 역할을 다하라."라고 외치며 클로디어스 왕을 찔러죽이지. 하지만 햄릿 자신도 독이 퍼져 끝내 숨을 거둬. 결국 이렇게 왕과 왕비, 햄릿, 레어티스 모두 비극적 운명으로 죽게 돼.

- 아, 너무 슬퍼요. 주인공 햄릿을 살릴 수는 없었을까요?

– 우리의 인생이란 살다보면 원하지 않은 방향으로 흘러갈 수도 있다는 걸 보여주는 거야. 이런 것이 운명이란 거지. 뻔히 알면서도 피할 수 없는 비극 말이야!

– 네, 너무 슬퍼서 전 밥도 못 먹을 거 같아요.

– 허헛, 혜리가 정말 감수성이 제대로구나. 한마디로 셰익스피어의 천재성이 가장 극명하게 표현된 작품이 『햄릿』이야. 햄릿이란 인물도 우유부단하게 보이지만 매우 민감하고, 시적이며 낭만적인 유형이지. 특히 이 작품은 햄릿과 오필리아의 대사를 주목해서 읽는 게 필요해. 언어의 표현이 참으로 기막히거든. 그들의 대사는 마치 아름다운 스테인드글라스에 반짝이는 햇살 같다고나 할까.

– 선생님의 말씀도 너무 시적이에요.

– 쌤, 저도 책방에 가서 『햄릿』을 사다가 읽어봐야겠어요. 『햄릿』이 그 정도인줄은 몰랐네요. 히힛.

셰익스피어의 4대 비극은 『햄릿』·『오셀로』·『리어왕』·『맥베스』이다. 그 중 가장 처절한 작품은 『리어왕』이다.

- 아니, 너희들 지금 뭐하고 있니?

- 네, 쌤. 저 헤리랑 실뜨기하고 있어요.

- 으응, 실뜨기? 거 좋지. 두뇌 개발하는데 실뜨기도 좋은 게임이니까 말이야.

- 선생님도 저하고 해볼래요?

- 나랑은 나중에 하자. 이 시간엔 제인 오스틴의 유명한 작품『오만과 편견』을 가지고 표현력을 배워보자.

- 아~ 저도 그 책 읽고 싶었는데 잘 됐네요, 쌤.

- 하트포드셔의 작은 마을에 베넷 가문이라는 가난한 집안이 있었는데 거기에 다섯 자매가 살았단다. 그 중 위의 둘은 결혼적령기를 맞고 있었어. 큰 언니 제인은 온순하고 내성적인 아가씨이고, 둘째 엘리자베스는 재치가 넘치는 발랄한 아가씨야. 때마침 제인은 근처에 이사 온 청년 빙리를 사랑하게 되지. 하지만 자기의 마음을 드러내지 못해.

- 아, 사랑얘기군요.

- 그런 셈이야, 허허.

- 그래서요?

- 빙리의 친구인 다아시라는 청년이 있는데, 엘리자베스와 만나게 돼. 하지만 그녀의 눈에는 디아시라는 귀족 청년이 자신의 신분만 내세우는 '오만'한 남자로 비쳐져. 그래서 엘리자베스는

다아시에게 관심을 두지 않아. 신분 같
은 건 별 거 아니라고 생각하지. 그녀는
자신의 판단이 정확하다고 믿는 사람이
었기 때문이야.

– 네에.

– 그런데, 다아시는 자유롭고 활달한
엘리자베스에 마음이 끌리게 된단다. 하
지만 다아시는 고민스럽지. 왜냐하면 엘리자베스의 어머니와 세
명의 여동생들이 교양 없고 경망스럽기 때문이었어. 사실 그녀의
어머니는 품위가 없을 뿐더러 부잣집 사위를 얻어 팔자를 고치려
는 그런 사람이었단다. 다아시 역시 엘리자베스를 사랑하면서도
관계가 깊어지는 것을 꺼려하게 돼. 빙리 역시 그녀의 언니 제인
을 사랑하고는 있었으나, 그녀의 사랑을 받을 수 있을지 확신을
못한 채, 결국 이들 두 청년은 런던으로 떠나고 만단다.

– 그래서 헤어진 건가요?

– 아냐. 어느 날 엘리자베스는 제인과 빙리의 사랑을 반대한 사
람이 다아시라는 사실을 알게 돼. 이유인즉 자신의 집안이 너무
천박하고 품위가 없다는 것이었어. 자존심이 상하고 화가 난 엘리
자베스는 그 무례한 다아시를 더욱 미워하지.

–아, 오해가 생긴 거네요?

– 그래. 오해가 이 소설의 주요 모티브 중 하나지. 엘리자베스
가 자신을 미워한다는 걸 눈치 챈 다아시는 엘리자베스에게 찾아

가 오해를 풀려고 하지. 그러나 돌아오는 것은 그녀의 냉랭한 태도였어.

– 수로야, 너 같으면 엘리자베스에게 어떻게 하겠니?

– 저요? 저 같으면 그냥 잘 먹고 잘 살아라 하고 끝내버리죠.

– 허허 녀석도. 그건 사랑하는 사람에게 할 태도가 아니잖아. 아무튼 좋아. 귀족 청년 다아시는 엘리자베스와의 신분격차를 포함한 모든 장애를 극복하고 엘리자베스에게 사랑을 고백하지. 그런데도 엘리자베스는 다아시가 '오만'하다는 편견을 가지고 그의 청혼을 거절해.

– 저 같으면 얼른 결혼할 텐데요, 선생님.

– 그래, 혜리가 아주 현실적 판단이 뛰어나구나, 하하. 결국 절망한 다아시는 엘리자베스에게 한통의 편지를 남기고 떠나지. 그 편지엔 엘리자베스의 오해에 대한 해명이 적혀있었어. 제인과 빙리에 대한 자신의 생각, 엘리자베스 식구들에 대한 자신의 느낌 등 솔직한 마음을 적었지. 그의 솔직한 마음과 따뜻한 애정이 잠시 엘리자베스의 마음을 흔들어 놓게 돼. 그러나 여전히 그녀는 갈등을 하지.

– 아휴, 다아시도 답답하네요. 뭐가 아쉽다고 그런 여자에 목매달아요?

– 세상 사람들이 수로 너처럼 화끈하면 좋겠다. 그러면 갈등도 없고 소설도 없지, 하핫.

– 저만 같으면 고민할 게 없어요, 쌤. 히히.

– 그녀는 그동안 만난 주변의 남자들을 곰곰이 생각하게 돼. 경박하고 낯이 두터운 콜린스, 싹싹하지만 성실하지 못한 위컴, 이런 사람들과는 진실한 사랑을 할 수 없다는 걸 깨닫지. 그리고 첫인상도 중요하지 않다는 사실을. 사실 엘리자베스는 다아시를 처음 만났을 때 거만한 남자로 오해했잖아. 기억나지?

– 네, 아까 전에 말씀하셨잖아요.

– 따라서 무엇이 중요한 것인가를 비로소 알게 된 그녀는 다아시를 만나 그동안 자신이 오해했음을 고백하고 자신의 편견도 고치기로 결심하지. 이렇게 기나긴 우여곡절 끝에 다아시와 사랑스런 엘리자베스는 난관을 극복하고 결혼을 약속하게 돼. 어떻게 보면 그동안 다아시와 엘리자베스는 서로 '오만'과 '편견'을 가지고 있었던 것이야.

– 아, 그래서 제목이 『오만과 편견』이었군요.

– 그래, 제목이 주제를 암시하는 말이지.

– 그런데 이 소설에서 저희가 배울 만한 표현이 어떤 거예요?

– 역시 혜리가 학습목표를 놓치지 않고 있구나. 그래, 이 소설이 특히 여성독자를 사로잡는 것은 마지막에 나오는 다아시의 대사에 있지. 잘 들어봐라.

– 네!

– "만약 당신의 감정이 지난 4월과 같다면 말해주시오. 내 감정과 소망은 변함이 없소. 당신의 말 한마디면 나는 영원히 침묵하겠소. 하지만 당신의 감정이 변했다면, 나는 당신께 고백해야 되

겠소. 당신은 나에게 마법을 걸었소. 나의 신체와 영혼과 나는, 나는, 사랑…… 나는, 사랑……, 나는 당신을 사랑하오. 오늘 이후로 당신과 헤어지고 싶지 않소."

　- 아, 정말 진실한 마음이 느껴지는 표현이에요.

　- 거기에 대한 엘리자베스의 대사 또한 감동적이란다. 잘 들어봐. "일요일에는 나의 진주, 아주 특별한 날에는 나의 여신, 그리고 가장 기쁘고 완벽할 정도로 행복할 때는 다아시 부인이라 불러줘요." 어떠냐? 듣는 너희들도 황홀하지?

　- 네, 저도 이담에 크면 엘리자베스와 같은 사랑을 할래요.

　- 좋지! 자신의 이름으로서가 아닌 사랑하는 사람의 이름, '다아시 부인'으로 불리고 싶다는 엘리자베스의 말! 얼마나 눈물겨운 감동이냐, 응?

　- 아, 제가 다 행복해지네요, 선생님!

　- 야~야, 정신 차려. 선생님은 결혼하셨어, 인마!

- 수로야, 너 지금 뭐하니?

- 앗! 깜짝이야. 놀랐잖아요, 쌤.

- 원, 녀석도, 놀라긴.

- 쌤, 저 지금 큐브 맞추기하고 있어요. 한번 해보실래요?

- 그것도 지능발달에 도움이 되겠구나. 좋아, 그런데 잠시 집어 넣고. 오늘은 일본 최초의 노벨문학상을 수상한 작품을 가지고 얘 기해보자.

- 노벨문학상요? 누가 받았는데요?

- 흐음, 가와바타 야스나리라는 일본사람이 옛날에 『설국』이란 소설로 수상을 했지.

- 아, 그랬어요? 저한테는 연락도 안 왔는데…….

- 허허, 녀석! 이 소설은 12월 어느 겨울로부터 시작된단다. 시 마무라라는 주인공이 있는데, 그가 탄 기차가 국경의 긴 터널을 지나 눈의 고장으로 들어가면서 시작하지. "국경의 긴 터널을 빠 져 나오자 설국이었다. 밤의 끝이 하얘졌다. 신호소에 기차가 멈 추었다." 여기에서 '터널'은 작가가 시미즈(淸水) 터널을 모델로 한 것이지만 그 어떤 터널이라 해도 상관없어. 다만 불교에서 '차안' 과 '피안'이 있는 것처럼 터널 이쪽은 현실의 세계, 저쪽은 꿈의 세계로서 이해하면 좋을 거야.

- 네에. 근데 차안, 피안은 뭐예요?

- 차안은 인간세상이고 피안은 유토피아를 말하는 거야.

- 아하!

- 시마무라는 동경에 사는 무용연구가야. 그는 고독한 성격을 지니고 있지. 그는 눈이 많이 오는 겨울이면 이곳 온천에 있는 고마코라는 여자를 만나러 몇 년 동안 계속 이 마을을 찾아오고 있었어. 그런데 그는 자신이 타고 있는 기차 안에서 한 젊은 여자 하나를 발견하지. 요코라는 젊은 처녀인데 차창 유리에 거울처럼 비친 그녀를 보면서 묘한 감정을 느낀단다.

- 저도 기차여행 가고 싶네요, 선생님.

- 다음과 같은 표현이 인상적이야. 잘 들어봐라. "거울 속에는 저녁 풍경이 흘렀다. 비쳐지는 것과 비추는 거울이 마치 영화의 이중노출처럼 움직이고 있었다. 인물은 투명한 허무로, 풍경은 땅거미의 어슴푸레한 흐름으로, 이 두 가지가 서로 어우러지면서 이 세상이 아닌 상징의 세계를 그려내고 있었다. 특히 처녀의 얼굴 한가운데 야산의 등불이 켜졌을 때, 그는 뭐라 형용할 수 없는 아름다움에 가슴이 떨릴 정도였다." 어떠냐? 표현이 굉장히 세밀하지?

- 굉장히 시적인 표현이네요.

- 그래. 동양 특유의 감수성이 묻어나는 표현이지. 그는 고마코라는 기생을 만나러 가면서 차안의 요코라는 처녀에 야릇한 연정을 느껴. 그러면서 슬픈 운명을 예감하지. 그 슬픈 예감을 이렇게 암시적으로 묘사한단다. "빛은 그녀의 조그마한 눈동자의 언저리를 어슴푸레하게 밝히면서 처녀의 눈과 불빛이 겹쳐진 순간, 그녀

의 눈은 저녁 어둠의 물결 위에 뜬, 요염하고도 아름다운 야광충
(夜光蟲) 같다."

– 야광충은 뭐예요?

– 반딧불 같은 것을 말하는 거야. 사실 그가 온천마을로 기생
고미코를 만나러 가는 것은 그녀를 사랑하기 때문이 아니야. 단지
청순한 그녀로부터 마음의 위로를 받고자 하는 거지. 또한 눈이
많이 내리는 그 고장에서 세상을 잊고 싶었던 거야.

– 선생님, 그래서 남자들은 다 짐승이라고 하나 봐요. 사랑하지
도 않으면서 만나요?

– 글쎄, 남자들에게는 덜 진화된 원시의 피가 흐르는가 봐.

– 선생님도 그래요?

– 쉿! 입 다물고 들어봐라. 그는 기차에서 내리고 숙소에서 고
마코를 만나지. 그런데 뜻밖에 그곳에서 다시 요코를 만나. 그는
설렘을 숨기지 못하지. 그 순간을 이렇게 묘사하고 있단다. "요코
의 눈초리가 그의 이마 앞에서 타고 있는 것만 같아 견딜 수 없었
다. 그것은 먼 등불처럼 차갑다."

– 오, 멋진 표현인데요?

– 그곳에서 고마코와 사랑을 나누는 중에도 그는 요코의 신비
스러움과 지순한 아름다움을 잊지 못하지. 요코는 사랑 하나에 온
몸을 던질 줄 아는 아름답고 순수한 처녀였기 때문이야.

– 그러니까 주인공이 양다리 걸치는 거예요?

– 하하하, 오랜만에 들어보는구나. 양다리라. 어쨌든 좋다. 그

런데 어느 날 시마무라는 고마코와 얘기를 하며 걷다가 우연히 화재현장을 만나지. 2층에서 한 여자가 뛰어내리는 걸 목격하는데, 아~ 떨어진 사람이 바로 요코였어. '다리에 힘을 주고 버티면서 눈을 든 순간 쏴, 하는 소리를 내며 은하수가 시마무라 속으로 흘러 떨어짐을 느꼈다'라는 표현으로 심리적 충격을 드러낸단다.

－ 네에. 은하수가 물줄기처럼 떨어진다는 표현이 투신자살하는 느낌을 주네요, 쌤.

－ 와, 수로가 기막히게 정답을 찾았구나. 어쩌면 요코는 자신의 기구한 운명을 자살로 끝맺은 거야. 그러한 암시를 독자가 찾아내야 하는 거지.

－ 그런데 주제는 뭐예요?

－ 이 소설은 주제를 찾자고 읽는 게 아니야. 인물의 심리와 배경을 가슴으로 느끼면서 그 내용에 동화되어야 하는 작품이야. 더욱이 이 소설은, 가와바타 야스나리가 13년에 걸쳐 쓴 중편이기에 더욱 작가의 혼이 담겨있다고 볼 수 있어.

－ 작품이 환상적이라고 해야 하나? 꿈속에서 벌어진 일 같아요.

－ 그래. 이 작품이 노리는 것은 환상성 하나란다. 아름다운 설경이 그 환상성을 더해주는 장치이지. 어쩌면 작가의 말대로 '인간과 자연과 허무 사이의 조화를 추구하고자 한 작품으로, 평생 아름다움을 얻기 위해' 쓴 흔적을 느낄 수 있어.

－ 선생님, 게이샤가 기생이란 뜻이에요?

－ 맞다. 게이샤라고 하지.

– 그런 여자들이 불쌍해요, 선생님.

– 가련하면서도 기구한 운명을 지닌 사람들이지. 그래서 작가도 고마코를 비정의 아름다움을 지닌 여성으로 묘사했고, 요코를 청순하면서도 애련한 느낌으로 가득 찬 인물로 그려낸 거야.

– 네에.

– 사실, 가와바타 야스나리의 『설국』 한 편만 읽어도 일본 작가들의 문장 표현력이 어떤 것인지 통째로 알 수 있지. 그리고 그 섬세한 표현들이 애련미를 향하고 있음도 눈치 챌 수 있단다.

– 아, 그래서 일본을 '가깝고도 먼 나라'라고 했나 봐요, 쌤.

– 좋아, 잠시 쉬었다가 차 한 잔 마시고 다시 얘기 하자.

김승옥의 『무진기행』도 환상적 서정이 감각적으로 꿈틀대는 작품이다. 유사한 이 두 작품을 통해 표현 기법을 비교하는 것도 좋다.

– 쌤, 제가 하는 말 한번 따라해 보실래요?

– 무슨 말?

– "내가 그린 기린 그림은 긴 기린 그림이고 네가 그린 기린 그림은 안 긴 기린 그림이다." 해보세요, 헤헤.

– 내가 그린 기린 기림은…?? 어 어어. 거 잘 안 된다, 수로야.

– 히힛, 그럼 이건 하실 수 있어요? "내가 그린 구름 그림은 새털구름 그린 그림이고 네가 그린 구름 그림은 양털구름 그린 그림이다." 해보세요.

– 난감하구나, 얘. 그런데 그거 제대로 연습하면 치매예방에 도움은 되겠는데?

– 그렇죠? 히히히.

– 자, 그건 나중에 하기로 하고, 이 시간엔 중국작가의 작품에 나타난 표현력을 알아보기로 하자.

– 어떤 작품인데요?

– 응, 마오둔이란 작가가 쓴 『자야』라는 소설인데, 자야는 자시(子時)를 말한단다. 그러니까 저녁 11시에서 새벽 1시를 지칭하는 시간 개념으로 '한밤중'을 상징하지.

– 아하, 자 축 인 묘…… 뭐 이런 시간요?

– 그래, 좀 아는구나. 작가는 1930년대의 중국이 매판 자본가들에 의해 몰락하는 참담한 과정을 '암흑의 시기'로 생각한 거란다.

– 그런데요, 쌤. 매판자본이란 게 뭐죠?

– 음, 매판자본이란 한마디로 반민족적인 자본을 말해. 주로 돈 많은 외국인들이 가난한 나라에 들어가서 그 나라 사람을 앞잡이로 고용하고 경제력을 장악한 뒤 온갖 이익을 착취해먹는 시스템이야.

– 아아, 그래서 사람이나 국가나 돈이 있어야 하는 거구나.

– 맞는 말이다. 수로가 돈에 대한 개념이 빠르구나. 그러니까 이 소설은 쉽게 말하면 매국노들이 판치는 암담한 중국을 고발한 거지. 이 작품은 1930년대, 상해를 배경으로 시작된단다. 주인공의 이름은 오손보이야.

– 오손보? 이름이 우스운데…… 헤헷.

– 오손보는 민족공업을 발전시키겠다는 야심과 배짱, 그리고 뛰어난 수단을 지닌 인물이야. 그는 유럽과 미국을 다니면서 많은 것을 배운 사람이지. 그는 어느 날 중국의 공업이 외국인의 손에 넘어가는 사건들을 보고, 자신은 그런 일을 당하지 않기 위해 주위의 비단공장을 사들이고, 이어 9개의 작은 공장을 차례로 매입하여 자신의 기업을 튼튼하게 세우게 돼.

– 대단하네요, 선생님.

– 그러나 쉬운 일이 아니었단다. 일은 벌려놨는데 그 대규모의 공장을 경영하기 위한 현금이 부족했어. 결국 돈을 구하지 못하자 공장 문을 닫을 수밖에 없었지. 설상가상으로 불황이 가중되고 오손보는 어쩔 수 없이 노동자들을 탄압하게 되지. 노동자들은 나름

대로 파업으로 맞서고.

– 와, 그때도 노동자들이 머리에 붉은 띠 둘렀나요? 헤헤.

– 이에 대해 오손보는 어용노조까지 설립, 노동운동을 방해하기도 하고 군 병력까지 요청하여 노동운동을 진압하기도 하지만 결국 실패로 끝나.

– 회사가 살아야 서로가 사는 건데 안타깝네요, 쌤.

– 이처럼 상황이 악화되자 오손보는 사람이 변해버려. 그는 남은 공장을 몽땅 외국기업에 넘겨버리고 채권투기시장에 끼어들어 대박을 노리지. 그러나 채권시장의 '마왕' 조백도의 올가미에 걸려들어 모든 재산을 날리게 돼. 한마디로 쫄딱 망해버려. 결국 거시기 두 쪽만 차고 아내와 함께 도망을 가지. 대충 이런 줄거리인데 인상적인 내용들을 짚어서 얘기해보면 먼저 오손보의 아버지 오나으리라는 인물이 있지.

– '나으리'라고 불러서 오나으리란 모양이죠?

– 녀석, 눈치가 빠른데? 작가가 왜 그러한 인물을 창조했는지, 그리고 그 인물들을 통해 무엇을 표현하고자 했는지를 알아야 해.

– 그렇죠.

– 오나으리는 구시대의 전형적 인물이지. 고향마을에서 셋째 아들이 있는 상해로 왔다가 자본주의에 타락한 자식들에 실망하여 뇌출혈로 죽음을 맞는 인물이야. 그리고 좀 전에 얘기한 '조백도'라는 인물이 있는데 이놈이 제일 나쁜 놈이지. 하하. 이 사람이 바로 외국자본을 끌어들여 성공한 사업가야.

─아하, 그러니까 그 놈이 매판 자본가이군요!

─그래그래. 그런데 수로가 '놈' 자를 붙이니까 선생님이 듣기 좀 그렇다. 하핫. 아무튼 조백도는 군대를 매수할 수도 있고, 정치 세력과 결탁하여 채권시장도 통제할 수 있는 인물이었어. 한마디로 돈과 향락에 빠져 사는 속물적 매판자본가야. 작가가 표현하고자 한 것이 반민족적인 캐릭터인 거지. 그는 그러한 역할답게 많은 여성도 유린한단다.

─선생님, 소설들을 보면 돈 많은 남자들이 다 타락한 인물로 나오는데 원래 돈 많으면 다 그래요?

─아이쿠, 혜리가 어쩐지 조용하다 싶었더니~ 허허헛. 다 그런 게 아니고 항상 일부가 문제란다. 일부! 성급한 일반화에 조심해야지. 아유 오케이?

─호호호. 아임 파인, 탱큐 써─ㄹ!

─이 소설에서 또한 주목해볼만한 주변인물로 범박문이 나오는데, 이 사람 역시 작가가 무엇을 표현하고자 한 인물인지 잘 알아야 해. 이 사람은 오손보의 아버지가 죽었을 때 옆 사람들에게 이런 말을 한단 말이야. "오나으리는 시골에서도 이미 늙은 시체였어. 사실상 시골은 어두침침한 무덤이나 똑같지. 그 무덤 속에서 시체는 썩지 않을 뿐. 지금은 현대의 대도시인 상해에 왔으니, 자연히 즉시 '풍화'된 거야!……" 수로야! 네 생각에 이 사람은 어떤 인물 같아?

─남 좋은 꼴 못 보는 사람 같은데요?

– 정확하게 보았다. 이 사람은 냉소적인 인물이야. 적당히 속물적인 인물 말이야. 주변에 보면 겉으로는 괜찮은 것 같지만 속으로는 타락한 사람들 있잖아.

– 앗, 우리 옆집아저씨가 그래요. 요즘 바람피우고 다니걸랑요.

– 뭐? 하하하. 재미있구나, 그래. 아무튼 그 범박문이라는 사람은 한때 시위에도 열성적으로 참가한 적이 있는, 쉽게 말하면 깨어있는 인물이었지. 그런데 현재는 자조적인 인물에 불과해. 그저 음식점에 앉아서 시위대를 관찰하며 '오늘의 시위는 무력했다'고 비판이나 하는 아웃사이더일 뿐이야.

– 아하, 그러니까 작가는 그런 변질된 사람을 비판하고자 인물을 설정했군요, 그렇죠?

– 그런 인물이 또 있지. 이옥정이라는 사람인데 그는 교수 신분이야. 하지만 한마디로 '회색' 교수야.

– 회색 교수란 게 뭐예요?

– 음, 그러니까 자신의 주관이 없이 어중간한 태도를 지닌 사람이지. 역사의식이 없다거나 아니면 용기가 없어서 자신의 태도를 결정하지 못한 사람들을 일컫는 말이란다.

– 아하, 그러니까 흰색도 아니고 검정색도 아닌 회색이란 얘기군요.

–그렇단다. 그는 이 학생이 이 말을 해도 '좋아', 저 학생이 저 말을 해도 '좋아'라고 할 뿐, 자신만의 명백한 색깔이 없는 인물이야.

– 그 당시 중국 사람들 가운데 그런 인물이 많았던가 보죠?

– 바로 그거야. 작가가 그러한 현실을 비판적으로 표현하고자 인물을 설정하고 이야기의 전개과정을 꾸민 것이지. 하하하.

– 그러니까 작가 자신의 인생관을 표현한 게 소설이다 이 말이잖아요.

– 어쭈 선생님이 알려준 것을 잘도 써먹는다, 하하.

– ㅎㅎㅎ.

– 이뿐만 아니라 작가는 인물의 외양묘사를 동원해 성격을 제시하는 방법을 많이 써. 이를테면 오손보의 네모난 구릿빛 얼굴이라든가 조백도의 삼각형 얼굴, 이러한 도형적인 이미지를 쓰지. 어때, 네모진 얼굴과 세모난 얼굴, 어떤 성격을 표현한 것 같으니?

– 네모가 난 얼굴은 좀 강직한 느낌이 들고요, 으음~ 세모난 얼굴은 여우같은 느낌이 드네요.

– 허헛, 이젠 도사가 다 됐는걸? 그래, 작가의 의도를 정확하게 알아채는구나. 이처럼 이 작품은 음산한 날씨와 같은 배경을 통해서 그리고 인물의 복잡·미묘한 심리를 통해서 주제를 선명하게 표현하고 있단다. 또한 간결하고도 부드러운 문체, 명쾌하고도 생동적인 대화구성 등으로 인물들에 저마다의 색깔을 입히고 있지.

– 네에, 좀 어렵지만…… 작가의 포스가 느껴지는 작품 같아요.

– 저는요. 인간사회가 아름답지만은 않다는 것을 배웠어요, 선생님.

– 그래, 반응들이 좋으니 다행이구나. 오늘은 여기에서 마치자.

선생님이 감기 기운이 있어서 쌍화탕이라도 사먹으러 가야겠다,
하핫.

회색인(灰色人)이란, 정치적 입장이 분명하지 아니한 기회주의적인 인물을
이르는 말이다. 그러나 최인훈의 소설 『회색인』에서는 '회색인'에 대한 의
미를 재해석하고, 불안과 소외의식으로 고뇌하는 현대인의 내면을 그리고
있다.

　- 쌤, 감기는 다 나으셨어요?

　- 어. 오늘은 일찍들 왔구나, 응? 근데, 혜리는 안 데리고 왔니?

　- 네, 걔도 감기 걸려서 몸이 아프대요. 대신 오늘은 제 동생 대성이랑 왔어요.

　- 그래, 잘 왔다. 자리에 앉아라.

　- 오늘도 표현력에 대한 얘기해주실 건가요, 쌤?

　- 그럼, 몇 작품 더해야지. 그래서 준비한 게 노자영 시인의 『산가일기』야. 하하. 내가 이걸 준비하느라 고서점을 다 돌아다녔지. 그런데 찾을 수 없었어. 결국 선생님 집에 있는 자료집에서 몇 작품 발췌해 준비했단다.

　- 네에? 고생 많이 하셨겠네요, 쌤.

　- 노자영 시인은 일제강점기 때 살았던 분인데 소녀적인 센티멘털리즘이 두드러진 분이었어. 한때 여행하면서 그는 '동해를 보고 죽어버리자!' 이렇게 외치곤 했던 사람이지. 그래서인지 그는 폐질환으로 3년 후에 세상을 뜨고 만단다.

　- 아, 시작부터 마음이 아프네요, 쌤.

　- 선생님도 노자영 하면 마음이 먼저 아려온단다. 그 분은 자신의 혼을 철저히 불태웠던 낭만주의자였으니까.

　- 열심히만 산다면 그런 인생도 아름다울 것 같아요.

　- 그래, 그건 그렇구나. 이 『산가일기(山家日記)』는 초여름인 6

월 14일(금)부터 가을인 9월 25일(목)까지의 내용을 담은 일기형식으로 되어 있단다. 그러니까 시인이 절에 머물면서 뜰 앞에 핀 목련을 보기도 하고, 낮에는 소나무 숲에서 산비둘기의 울음을 들으며 사색한 것을 기록한 일기야.

– 일기가 그래서 중요한가 봐요, 쌤.

– 타오르던 불꽃은 꺼져갈 무렵이 가장 아름다운 것처럼 그의 영혼도 이 이야기를 쓸 때 가장 아름다웠지. 절대적 감수성이 꽃핀 시기였어.

– 일기에 뭐라고 썼는데요?

– 들어봐라. 선생님이 읽어주마. "6월 14일(금요일) 맑음. 이 산사에 온지도 벌써 두 달. 뜰 앞에 목련이 피었다. 백옥 같은 이슬이 초록잎 위에 대글거리고 무한의 순결을 자랑하는 하얀 꽃봉오리가 강한 생명력을 가지고 피어오른다. 하늘빛 잎사귀, 눈빛 봉오리, 아름다운 조화 위에 자랑스러운 호화(豪華)의 기세. 나는 아침 뜰 앞에 서서 그 꽃봉오리를 여러 번 만진다. 그리고 떠나기 어려운 듯이 그 꽃 밑에 한 시간이나 머뭇거린다. 세상에 아름다운 자랑이 여기보다 나을 것이 또 있을까? 신의 거룩한 표정! 모든 성스러운 최고의 미! 첫여름에 피는 목련은 이같이 아름답다. 로댕이 '한 떨기 꽃 아래 머리를 숙여 본 적이 있는가?' 한 말을 다시금 생각할 수가 있다."

– 와, 정말 제가 숲속에 와 있는 느낌이에요, 쌤!

– 그래? 선생님도 그렇단다. 좀 더 들어봐라. "낮에는 수나무

숲속 검은 바위 위에서 산비둘기의 울음을 들으며 먼 산을 바라본
다. 수나무 숲 사이에 이는 산들바람은 서늘하고 신비롭다. 밤에
는 촛불 밑에서 옛 여인의 얼굴을 여러 번 그리다. 사진첩을 뒤적
거리며 손으로 가슴을 만지는 이 마음이여, 동구 밑에서 울려오는
산개소리가 꿈 깊은 산골짜기를 이따금 깨우다. 〈예이츠〉시집을
들고 속으로 몇 구절을 여러 번 되풀이하다." 어때, 여기까지가 14
일 하루의 일기야.

　- 너무 외로웠던 분 같아요. 밤에 읽으면 눈물이 날 것 같은
데요?

　- 6월 25일에는 누가 왔다 간 것 같아. 이렇게 쓰여 있단다. "자
리에서 일어나 뒷산을 바라보니 북한산정에는 엷은 안개가 그 산
의 얼굴을 얄밉게 가리고, 산 밑 밤나무에는 이 산의 정찰병인 까
치가 산골짜기를 지키고 있다. 천변에 내려가 손을 씻고 가래나무
밑에서 숲의 향기를 마시다. 낮에는 침상에 누워 명상의 실마리를
몇 번이나 감고 풀고 하다. C가 왔다 가다. 밤에는 가는 비가 소녀
의 눈물과 같이 부드럽게 내리다. 보슬보슬 마른 땅을 적시는 그
부드러운 촉수! 대지에 기름을 붓는 네 마음이여!"

　- 와, 정말 시인이 쓰는 일기는 우리랑 차원이 다르네요. 그쵸?

　- 정말 그래. 일기라고 하니까 일기인 거지. 이것을 시라고 해
도 좋을 것 같아, 그지?

　- 네에!

　- 6월 27일에는 이렇게 쓰고 있지. "저녁 해가 창 위에 한줌의

정열을 펼쳐놓고 사라지다. 서늘한 밤에는 수분을 담은 서늘한 월광! 산곡에 숨은 이 암자엔 은회색 안개가 보드라운 자국으로 대지를 덮고 그 위에는 영롱한 흰 달의 서늘한 고요가 내리지 않는가? 뜰 앞 가래나무는 달빛에 젖어 은빛을 엮어놓은 듯, 푸른 솔잎도 은침(銀鍼)으로 변하고 목련은 깊은 궁궐의 공주같이 방긋이 입을 벌린다. 나물들의 속삭이는 부드런 여음! 그리고 땅에 누운 검푸른 숲 그늘! 달의 촉수는 모든 것을 평화의 고대로 낚아 올리다. 흰빛 모래땅을 고요히 밟으며 숲 그늘을 손으로 만져보는 내 마음이여, 은빛 촉수가 외로운 내 마음의 실마리를 이렇게도 풀어놓는가?"

─ 와, 정말, 별빛이 저에게 쏟아지는 것 같아요. 이러한 표현 정말 처음이에요, 쌤.

─ 수로 형! 정말 이런 표현 죽여주네요, 히힛.

─ 하나만 더 읽어보자. 6월 25일 목요일에 쓴 것이야. "날씨는 맑음. 한 떨기를 화병에 꽂고 고요히 눈을 감다. 아 주여, 나의 영혼에 저 꽃을 새겨주소서. 하늘은 높고 구름은 희다. 산새들이 요란스럽게 속삭이다. 모든 수림이 가벼운 발짝으로 하늘을 향하여 승천할 것 같다. 요염한 물소리는 파란 감상(感傷)을 속삭인다. 은방울의 바람은 솔잎을 안고 골짜기 사이를 울린다." 어때, 수로야, 이 일기에서는 뭐 느껴지는 게 없니?

─ 돌아가시려고 하는 건가요?

─ 아마 그런 것 같아. 노자영 시인은 자신의 죽음이 임박했음을 알았는지 이 일기에서 꽃처럼 순수한 영혼이 되기를 빌고 있어.

이 일기를 쓰던 시인의 마음을 생각하면 가슴이 뭉클해지지.

– …… 선생님 목소리도 힘이 없어지는데요? 우시는 거예요?

– 허헛, 아냐. 갑자기 노자영 시인이 옆에 와 있는 것 같아서…….

– 예에? 이크!

– 허~ 녀석들 놀라기는. 그냥 한 말이다, 하하하. 이처럼 노자영 시인은 죽음을 앞두고도 예민한 감수성으로 사물 하나하나를 섬세하게 표현하였지. 그래서 그의 일기는 초록과 은빛의 시각적 이미지로 가득한 것 같아. 마치 우리가 산사에 들어와 있는 착각을 불러일으키게끔 말이야. 이처럼 서정적이면서도 감동적인 표현이란 작가의 순수성 없이는 불가능한 거지. 그런 차원에서 선생님은 노자영 시인을 높이 평가한단다.

– 네에, 저도 오늘부터 일기 다시 쓸래요.

– 그러려무나, 하하하.

감각적인 언어 구사와 다양한 표현기교·문장이 미치도록 아름다운, 정비석의 『산정무한(山情無限)』을 함께 읽으면 수필문학의 진가를 알게 된다. 반드시 읽어 보기를 권한다.

- 쌤, 오늘은 제가 멋진 말 하나 적어왔는데 들어보실래요?

- 정말? 와 기대된다. 그래 한번 읽어봐라.

- 사랑하는 이들은 어디서도 만나지 않는다. 늘 서로 안에 있으므로!, 어때요? 좋죠?

- 거 어디서 많이 들어본 거 같은데? 허헛, 좋다. 선생님도 오늘은 멋진 제목의 소설 이야기를 해주마. 『샤갈의 마을에 내리는 눈』, 어떠냐?

- 샤갈이 어디에 있는 동네인데요?

- 후후훗. 샤갈은 동네가 아니라 화가 이름이잖니?

- 화가였어요? 앗, 나의 실수!

- 이 소설은 제목에서부터 어떤 처절한 느낌이 가슴을 파고들지 않니?

- 아직은 모르겠는데요? 본론으로 들어가서 얘기 좀 해주세요, 쌤.

- 후훗, 그래. 근데 좀 암울하구나!

- 뭐가요? 응? 아냐, 아냐. 자, 이 소설은 새로운 한해가 시작하는 1월 초, 21년 만의 폭설을 빙자해서 한 떼의 친구들이 만나는 것으로 시작하지. 생맥주 집에서 만난 그들은 침침한 실내에

서, 그 전등의 불빛만큼이나 희미하게, 아주 희미하게 취해가고 있었어. 봐라, 희미하게 취해가고 있다, 라는 것에서 뭐 느껴지는 분위기 없니? 수로야.

   – 술들을 좋아하나 보죠? 저도 맥주 한 캔을 마셔본 적 있는데…… 흐흐.

   – 그게 아니라, 분위기 말이야. 암울하게 느껴지지 않니?

   – 아아 분위기요? 제가 분위기 메이커 아닙니까, 쌤! 그러니까 이 소설은 시작부터가 좀 찝찝하네요, 그렇죠?

   – 그렇지, 그거야. 이 소설은 분위기로 모든 것을 표현하고 있어. 그러니까 작가가 설정한 배경과 인물의 표정이나 몸짓, 이런 것들이 인물의 의식이나 내면을 표현하는 장치야. 한마디로 이 소설은 정치적으로 암울한 시대에 변비처럼 막혀버린 젊은이들의 자유와 꿈을 그린 거지.

   – 항상 군사 독재시대가 말썽이네요, 그쵸?

   – 그렇게 만난 그들은 피곤함과 안온함, 차가운 것과 따뜻한 것, 맑은 것과 탁한 것, 어두운 것과 밝은 것 따위 묘한 감정 속에 언어의 허무를 느끼며 밤을 보내지. 출입문 바깥쪽에는 여전히 주먹만 한 함박눈이 쏟아져 내리는데 말이야.

   – 야, 분위기는 죽여주네요, 쌤.

   – 그때 누군가 정치얘기를 꺼내려 하니까 대뜸 또 다른 누군가 외치지. "야! 내 앞에서 정치의 '정' 자도 꺼내지 마. 그런 얘기를 꺼내는 새끼는…… 그런 새끼는 그냥 두지 않겠어." 서너 달쯤 전

인가. 그때도 그들은 뒷골목에서 술을 마신 적이 있었지. 넝마주이
에게도 넝마주의가 있던 시대에 그들은 자연히 정치얘기를 하기
시작했고, 그러다가 결국 논쟁이 언쟁이 되어 친구 두 사람이 치고
받은 적이 있어. 그 후부터 그들은 정치 얘기를 피하게 된 거야.

　– 그러니까 정치얘기 하다가 친구들 의리가 상할 까봐 그런 거
네요?

　– 젊다는 게 뭐겠니? 치열하게 살아가는 건데도 그들은 그렇게
무기력하게 스스로 식어가고 있는 거야. 그게 문제지. 뜨겁지도
차갑지도 않고 미지근한 사람들. 심장이 죽은 사람들이지. 그게
항상 우리를 슬프게 하는 거란다.

　– 네 그래서 쌤. 저는 화끈하게 살잖아요, 훅훅!

　– 밖에는 여전히 폭설이 그치지 않고, 그들은 술집을 나선단다.
그들은 '겨울나무'라는 카페로 향하지. 거기에서 다시 무기력하게
커피를 마시면서 고스톱과 포커, 볼만한 포르노와 폭력물 그리고
미아리 뭐 그런 이야기를 주고받아. 얼마나 무의미한 시간을 축내
는 짓이냐? 안 그래?

　– 그러네요, 차라리 집에 가는 게 낫겠어요.

　– 밤이 깊어갈수록 친구들의 숫자도 줄어들었지. 결국 셋만 남
아. 그들은 셋도 '우리'라고 믿으며 다시 술 마실 곳을 찾아가는
거야. 찾아간 곳에서는 마침 카페의 주인이 그의 친구들과 생일파
티를 하고 있었어. 어쩔 수 없이 그들은 한쪽 구석을 차지하고 대
화 없이 술들을 마시지. 생일 손님들이 자리를 끝내고 일어나자

그들 세 명도 덩달아 일어나. 시간이 이미 자정이 넘었으니까 말이야. 그런데 밖은 한치 앞도 분간하기 힘들 정도로 눈이 쏟아져 내리고 있었어.

– 와~ 정말 그런 눈 한번 맞아봤으면 좋겠어요, 선생님!

– 그렇지. 너도 나중에 크면 그런 함박눈 맞으며 데이트할 날이 있을 거다, 하하하.

– 어? 저 다 컸어요, 선생님!

– 좁은 골목길을 빠져나가면서 한 여자가 탄성을 내지르지. "아, 미치겠어. 이 눈 좀 봐. 이 눈……." 어때? 수로야. 이 말에 뭐 필 받는 거 없니?

– 아~ 저도 미치겠어요, 쌤!

– 선생님, 강아지들은 눈 오면 좋아한대요. 호호호.

– 어쭈, 여우는 안 좋아하냐?

– 허헛, 혜리 말에 뼈가 있는 거 같다, 얘. 그건 그렇고, 그들 세 사람 중 한 사람이 마저 작별인사도 없이 가버리고, 두 사람만 남지. 그들은 어디로 가야 하나 난감해 하는데 마침 아까 카페에 있던 여자 손님 중 하나가 그들을 승용차에 태워주지. 그리고 물어. "술 한 잔 더하고 싶지 않으세요?" 그러면서 그들을 샤갈의 마을로 데려간단다.

– 남의 차 함부로 타면 안 되는데……?

– 좀 더 들어봐라, 차가 정차한 곳은 골목 끄트머리에 있는 연립주택 옆이었어. 그녀는 연립주택의 캄캄한 지하계단을 내려갔

고, 그 지하철문 앞에 이르러서야 얘기하지. "제 작업실이에요."
도착한 곳이 바로 그 여자의 작업실이었어. 두 사람이 그녀를 따
라 냉기가 가득한 실내로 들어섰을 때, 그들 두 사람의 시선을 사
로잡은 게 무엇이었을까? 바로 샤갈의 그림이었지. 그제야 그들
은 그녀가 화가라는 사실을 깨달아.

  - 아하, 샤갈을 좋아해서 그 여자 분이 샤갈의 마을이라고 한
거예요?

  - 혜리가 역시 눈치가 빠르구나.

  - 그래서 혜리가 여우 아닙니까. 여기 뒤에 꼬리 있는 거 안 보
이세요, 쌤?

  - 그들은 몸이 추워서 탁자에 앉아 다시 술을 마시지. 그들 중
하나가 여자에게 묻지. "주량이 상당한 모양이죠?" "첫 남자가 가
르쳐 준 거예요." 이 짤막한 대화에서 많은 것이 느껴지지 않니?
시대의 우울함이라든가, 사랑의 아픔이라든가, 술을 마시지 않고
서는 배길 수 없는 절망감 따위 말이야.

  - 아, 그래서 소설을 읽을 때는 생각하면서 읽어야 하는 거군요.

  - 그래, 그런 거야. 그녀는 술에 취해서인지 계속 한 음악만 반
복적으로 트는 거야. 스콜피온스의 '스틸 러빙 유'. 여자는 고개를
숙이고 계속 그 말을 되풀이하지. 스틸 러빙 유, 스틸 러빙
유……. 무슨 말인지 아니?

  - 글쎄요?

  - 어허! 영어실력이 그 정도여서야!

－ '아직도 너를 사랑해' 그 뜻 같은데요, 선생님.

－ 그렇지. 역시 혜리 짱이다. 무슨 소리냐 하면, 그녀에게 어떤 상처가 있는지는 몰라도 떠나간 첫 남자를 잊지 못한다는 것만은 알 수 있지. 사랑에 목말라 사는 우리처럼 말이야. 이게 음울한 현대인의 인간소외야. 밖에는 계속 폭설이 내리고 그들은 취해가고. 그러면서 그들은 아직 '우리'로 남아있다고 위안을 해.

－ 얼마나 사람이 그리웠으면 자꾸 '우리'를 강조할까요?

－ 당시엔 인간적인 진정한 만남이 없었지. 오늘날도 마찬가지지만 말이야.

－ 네에.

－ 그때 희미한 여자의 중얼거림이 들리지. "그가 보고 싶어요. 누가 그에게 전화를 걸어 줄 수 없나요? 내가 그를 기다린다고…… 샤갈의 눈 내리는 마을에서 아직도 그를 기다리고 있다고……." 그리고 잠시 "춥고 배고파. 그리고 남자와 자고 싶어……."란 말이 들리지. 한 참 후 여자가 누군가의 어깨를 두드리는 소리, 머리를 떨군 채 의식을 잃어가는 둘 중의 하나를 조심스럽게 깨우는 느낌을 꿈처럼 아득히 느끼지. 그때 그들 중 하나가 탁자 밑으로 손을 뻗어 나머지 하나의 손을 필사적으로 거머쥐어. 소설은 이렇게 끝난단다.

－ 뭔가 미완성 된, 애절한 느낌이 들어요.

－ 흐음, '애절하다' 그렇지. 눈물 날 정도로 애절한 거지. 얼마나 고독했으면 샤갈의 그림을 걸어놓고 낯모르는 남자 둘을 태워

자신의 화실로 갔겠니? 남자들은 또 얼마나 삶의 방향들을 상실한 사람이고.

— 근데요, 선생님. 이 소설에서는 왜 사람 이름이 안 나와요?

— 하아, 참 좋은 단서를 찾았구나. 그 이유는 어차피 알아야 쓸데없다는 뜻이야. 이름을 안다는 것은 서로가 친밀하다는 얘기잖아? 이름을 서로가 부르지도 않고 독자들에게도 보여주지 않는 것은 단절감을 느끼게 해주려는 장치란다.

— 아하 그러니까 한 마디로 '인간소외'란 얘기 아녜요, 쌤?

— 우와, 우리 수로가 똑똑하구나. 그래, 이 소설 끝에서 손을 필사적으로 거머쥔다는 얘기는 무슨 뜻으로 그런 표현을 했는지 알겠니?

— 사랑한다는 거 아닌가요?

— 그래, 그것은 허무한 인간 사회에서 더 이상 소외되지 않겠다는 인간을 향한 몸부림인 거야. 김춘수 시인이 시로 쓴 적이 있는 이 작품은 한마디로 독재정치에 대한 좌절과 사람들과 공유할 수 없는 생각과 허무를 그린 거란다. 그러니까 '폭설'의 배경이 무엇을 표현하고자 한 것이며 인물들의 행위와 서술자의 진술이 무엇을 표현하고자 한 것인지 그것을 알아야 한단다.

— 제 생각에는 고독이나 단절 그리고 연민 그런 것을 표현한 것 같아요, 선생님.

— 그렇지! 존재의 의미를 생각하게 하는 그런 작품이 바로 『샤갈의 마을에 내리는 눈』이란다. 아, 오늘은 설명이 길었구나. 설명

은 이쯤에서 마치고 다음에 또 다른 작품을 더 얘기해주마. 그리고 숙제 하나씩 내주마. 숙제는 각자 멋진 표현 하나 만들어오기. 알았지? 자, 그럼 선생님 먼저 일어선다.

 – 네. 안녕히 가세요, 선생님! 알라뷰, 쌤!

프랑스의 화가. 피카소와 함께 20세기 최고의 화가로 불린다. 선명한 색채로 사람과 동물을 섞어, 환상적이며 신비한 그림을 그렸다.

샤갈
(Marc Chagall)

- 자, 저번에 멋진 표현 만들어오기를 숙제로 냈는데, 해왔지?

- "심장의 고동이 멈추기 전까지 그 어떤 것도 늦지 않았다. 다만 우리가 시도하고 있지 않을 뿐이다." 어때요?

- 좋아. 다음, 혜리는?

- 저는 음악의 제목 가운데 멋진 표현을 찾아봤거든요? '어느 사랑의 종말을 위한 협주곡' 어때요? 제목이 멋있죠, 선생님?

- 다들 멋진 말을 준비했구나. 좋다! 마음에 든다, 하하.

- 오늘은 어떤 작품으로 말씀하실 거예요? 선생님?

- 응. 『죽은 황녀를 위한 파반느』인데, 아주 특이한 작품이란다. 이 소설은 한 통의 편지가 배달되면서 시작돼. 편지 첫 줄에, "선생님 저예요."라고 씌어있지. 그리고 카드 맨 위에 '벨라돈나'라는 단어가 씌어있고.

- 벨라돈나가 누구예요?

- 사람 이름이 아니고 '미친 벚나무'라는 독성 식물의 이름이란다. 옛날 여인들은 매력적인 큰 눈을 만들려고 일부러 그 독을 눈에 넣었다고 그래. 동공이 확대되니까 말이야. 그래서 '아름다운 여인'이라는 꽃말도 생겼지. 이 이야기는 옛날로 거슬러 올라가. '나'라는 주인공 나이가 지금 서른일곱 살이니까, 10년 전 "내가 스물일곱 살이었을 때, 난 열두 살 먹은 '여란'과 동거했었다."로 시작해.

- 동거생활요? 그거 경찰에 안 걸리나요?

- 후후, 녀석두. 이건 소설이잖아. 대학시절의 '나'는 작은 방 하나에 거실과 화장실만 있는 허름한 한 아파트에 살고 있었단다. 그 초라한 아파트엔 밤마다 애잔한 플루트의 선율이 들려오지. 어느 날 낡은 욕실 벽에 물이 새, 아파트 위층집의 벨을 누른단다. 그때 긴 머리, 창백한 얼굴에 눈이 크고 검은 소녀와 운명적으로 만나는 거야. 마주친 그 소녀의 눈빛은 무섭고도 외로운 갈망의 빛이 스며있었지.

- 와, 얘기되네요.

- 그 여자애의 이름은 오여란이야. 길 건너 초등학교 5학년이고, 어머니가 혼자 서독에 살고 있고, 현재는 할아버지와 함께 살고 있지. 그런데 할아버지가 며칠 전 실종되어 지금 혼자 살고 있는 거야.

- 그럼, 보육원에 보내야 하는 거 아녜요?

- 으이그, 삭막한 얘기 좀 그만해라, 이웃에서 그 아이를 보살펴줘야 하잖아. 바로 주인공이 그 소녀가 궁금해서 다시 찾아가는 거야. 그런데 쓰러져 있는 그 아이를 발견하고 깜짝 놀라지. 부랴부랴 병원에 입원시키고, 퇴원시켜. 그때부터 여란이는 자연스레 주인공의 안방을 차지하게 되지. 같이 살자고 입을 떼어 본 적도 없건만 여란은 자기 아파트로 되돌아가지 않았던 거야. '나' 역시 그 여자아이에게 돌아가라고 말하지 못하지.

- 네, 사정이 그렇게 되었군요.

- 그렇게 기이한 동거가 시작되었는데, 여란이는 열두 살 나이에도 불구하고 성숙했지. 정서적으로 무척 예민하고 지적 감수성도 뛰어났어. 몸만 소녀였지 머릿속은 스무 살의 처녀라고 해도 놀랄 이유가 없었어. 어느 날은 장난스레 이런 말도 한단다. "선생님이 제 남편이었으면 좋겠어요." 그러면서 아름다운 잠옷차림으로 이 말도 해. "제게는 선생님밖에 없어요. 선생님은 제 왕이에요." 그러니까 바꾸어 말하면 자신은 황녀란 얘기지. 황제의 딸 말이야.

- 여란이가 조숙하네요, 그죠?

- 후훗. 바퀴벌레와 쥐가 들끓고 화장실 벽에서 물이 새는 7평짜리 연탄 아파트가 여란이에게는 훌륭한 궁전인 셈이었지. 여란은 '내'가 잠자고 있을 때 내 턱에 자신의 뺨을 대보기도 하고 내 가슴의 뼈를 헤아려보기도 해. 어쩌다 '내'가 서서 껴안아줄 때 여란이는 자신의 몸을 내게 더 밀착시키기도 한단다.

- 아, 쌤. 이거 관람등급이 어떻게 돼요? 우리가 들어도 괜찮은 거예요?

- 수로야, 뭐 이까짓 걸 가지고 엄살을 떠니? 다 알면서 말이야, 호호훗.

- 소설 『롤리타』도 어린 여자아이를 사랑하는 내용이 나오잖아. 그리고 단테도 아홉 살짜리 소녀 베아트리체와 사랑에 빠졌잖아? 하하. 그렇게 '나'는 1년의 세월을 여란과 지내고, 어느 날 여란은 그 어머니에 의해 갑자기 서독으로 가게 되지. 운명처럼 갑

자기 그녀는 작은 가방 하나와 플루트를 든 채 "다녀오겠어요, 폐하."라는 인사를 남기고 떠나는 거야. 그게 '내'가 여란이를 본 마지막이야.

― 그래서 어떻게 됐어요?

― 근데 말이야. 스토리도 스토리이지만 이 소설의 기법 그리고 표현을 잘 느끼면서 들어야 영양가가 있는 거야. 알겠니? 이 소설이 퇴폐적이지 않은 이유가 두 사람의 대화나 표현이 동화적인 순수성에 있다는 거야.

― 네. 느끼고 있어요, 선생님. 저도 선생님을 폐하라고 부를까요?

― 하하, 혜리 너도 독일로 가기만 한다면야 불러도 상관없지. 아무튼, 여란이가 떠난 후 '나'는 폐인이 되어버린단다. 그러니까, 정이 그만큼 들었단 얘기야.

― 사랑했다는 얘기죠, 뭐.

― 그래 그런 셈이지. 수로가 정확히 아는구나. 그렇게 세월이 지나는데 여란은 계속 한 달에 한 번씩 편지를 보내. 그러다가 여란이가 여고를 졸업했다는 소식을 마지막으로 연락이 끊기지. 그러던 어느 날, 한 장의 편지가 날아든단다. "놀라지 마세요. 폐하. 크리스티나 비가 돌아왔어요. 9월 5일 저녁 5시 서울 힐사이드 호텔 907호실을 노크하세요. 우리들의 첫날밤을 위해서 촛불과 위스키를 준비해놓겠습니다. 이히 리베 디히. 당신의 크리스티나 비로부터."

– 와, 드디어 만나나요? 그런데 왜 그동안 소식이 없었던 거죠?

– 좀만 더 들으면 그 수수께끼가 풀리니까 들어봐라. '나'는 호텔에 들어서자마자 그녀를 껴안고, 그리고 둘이서 위스키를 마시지. 술기운 때문인지 정신이 몽롱해지면서 여란이의 눈빛이 무서운 요기를 띠고 있음을 보아. 하지만 '나'는 안개 속의 수은등처럼 정신을 잃어가. '내'가 의식을 회복한 것은 그로부터 나흘 뒤 병원이었어.

– 왜요?

– 의사가 묻지. 왜 '벨라돈나'의 독액을 술에 타 마셨느냐고.

– 술에 독약이 들어있었어요? 그렇다면 여란이가 독약을 넣었어요? 왜요, 선생님?

– 아직 더 들어봐야 해. 그래서 '나'는 독일에 사는 친구에게 여란을 찾아보라고 한단다. 그 이유를 알아야 했으니까. 그런데 친구가 알아낸 것은 여란이가 아닌 그녀의 어머니에 대한 이야기뿐이야. 남편과 일찍이 이혼한 여란이의 엄마는 도서관에 근무했으며 6년 전에는 자기 얼굴을 빼다 박은 열두 살 된 딸을 서울에서 데려왔으나 그 딸이 혈우병으로 죽었다고 말이야. 그리고 그녀는 죽기까지 자기 딸을 극진히 간호했고 그 딸이 불러주는 편지를 꼬박꼬박 받아썼다는 것이야. 친구로부터 그 이야기를 듣는 순간, '나'는 모든 것을 알아차리지. …… 수로야, 넌 어떻게 된 건지 알겠니?

– 아하, 그러니까 여란이는 죽었는데, 그 엄마가 여란이 역할을

하며 편지를 보낸 것이란 얘기네요.

– 맞았다.

– 그런데 여란이 엄마가 '나'를 왜 죽이려고 한 거죠?

– 그게 문제야. 그게 이 소설의 작가가 숨겨둔 수수께끼인데 독자가 풀어야 하지. 혜리는 여란의 엄마가 왜 죽이려 했다고 생각하니?

– 자기 딸의 아픈 사랑을 마무리 지으려고 한 것 아닐까요?

– 거의 비슷하구나. 역시 여자의 직감은 뛰어나, 하하. 인도에서도 죽은 남편을 화장할 때 살아있는 아내도 화장하는 '사티'라는 풍습이 있잖니. 그런 것이라고 생각해.

– 헐! 무섭네요, 쌤.

– 그런데 말이야. 주인공이 모든 걸 잊고 휴가 좀 다녀오려고 하는 날 또 한 통의 편지가 날아드는 거야. '선생님 저예요'라고 시작하는 것 말이야.

– 허걱! 여란이 엄마가 '벨라돈나' 이름으로 다시 보낸 거예요? 다시 죽이려고요?

– 그렇단다. 어때 지금까지의 소설과는 또 다른 기법의 소설이지? 작가는 편지와 '벨라돈나'를 중심 제재로 엮어가면서, 그 속에서 슬프고도 치명적인 사랑을 추출해내는 거야. 환상과 애련으로 가득 찬 소설. 물론 이 소설은 음악가 라벨의 '죽은 황녀를 위한 파반느'에서 그 모티프를 차용했지만 그 애절함의 미학은 어떤 소설 못지않게 참신하단다. 오늘도 이야기가 길어졌구나. 오늘은

여기까지 마치고 다음 시간에 더 멋진 대화로 만나자. 알았지?

– 네, 감사합니다, 쌤~ 고맙습니다, 선생님!

> **롤리타 콤플렉스**
>
> 블라디미르 나보코프의 소설 『롤리타』의 주인공 험버트는 12살짜리 소녀인 의붓딸 롤리타를 사랑하여 아내를 사고로 죽게 한다. 이처럼 미성숙한 소녀에 대한 정서적 동경이나 집착을 롤리타 콤플렉스라고 한다.

논술, 표현력 밖으로 드러내기

- 쌤, 논술에서도 표현력이 중요해요?

- 하하, 문학적인 글에서 표현력이 중요하듯이 논술에서도 표현력은 중요하단다. 특히 논술에서는 적절한 단어나 문장을 구사하여 정확한 표현을 해야 해.

- 채점자가 표현력을 본다면 뭘 보는 건데요?

- 음……, 표현은 적절성, 어휘의 적절성 그리고 원고지 사용법과 맞춤법 등을 보는 거지.

- 그럼, 쌤. 기본적인 것들을 정리해주시면 안 돼요?

- 당연히 알려줘야지. 그리고 다른 건 몰라도 어휘, 어법, 맞춤법, 띄어쓰기와 같은 것에서 실수하면 무식한 사람으로 취급당하니까 사전에 잘 익혀두기 바란다.

1) 개념에 맞지 않는 어휘를 쓰지 말라

예) 산업화로 인한 소비재(➡상품)의 대량 생산은 소비를 필요로 하게 되었고, 과학 기술에 의한 매스컴의 발달은 광고의 발달을 촉진시켰다.

2) 개념(의미) 관계를 무시한 어휘를 쓰지 말라

예) 성 폭력 문제를 다루는 데 있어서 **남성**을 가해자로만, 그리고 **여자**(→여성)는 피해자로만 보는 것은 옳은 시각이 아니다.

3) 같은 어휘를 자주 반복하지 말라

예) 미술의 **역할**이 더욱더 변화되어 가는 오늘날이다. 그 많은 **역할**들 중에서도 특히 사람들의 관심을 모으는 것이 미술의 사회적 역할이다. 그렇다면 미술의 사회적 역할의 의미는 무엇이고 그 구체적인 예로는 어떤 것을 말할 수 있을까? 우선 미술의 역할이 다변화되었다는 것에 대한 원인은 그 향유 계층의 다변화에서 이해할 수 있다. 미술의 역할이 다변화된 것만큼 그 향유 계층도 특수층으로부터 일반 시민들까지로 다변화되었다는 말이다. 그러면서 생겨난 것이 미술의 사회적 역할인데 이것은 각종 건물들과 담에 그려진 그림들을 그 예로 들 수가 있다.

➡ 오늘날에는 미술의 역할이 더욱더 다변화되어 가고 있다. 그것은, 특수 계층에서 일반 시민들까지로 그 향유 계층이 다양해졌기 때문이다. 그중에서도 특히 미술의 사회적 역할이 증대하였는데, 각종 건물들과 담에 그려진 그림들을 그 예로 들 수가 있다.

4) 비속어 · 통속어를 쓰지 말라

예) 영화 사전 심의제를 실시하면 아무래도 저질 영화를 덜 찍게(➡만들게 또는 제작하게) 될 것이다. 따라서 포르노물(➡외설 영화)이 감소한다. 사전 심의를 거치는 동안 포르노물(➡외설 장면)은 많이 짤려서(➡잘려서) 나오게 될 것이다.

5) 의존 명사 '것' 을 함부로 쓰지 말라

예) 미술이나 조각도 최초에는 그저 본 것을 그리거나 나타내는 것만을 했었다고 한다.

➡ 미술이나 조각도 최초에는 그저 사물을 본 대로 그리거나 나타냈다고 한다.

6) 과장되고 추상적인 수식어를 쓰지 말라

예) 사회적 물의를 빚는다고 해서 무조건 제도적으로 금지시키려는 것은 심각한 문제(➡어떤 '심각한 문제' 인지 구체적으로 제시해야 함)를 발생시킨다.

▷ 이 밖에도 격한 감정을 드러낸 표현, '너무 ~하다', '말도 안 되는 소리다', '천

부당만부당하다', '절대로 그럴 수 없다', ' 일부 몰지각한 사람들' 따위도 논술 문

장에는 쓰지 말아야 할 표현이다.

7) 비슷한 어휘를 혼동하여 쓰지 말라

예) 교통, 통신 수단의 발전(➡발달)으로 인하여 이제 세계는 하나가 되었다.

8) 근거 없는 수치를 쓰지 말라

예) 지금은 계급의 구별이 없지만 300년 전만 하더라도 계급의 구별이 있었다.

9) 줄임말을 함부로 쓰지 말라

예) 서로 사랑하는 사람이 있다고 가정하자. 근데(➡그런데) 서로 성이 같다. 이건

(➡이것은) 꼭 드라마나 영화에서만 있는 일은 아니다.

예) 일부 미술 작품은 엄청(➡엄청나게) 비싼 가격에 팔려 나가므로 서민들에게는

그저 그림의 떡일 뿐이다.

10) 1인칭 주어를 쓰지 말라

예) 다음의 예를 들면서 내가 생각한 내용을 말해 보려고 한다.

예) 내 생각에 영화 사전심의제는 외설영화를 근절하는 데 별 효과가 없을 것 같다.

11) 조사 '~의' 를 남발하지 말라

예) 근대 이후 중산층 혹은 시민 계급이 사회의 중추 역할을 담당하게 되면서 미술

은 특수 계층 속에서의(➡계층의) 향유물만이 아닌 대중 속에서의(➡속에서) 살아

숨쉬는 예술로서의(➡예술로의) 변화가 요청되었다.

12) 정확한 조사를 사용하라

예) 우리는 종군 위안부 문제를 덮어두려고만 하는 일본에게(➡에) 강력히 항의하

여야 한다. ➡ '-에게' 는 사람이나 동물에만 쓸 수 있는 조사이다..

13) 피동형 · 수동형으로 표현하지 말라

예) 사회가 **복잡해지고 다양해짐에 따라**(➡복잡하고 다양하여) 사람들은 문화 활동에서 마음의 여유와 안정을 되찾으려 한다.

14) 군더더기 표현을 삼가라

예) **역전 앞**(➡역전)에서 **시원한 냉수**(➡냉수) 한 컵을 들이켰다.

예) **뇌리를 스치는**(➡생략해야 할 말) 기억이 머릿속에 떠오르는 것을 막을 수는 없다. ▷ '뇌리(腦裏)'가 '머릿속' 이란 뜻임.

15) 문장 성분이 서로 호응되게 하라

예) 현재 우리나라는 생산 시설을 해외로 옮기려 하는 **경향이다.**(➡경향이 있다.)

16) 중계하는 식으로 쓰지 말라

예) 나는 지금부터 ○○에 관하여 쓰겠다.

예) 그러면 지금부터 서론에 제기한 문제점에 대하여 자세히 **살펴보기로 한다.**

예) 앞 단락에서도 말했듯이 인간은 예술을 통하여 삶의 의미를 깨닫기도 하는데, 그 구체적인 예를 들어보기로 한다.

예) 이상에서 살펴본 바와 같이 환경 문제는 정부의 정책이나 기업의 윤리적인 노력만으로는 해결되지 않는다.

- 쌤, 제가 평소에 몰라서 고민했던 부분들이 한 방에 다 풀리네요!
- 다행이구나, 후후.

III

비판력에 불 지르기

목민심서 · 군주론 · 이방인 · 그리스인 조르바 · 월든 · 동물농장
변신 · 수레바퀴 아래서 · 어머니 · 인형의 집 · 죽은 시인의 사회
뫼비우스의 띠 · 아큐정전 · 이반 데니소비치의 하루 · 죄와 벌 · 유토피아

쌤~, 비판력이 뭐예요?

 – 자, 오늘은 수로가 누구랑 왔을까? 혜리도 왔고, 대성이도 왔고, 어이쿠 그런데 못 보던 얼굴도 있구나. 수로야, 쟨 누구냐?

 – 쌤, 쟤 몰라요? 야, 네가 직접 인사드려.

 – 선생님, 저는 유나라고 해요. 이유나. 세종아파트에 살고요, 현재 참존 중학교 3학년이에요. 선생님께서 많은 것을 재미있게 가르쳐준다고 해서 왔어요.

 – 오우, 그래. 얼굴도 이쁘고, 학교도 좋은 학교 다니고, 그래 잘 왔다.

 – 그런데요, 쌤. 오늘의 주제는 뭐예요?

 – 으음, 수로야. 오늘은 비판력에 대해 얘기하려고 한단다. 왜냐하면 살아가면서 비판력처럼 필요한 게 없으니까 말이야. 너희만한 나이 때 자칫 보고 들은 것만을 무조건 믿으면 자칫 바보가 될 수 있잖아? 무슨 말이냐 하면, 광고에 나오는 말처럼 묻지도 않고 따지지도 않았다간 큰일 나는 경우가 많다는 거야.

 – 맞아요. 우리 아빠도 예전에 보이스 피싱을 당한 적이 있어요.

– 하하하, 참으로 세상이 험해서 그래.

– 정말 사람들이 나쁜 거 같아요.

– 그래서 하는 말인데 말이야. 평소 책도 많이 읽고 신문도 자주 읽어야 하는 거야. 그래야 문제점이 뭔지도 알 것이고 자신의 주관도 생길 거야. 비판력이 무엇인지 한마디로 말한다면, 자신의 타당한 생각으로 어떤 현상이나 주장에 대해 잘못을 지적해낼 수 있는 능력인 거야.

– 역시 공부를 열심히 해야 하는 거군요, 선생님.

– 혜리야, 알아서 남 주는 거 아니잖니? 선생님이 아는 평론가 한분은 이렇게 말하지. '비판하고 비판하고 또 비판하라!' 그만큼 치열하게 살라는 얘기지. 주체성을 가지고 치열하게 사는 것, 이 것이 진정 보람 있는 삶 아니겠니?

– 와, 선생님 말씀 듣고 있으면 정말 선생님한테 빠져드는 것 같아요. 딱 제 스타일이에요.

– 허허, 유나도 보통내기가 아닌 걸? 토크쇼 너무 많이 본 거 아냐? 하하. 이제 정리해 보자. 그러니까 주변에서 일어나는 일들이나 남의 주장, 이런 것들이 과연 옳은가 따져보는 능력, 이것을 비판력이라고 하는데 음……, 그렇다면 자신도 항상 남에게 비판받을 준비가 돼있어야 하겠지?

– 예, 그렇군요. 책을 자주 읽을게요, 선생님.

– 그래그래, 평소 책을 많이 읽어 자기만의 훌륭한 사상으로 무장을 하고 있어야 될 거야.

쌤~, 비판력이 왜 중요해요?

─ 근데요, 선생님. 생각해봤는데요. 우리가 너무 비판만 하면 짜증나지 않을까요? 학교에서도 보면 애들끼리 서로 씹고 뒷 담화하고 하잖아요.

─ 하아, 거 참. 그런데 뒤에서 욕하는 것하고 비판하고는 다른 것이란다. 뒤에서 씹는 것은 비판이 아니라 비난 또는 험담이라고 해야 하겠지, 그지? 그리고 또 비판은 불평하고도 달라. 그래서 말인데 사람은 먼저 포용력이 있어야 하는 거야. 남을 사랑하는 힘 말이야.

─ 네에. 그런데 쌤, 살아가면서 비판력이 많이 중요한 거예요?

─ 짜샤, 너도 나중에 대학 가려면 논술 같은 거 해야 하잖아. 넌 대학 안 갈 거니?

─ 야, 내가 왜 안가. 인마, 너보다 좋은 데 갈 건데…….

─ 허허, 둘 다 조용히 하고 생각해보자. 비판력을 키우는 게 사실 대학가는 데 도움이 되면 좋겠지. 하지만 목적이 대학입학에만

둔다면 그건 또 아니야. 왜냐하면 우리가 사는 것과 같은 이치니까 말이야. 우리가 사는 목적이 맛있는 밥을 먹거나 또는 좋은 대학에 가고자 하는 게 아닌 것처럼. 하하. 그래서 우리가 비판력을 키우고자 하는 것은 비판력이 인생을 풍요롭게 해주고 살맛나게 해주는 효소와 같기 때문이란다. 동물들과의 차이점이 그런 거 아니겠니? 동물들은 정의나 진리 같은 것에 관심을 두지 않잖아?

– 키키킥~

– 왜 웃어?

– 쌤, 제 친구 호영이가 있는데 걔가 돼지거든요. 완전 개념이 없어요, 흐흐.

– 남을 비난하지 말고, 계속 들어봐라. 그러니까 음, 너희들 혹시 『동물농장』 읽어본 사람 있니? ……. 허억, 아무도 없구나.

– 선생님, 수로네 집 시골에서 소 키워요.

– 하하하. 선생님이 소 돼지 키우는 걸 물어본 게 아냐, 대성아. 조지 오웰이라는 사람이 쓴 소설을 읽어봤냐고 말한 거다. 아무튼 좋다. 너희들 알카에다와 같은 국제테러단체가 옳다고 생각하냐? 아니면 옳지 않다고 생각하냐?

– 거 당연히 나쁜 거 아녜요?

– 왜 나쁜데?

– 인질들 죽이고 하는 걸 뉴스에서 봤으니까요, 히히.

– 봐라. 뉴스에서 봤건 아니면 책에서 읽었건 이미 너희는 알카에다를 그르다고 판단한 거야. 바로 비판을 한 거지. 그런데 만약

알카에다가 뭔지 몰랐다면 비판도 할 수 없었을 거 아니니? 그러니까 정확한 비판을 하려면, 하나를 알아도 정확하고 자세하게 아는 게 필요해. 그렇게 알아야 타당한 비판을 할 수 있고 잘못된 것을 바로잡을 수 있을 테니까 말이야.

– 네에, 그렇군요.

– 마찬가지야. 우리나라에서 과거에 군사독재를 했던 대통령들이 있잖아? 그 대통령을 우리가 나쁘다고 할 때 이미 우리는 나름대로 비판을 한 거거든. 그런데 왜 나쁘냐고 물어볼 때 '그냥 나쁘니까 나쁘지' 이렇게 대꾸한다면 무책임한 말이 되지. 타당한 이유를 대야 하니까 말이야.

– 하나만 더 얘기해보자. 장사하는 사람들이 먹어서는 안 되는 불량식품을 만들어 팔고, 또 고소득자들이 세금을 빼돌리고, 조직폭력배들이 선량한 사람 납치하고 이런 짓들을 우리는 해서는 안 될 짓이라고 하잖아. 그지?

– 당연하죠, 그런 사람들은 지구를 떠나야 해요.

– 그래. 그렇다고 다짜고짜 "당신들이 미워. 그러니까 지구를 떠나."라고 할 수는 없잖니? 그래서 무엇이 잘못되었고 왜 나쁜지 조목조목 들이대야 하는 거야. 그래야 그런 사람들이 두 번 다시 나쁜 짓을 안 하지 않겠니? 이런 행위가 사회의 정의를 바로잡는 역할인 셈이란다.

– 와, 그러니까 말싸움을 잘 해야겠네요?

– 말싸움이라 해도 아무 규칙도 없이 그저 목소리 큰 놈이 이기

는 것은 무식한 행위이고……, 비판하고는 차원이 다르잖아? 비판은 사회가 썩지 않도록 유지해주는 소금과 같은 거야. 채찍질과 같은 거지. 그럼에도 불구하고 만약 우리 사회에 이러한 비판의 목소리가 없다면 어떻게 될까? 아마 약육강식의 난장판이 될 거야. 정치에 자유와 인권도 없고, 사기꾼들이 횡행할 것이며, 윤리나 도덕도 실종될 거야. 그렇기 때문에 항상 사회를 건강하게 바로 잡아주는 나침반 같은 게 필요하지. 그게 바로 비판력이라는 얘기야.

– 네에. 그래서 비판력이 중요한 거군요, 선생님.

– 뿐만 아니라 최근에도 계속 중국이나 일본이 우리나라의 고유한 영토를 자기네 땅이라고 우기기도 하고 역사를 왜곡하기도 하잖아. 이러한 시점에서 우리는 올바른 역사인식을 가지고 비판적으로 대응을 해야 할 거야. 이렇듯이 우리가 비판의 힘을 잃어버리면 아무 것도 지켜낼 수가 없어. 그래서 올바르게 판단하는 능력, 바로 비판력이 중요하다는 거야.

– 아하, 선생님. 저도 오늘부터 묻고 따지며 살아가겠습니다.

– 좋아. 하지만 비판을 위한 비판은 하지 말 것! 알았지? 그리고 스스로가 항상 정직할 것!

– 옛 써~ㄹ!

쌤~, 비판력으로 이루어진 것들엔 뭐가 있어요?

 – 쌤, 우리 생활주변에 비판력으로 이루어진 것들도 있나요?

 – 흐음, 좋은 질문이다. 우선 그에 대한 대답으로 퍼뜩 떠오르는 것이 신문의 칼럼이구나. 흔히 논평이라고 하는 칼럼을 보면 정치나 사회 문화 모든 면에서 이슈가 되는 것을 집중적으로 다루지. 신문에 있는 만화나 만평도 마찬가지야.

 – 아, 만화요? 저도 신문 볼 때 만화부터 보는데요, 재밌더라고요.

 – 재미있다니 다행이다. 근데 그걸 재미로만 봐서는 안 된단다. 신문의 만화라는 것은 일반만화와 달리 주요 문제점을 가장 압축된 그림으로 보여주는 것이기 때문에 작가가 비판하고자 한 것을 찾아 읽어야만 하는 거야. 그리고 주간지 형식으로 나오는 시사매거진들도 있단다. 그 잡지들 역시 국내외의 주요 사건들을 이슈화하고 비판하는 기능을 하지. 나중에 어른이 되면 너희도 정기구독하면 좋을 거야.

- 그런데 쌤, 저는 아직 그런 게 재미없어요.

- 그 어느 누구도 재미있다는 사람은 없을 거야. 그건 우리의 양심이 시켜서 하는 일이니까 하는 거란다. 세상의 빛과 소금의 역할을 하기 위해서 비판하고 감시하는 일을 한다고 생각하면 좋을 것이야.

- 신문 말고는 또 어떤 게 있을까요?

- 가장 많은 형태로 소설이 있지. 그러니까, 권선징악을 주제로 하는 『흥보전』으로부터 많은 현대소설에 이르기까지 대부분의 것들이 인간사회를 비판하거나 풍자한 것들이잖아? 그러니까 못된 인물에 대한 비판이라든가, 소외문제, 환경파괴 등에 대한 것들을 다루는 작품이 다 그렇단다.

- 아, 저번에 저도 〈성북동 비둘기〉라는 시를 배웠는데, 그 시가 문명 비판적이라고 하던데요?

- 잘 이해했구나. 그렇단다. 인간이 자연을 파괴하면 자연도 잃고 인간성도 상실하게 될 거라는 경고의 작품이지. 자연과 인간의 공존을 제시하는 작품이야. 배웠는지 모르지만 가이아 이론도 그런 거 아니겠니?

- 가이아 이론이 뭔데요, 선생님?

- 으응? 유나는 아직 안 배웠나 보구나. 지구를 가이아라고 부르지. 지구의 이름인 거야. 가이아 즉 지구는 죽은 무생물이 아니라 살아있는 생명체인데, 인간이 지구를 자꾸 파괴하고 오염시키면 가이아 자신이 살기 위해서라도 인간을 멸종시킬 거라는 얘기

야. 그러니까 쉽게 말해서 네 몸이 지구라 한다면, 네 몸에 살고 있는 작은 미생물들이 너를 오염시키고 죽이려 든다면 어떻게 하겠니. 목욕을 해서라도 미생물을 없애야 하지 않겠니? 그렇지?

- 맞는 얘기네요, 선생님.

- 미술 분야에도 현실 비판적인 작품들이 많단다. 비닐봉지에다 썩은 고등어를 넣어두고 부패한 인간성을 고발하기도 하고, 음……. 창의력 시간에 얘기한 것처럼 백남준 선생의 많은 작품들도 현대문명에 대한 비판을 가하고 있는 것이란다. 백남준은 관객이 보는 앞에서 텔레비전을 부수기도 하고 바이올린을 도끼로 내려치는가 하면 소변을 보는 퍼포먼스를 연출하지. 이를테면 현대문명의 권위를 비판하는 거야. 그래서 독일의 언론은 그를 '동양에서 온 문화 테러리스트'라고 불렀단다.

- 와, 좀 과격하네요.

- 행위예술이 좀 그렇지.

- 좀 더 얘기해주세요, 쌤!

- 너희들 혹시 피카소의 작품〈게르니카〉를 기억하지? 음, 기억하는구나. 좋다. 피카소의 작품에 한국에 대한 그림도 있단다. 제목이〈한국에서의 학살〉이란 그림인데, 미군이 한국의 부녀자·아이들을 총검으로 학살하는 모습을 그린 거야. 한국전쟁 당시에 황해도 신천에서 양민 3만을 학살한 것을 배경으로 하고 있어. 전쟁과 미국의 만행을 비판하는 작품으로 유명한 거란다.

- 처음 듣는 얘긴데요? 선생님.

– 흐음, 그것은 미국과 관련된 민감한 얘기라 그럴 거다. 그리고 혹시 리베라 디에고라는 화가 이름은 들어봤는지 모르겠구나. 멕시코 출신의 세계적인 화가인데……, 그의 아내 프리다 칼로를 세계적인 화가로 만든 사람……. 잘 모르겠니?

– 쌤, 저희를 너무 믿지 마세요.

– 그래요, 쌤. 그냥 선생님이 다 얘기해주세요.

– 으이그, 좋다. 리베라 디에고가 그린 그림 중에 〈백만장자의 만찬〉이라는 그림이 있는데, 무슨 내용이냐 하면 미국 백만장자의 만찬을 우스꽝스럽게 풍자한 그림이야. 왜냐하면 평소 그는 미국 부자들에 대해 비판적인 사고를 가지고 있었거든. 근엄하게 앉아 식사를 하는 모습이 한눈에 봐도 천박하기 짝이 없거든, 하하.

– 어떤 면에서 정말 돈만 추구하는 부자들은 반성할 필요가 있는 거 같아요, 쌤.

– 어이구, 모처럼 수로가 감동적인 발언을 하는구나. 최고다!

– 선생님, 몇 가지만 더 예를 들어주실 수 없으세요?

– 사진에 대해선 표현력 시간에 얘기를 했는데 비판력으로 다시 이해해보자. 퓰리처상이란 거 말이야. 해마다 뉴스나 보도에 있어서 가장 공로가 큰 기자에 주는 상 말이다. 역대 수상작들이 대부분 그 시대의 아픔을 담고 있는 사진들인데, 그

러니까 전쟁이라든가 테러, 굶주림 등의 현장을 찍은 사진들이야. 바로 그 사진들이 시대의 아픔을 고발하고 비판하는 기능을 하는 것이란다. 선생님은 지금도 베트남전이 막바지에 이르렀을 무렵 사복경찰 하나가 베트콩의 머리에 총을 쏘는 장면을 기억한단다. 전쟁의 참혹함과 인간성 실종을 고발하는 작품이었어.

- 생각만 해도 소름끼치네요, 선생님!

- 마지막으로 '지구 종말의 날 시계'라는 걸 얘기해주고 싶다. 이 시계는 자정을 가리키게 되면 핵전쟁에 의한 종말이 오는 것인데, 1998년 이후 현재까지 자정 9분전을 가리키고 있었으나, 2002년 2월에 자정 7분 전으로 됐단다. 그만큼 핵전쟁 위기가 심각하다는 것을 상징적으로 보여주는 장치야. 한마디로 인간의 무모한 군비경쟁을 비판하는 시계인 셈이지.

- 거 참 씁쓸하네요, 쌤.

- 그래. 선생님도 씁쓸하다. 물 한잔 마시고 얘기 계속하자꾸나.

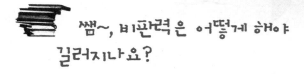

쌤~, 비판력은 어떻게 해야 길러지나요?

- 쌤, 저도 얼른 비판적 사고를 키우고 싶은데 뭐 단기코스 같은 거 없나요?

- 허허, 녀석 성격도 급하긴. 서두른다고 되는 건 아니란다. 물론 앞에서 하나 둘 얘기한 것처럼 역사서적을 비롯한 다양한 독서가 필요하겠고, 신문의 사설 또는 칼럼도 읽을 줄 알아야 한단다.

- 그거 말고 좀 더 자세한 걸로 얘기해주시면 안 돼요?

- 좋다. 일단 학교에서 수업시간에 선생님이 무슨 말을 하시는지 그리고 친구들은 무슨 말을 어떻게 하는지 잘 들어보고 가급적이면 그 대화에 참여해야 한단다. 그게 토론이라면 더 좋겠지. 그리고 친구의 얘기를 들을 때도 자신의 의견과 어떤 차이점이 있는지 분석하면서 들어야한단다.

- 쌤, 그런데 친구들하고 그런 딱딱한 얘기하기가 쉽지 않잖아요.

- 물론 그렇지. 그러니까 장난으로 얘기하지 말고 진지한 모드에서 얘기를 주고받아야겠지. 그래서 일단, 대화가 시작되면 아는

것에서부터 이야기하면 좋을 거야. 친구의 말에 물어볼 게 있으면 분명히 확인하고 넘어가야 해. 즉 친구가 얼렁뚱땅 말하지 못하게 말이야. 또한 친구가 주장하는 말이 있으면 그 이유를 파악을 해야 하고.

— 어휴, 그것도 힘든 일이네요, 선생님.

— 아냐, 그런 토론식 대화를 하다보면 자연히 몸에 익숙하게 되니까 지레 겁먹을 필요는 없어. 그렇게 대화를 하면서 친구의 생각이 타당한지 평가를 해야 하겠지. 만약 친구의 주장이 부적절할 경우에는 내가 반대하는 증거들을 제시하면 그게 바로 훌륭한 비판이 되는 거란다.

— 네에.

— 그러니까 친구가 나에게 무슨 말을 하려는 것인지, 주장하는 의도는 무엇인지, 나에게 감추는 건 없는지 그리고 말하는 게 진실인지 등을 즉각적으로 판단할 수 있어야 해. 그런데 전에 말한 것처럼 비판을 위한 비판을 해서는 안 되지. 친구의 의견이 타당한 데 그를 비판할 수는 없잖아?

— 네, 당연하죠.

— 그러니까 대화하다 막히면 때로는 모른다고 말할 수도 있어야 해. 진실이 중요한 거니까 말이야. 그리고 자신감 있는 표현을 해야 해. 남의 말을 인용하지 말고 가급적 자신의 목소리로 말을 하는 게 더 좋아. 의견이 다른 친구를 포용하는 자세도 필요하지. 마지막 하나, 중요한 건 내가 대안을 가지고 있어야 한다는 거야.

– 네에?

– 예를 들어 계곡으로 캠핑을 갔는데, 친구가 설거지하면서 주방세제를 쓴다고 가정을 해 보자. 그때 나는 쓰지 말아야 한다고 주장하고 친구는 이 정도 사용하는 것은 괜찮다고 할 때, 내가 친구를 무조건 비판만 할 수는 없지 않느냐는 얘기야. 만약에 친구가 그럼 나더러 어떻게 하란 말이냐고 한다면, 어떻게 해야 하지?

– 그냥 주먹으로 해결하죠, 뭐.

– 하하하. 그러니까 비판을 하려면 대안을 가지고 해야 한다는 거야. 밀가루가 있잖아. 대안으로 '밀가루를 쓰면 되잖아' 이렇게 말할 때 친구는 너의 비판을 고맙게 받아들일 거란 말이야.

– 선생님, 걔가 만약에 '너 잘났어, 증말' 이러면 어떻게 해요?

– 흐음, 그러면 그때는…… 주먹으로 해결해야지, 후하하!

– 아이, 쌤. 썰렁해요!

– 만약에 이런 의견을 누가 주장했다고 해보자. '청소년들은 담배를 피워야 비로소 어른다워지는 것이고 외국에서도 이미 수많은 청소년이 흡연을 하고 있으므로 우리나라에서도 청소년의 흡연을 권장해야 한다'고 할 때 너희는 어떻게 비판할래?

– 쌤, 저는 비판하고 싶지 않은데요? 대성아, 안 그냐?

– 맞아, 그걸 왜 비판해. 앗 따거. 왜 때려요, 선생님!

– 녀석아, 장난 말고 생각해봐라. 아마 이러한 의견을 주장한 사람은 청소년 흡연을 늘려 이익을 보고자 하는 담배판매업자일 것이야. 그렇다면 그의 의견에 대한 허점은 무엇인가 따져야 해.

과연 담배를 피워야만 어른다워지는가, 외국에서는 정말 많은 청소년 흡연을 즐기고 있는가, 청소년 흡연은 정말 청소년을 행복하게 해줄 것인가 등을 따져야 한다는 거야.

– 와, 머리 쥐나겠네요.

– 그 정도 노력을 해야만 상대의 교활한 속임수를 파헤치고 참된 정의를 수호하는 거 아니겠니? 하하.

– 와~ 비판 없는 세상에 살고 싶어요, 쌤.

– 아마 천국에나 가야 비판할 일이 없을 걸, 하하.

– 얘들아 우리끼리는 비판하지 말고 살자, 응?

– 녀석들. 선생님이 최신 좋은 정보 하나 주면서 끝낼 거니까 잘 메모해둬라. 뭐냐 하면, '톡트(TOCT: Test Of Critical Thinking)'라는 시험인데, 비판적 사고능력을 평가하는 시험이란다. 혹시 관심 있으면 이런 시험 보는 것도 큰 도움이 될 거야.

– 뭘 준비해야 되는데요? 쌤.

– 아, 이 시험은 교과지식을 측정하는 게 아니므로 학원에 다니거나 벼락치기로 준비할 필요는 없어. 왜냐하면 비판적 사고는 타고난 것이 아니라 오랜 시간에 걸쳐 키워지는 것이기 때문이지. 따라서 평소 책을 많이 읽고 자주 토론해보면 된단다.

– 야! 적어, 적어!

쌤~, 비판력과 독서라는 두 마리 토끼를 다 잡을 수 있나요?

두 마리 토끼 잡는 독서 **1. 목민심서**

 - 쌤, 오늘 저희 일찍 왔어요.

 - 음, 오늘도 수로, 혜리, 대성이, 음~ 유나도 왔구나. 일찍 잘 왔다. 그런데 유나 표정이 밝은데 어제 일요일에 뭐했니?

 - 저요? 어제는요 아빠랑 양평에 있는 두물머리에 놀러갔다 왔어요.

 - 음, 북한강과 남한강이 합쳐지는 양수리? 거 참 좋은 곳이지. 정약용 생가는 안 갔니?

 - 안 갔는데요?

 - 아휴, 아쉽다. 거기에서 능내리를 찾아가면 다산 선생님의 생가유적지가 있는데 말이야.

 - 다산이 누구예요? 출산드라예요?

 - 대성아, 엉뚱한 얘기 말고 지적인 컨셉으로 나가자. 음, 다산

선생은 조선 정조 때 최고의 학자야. 서양에 비한다면 레오나르도 다빈치에 견주고 싶단다. 기왕 말이 나왔으니 다산 선생에 대해 소개하마. 아울러 그가 『목민심서(牧民心書)』를 쓰면서 무엇을 가르치고자 했는지 들어보길 바란다.

－ 네, 네, 넷!

－『목민심서(牧民心書)』는 조선시대 고을 수령들이 지켜야 할 수칙을 서술한 책이란다. 정약용이 지방관으로 있을 때의 체험과 귀양을 갔을 때 느낀 것을 쓴 것인데, 탐관오리들을 비판하고 농민들의 경제를 살리고자 한 거지. 먼저, 부임길 행장에 대해 정약용은 다음과 같이 당부한단다.

－ 부임이 뭐예요?

－ 허헛, 낱말공부들 좀 해야겠구나. 부임이란 벼슬아치가 명령을 받고 새로운 고을로 취임해가는 거야.

－ 아하, 그럼 그렇다고 쉽게 말씀해주시지…….

－ 다산 선생은 부임할 때는, "의복이나 안장을 얹은 말을 옛 것 그대로 쓰고 새로 장만하지 말아야 한다. 함께 가는 사람이 많아도 안 된다. 이부자리와 속옷 외에 책 한 수레를 싣고 간다면 청렴한 선비의 행장이라 할 것이다."라고 말하지. 어떠냐? 다산 선생님의 청렴한 성품이 따뜻하게 느껴지지?

－ 네에!

- 사실 대부분 사람들은 높은 벼슬에 오르면 목에 힘을 주고 온 갖 허세를 부리잖아? 정약용은 이러한 피해가 결국 백성에게 간다고 보았어. 요즘도 많은 정치인들이 선거철만 되면 국민의 머슴이 되겠다고 하면서도 정작 머슴처럼 사는 사람은 없었잖아. 하지만 정약용은 완벽에 가깝도록 정직했고 헌신적으로 사셨단다.

- 아, 예에.

- 그는 바른 몸가짐에 대해서 수령들에게 말하지. "틈이 나면 정신을 집중하여 생각해서 백성을 편안하게 할 방책을 생각하며 지성으로 착한 일을 찾아라. 말을 적게 하고 갑자기 성내지 말라. 아랫사람을 너그럽게 거느리면 따르지 않을 백성이 없을 것이다. 주색을 끊고 소리와 풍류를 물리치고, 공손하고 단정하며 엄숙하여 큰 제사를 지내듯 하며 유흥에 빠져 정사를 어지럽히며 시간을 헛되이 보내는 일이 없도록 하여야 한다." 이렇게 말했지.

- 참으로 대단한 분이시네요, 쌤.

- 너희도 공부방에 붙여놓은 연예인 사진들 치우고 정약용 사진 한 장씩 붙여두면 어떨까?

- 네. 그거 굿 아이디어입니다, 쌤.

- 요즘 보면 말이야, 주요 공직자들이 자신의 신분이나 지위를 이용하여 위장전입하고 땅 투기를 하다가 걸리는 일이 많잖아. 거액의 뇌물을 받거나 또는 부적절한 관계로 물의를 일으키는 경우도 있고⋯⋯. 정약용은 그러한 사람들에게 참다운 인간으로 거듭나길 바라는 거지. 왜냐하면 백성은 섬김의 대상이지, 억압과 착

취의 대상이 아니기 때문이니까 말이야.

- 네에.

- 그는 깨끗한 마음가짐의 중요성에 대해서도 말씀을 하셨단
다. "목민관이 청결하지 않으면 백성들이 그를 도둑으로 지목하여
마을을 지나갈 때에 더러운 욕설이 높을 것이니 부끄러운 일이다.
한밤중에 뇌물을 주고받은 일이 아침이면 드러난다. 비록 물건이
사소하다 하더라도 은정(恩情)이 맺어졌으니 사사로운 정이 오고
간 것이다."

- 좀 쉽게 설명을……, 죄송!

- 이 부분은 부정축재를 하지 말라는 내용이야. 사람들은 자신
의 지위가 높아지면 높아질수록 본분을 망각해버리고 자신의 권
력을 이용하여 많은 재물을 탐하려 들잖아? 살다보면 학연, 지연,
혈연 등 어쩔 수 없는 관계가 많겠지만 공직에 있는 사람이라면
이러한 사적인 감정에 절대 흔들려서는 안 된다 이런 얘기야.

- 와, 확실하네요. 그런 분이 대통령이 되었으면 좋겠네요, 쌤

- 하하. 네가 나중에 그런 대통령이 되길 바란다. 정약용은 인
재선발에 대해서도 확고한 소신을 밝히지. "나라를 다스리는 것은
사람을 쓰는 데에 있다. 진실로 적격자를 얻지 못하면 자리만 채
울 따름이니 여러 가지 정사를 맡겨서는 안 된다. 아첨하기를 좋
아하는 자는 충성되지 않고 간하기를 좋아하는 자는 배반하지 않
는 것이니 이를 살핀다면 실수하는 일이 적을 것이다." 한 마디로
임금에게 올바른 말을 하는 사람을 뽑으라는 것이지.

- 네.

- 수령들에게도 같은 말을 한단다. "현인(賢人)을 천거하는 것은 수령의 직책이다. 비록 고금이 제도가 다르다 하더라도 현인을 천거하는 일을 잊어서는 안 된다. 부내(部內)에 학행을 독실하게 닦는 선비가 있으면 마땅히 몸소 나아가 그를 찾고 계절 따라 방문함으로써 예를 닦아야 한다." 마을에 어질고 공부 잘하는 선비가 있으면 잘 챙기라는 얘기다. 그런데 이 부분은 허균의 〈유재론(遺才論)〉과 주제가 같아. 너희들 허균 알잖아, 응?

- 들어본 거 같아요.

- 인마, 홍길동전 쓴 사람 있잖아.

- 아하, 그 허균! 난 또…….

- 녀석 딴청부리기는! ……그 허균도 광해군 때 인재등용에 대한 문제점을 비판하고 능력위주의 인재선발을 주장했었지. 마찬가지로 정약용 역시 백성과 국가를 위해 적격자를 뽑아 쓸 것을 주장했으며 또한 간신과 충신을 신중히 가려 정사를 맡길 것을 당부했잖아! 그리고 유비가 제갈공명을 세 번 찾아간 것처럼 시골마을에 지혜로운 선비가 있으면 몸소 찾아가 예를 갖추라고 다산은 말씀하지. 바로 이 부분이 백성을 위한 그의 진정한 모습이 드러나 있는 거란다.

- 선생님께서도 벼슬하시면 잘하실 텐데…….

- 그래, 어째 아부성 발언 같다. 아무튼 고맙다. ……그래서 정약용은 또한 권력을 남용하는 폭력에 대해서도 엄단할 것을 주장

하지. "지방의 호족이 권력을 부려서 횡포를 일삼는 것은 약한 백성에게는 늑대이자 호랑이인 것이다. 해독을 제거하고 양(羊)같이 순한 백성을 보호하는 것이야말로 참된 목민관이라고 말할 수 있다. 악한 소년들이 협기를 부려서 물건을 약탈하고 포악하게 행동할 때에는 마땅히 이를 조속히 금지해야 한다. 이를 금지하지 않으면 장차 난동을 부리게 될 것이다. 사(邪)를 끼고 간음하며 기생을 데리고 다니며 창녀 집에서 유숙한 자는 이를 금해야 한다." 이렇게 단호하게 얘기해.

– 정말 존경할 만한 분이네요. 최고예요, 쌤.

– 정약용은 세상을 선보다 악이 기승을 부리는 곳으로 생각했어. 강한 자들은 돈과 권력을 남용하여 약한 사람을 끊임없이 수탈하고 괴롭히고 있다고 보았지. 따라서 고을을 다스리는 수령들은 정의의 편에 서서 잘못된 세상의 풍속을 교화해야 할 의무가 있다고 보았단다. 젊은이들의 탈선도 단호하게 바로잡아야 한다고 보았어. 성매매도 금하고, 술주정도 금해야 한다고 했지. 참으로 정약용의 이러한 충고는 지금 들어도 전혀 낯설지 않은 걸 보면, 예나 지금이나 사람들의 행실은 비슷했던 것 같아. 그렇잖아? 적당하게 놀고 즐기며 방탕을 일삼으려는 사람들, 이러한 사람들을 교화시켜 건강한 사회를 이끌고자 한 것이 다산의 바람이었던 거야.

– 와~ 정말 우리나라에 이러한 분이 계셨다는 게 자랑스러워요, 선생님.

– 유나의 눈빛이 더 초롱초롱 빛나는 걸? 다산 선생의 가르침을 제대로 배운 거 같구나, 하하. 그래서 말이야, 베트남 민족운동의 최고 지도자인 호치민(胡志明) 대통령도 생전에 그렇게 『목민심서』를 애독했고, 죽을 때 머리맡에 놓아달라고 유언했던 이유가 바로 여기에 있단다.

다산(茶山) 정약용은 『목민심서』·『경세유표』·『흠흠심서』를 비롯하여 500여 권의 저서 및 시 2,460여 편을 남겼다.

- 이제, 마키아벨리의 『군주론』을 얘기해보자. 그는 당시에 무엇을 비판적으로 보았으며 어떻게 나라를 이끌려고 했던가 말이야. 음, 마키아벨리는 뛰어난 외교가이자 야심가였단다. 강력한 권력자 밑에서 최강의 이탈리아를 만들고 싶었던 게 마키아벨리의 꿈이었어. 군주의 정치적 행위는 윤리나 종교의 잣대로부터 벗어나야 한다는 생각을 지니고 있었지. 그래서 한때 교황청으로부터 '악의 교사'로 비판받기도 했단다.

- 와, 물불 안 가리는 사람 같은데요?
- 그렇지. 어떻게 보면 국민들보다 국가를 더 중요하게 생각한 사람이었어. 정약용은 백성을 우선적으로 사랑했는데 말이야. 서로 좀 다르지?
- 쌤, 저는 정약용이 더 맘에 들어요.
- 하하, 마키아벨리는 강력한 국가건설이 가장 중요하다는 생각을 했어. 왜냐하면 그가 외교관 시절 강력한 국가만 살아남는다는 것을 경험한 까닭이지. 나라가 있어야 백성도 있다는 생각을 했던 거야. 좀 위험한 생각이지만, 그래서 그는 먼저 권력을 강화하기 위해 군대를 강화시킬 것을 주장했단다.

– 옛날 우리나라의 박정희 대통령 같네요. 그죠? 쌤.

– 흐음~ 생각해보니 그렇구나, 허허. ……그래서 그는 훈련과 사냥을 열심히 해야 한다고 주장해. 그는 사냥을 통해 육체를 단련시켜야 하며, 전국의 산천을 다니며 곳곳의 지형지물을 익혀야 한다고 한단다. 그리고 군주는 전쟁과 전술·훈련 이외에는 어떠한 목표에도 관심을 갖고 몰두해서는 안 된다고 말해. 무력을 가지고 있어야만 자신의 병사들로부터 존경받을 수 있으며 병사 또한 군주를 신뢰할 수 있다는 게 그의 생각이야.

– 삼국지를 보는 거 같아요, 쌤.

– 와, 대성이가 삼국지를 읽었나? 정말 훌륭하군.

– 아녜요, 만화로 읽었어요.

– 역시, 나를 실망시키지 않는군. 허허, 농담이다. ……그는 강력한 국가를 이룰 수만 있다면 어떠한 대가를 치르더라도 상관없다고 생각하는 사람이었지. 무서운 신념 아니니? 국가와 군주가 있어야 백성도 있다는, 철저히 군주 중심에서의 시각으로 세상을 바라보았어.

– 아하, 그래서 선생님 말씀은 그러한 마키아벨리의 생각을 비판적으로 보자는 말씀이죠? 맞죠? 헤헤, 맞으면 맞다고 해주세요.

– 너무 예리하게 맞혀줘서 고맙다. 역시 대성이가 비판적 사고를 제대로 배웠구나!

– 앗, 쌤! 저도 알고 있었어요. 제가 먼저 말하려고 했던 건데…….

– 그래그래, 수로도 당연히 알고 있었어야지. 계속 얘기하자면, 그는 권력과 지위를 지키기 위해 군주는 어떠한 악명도 감수해야 한다고 주장한단다. 실로 침략과 정복으로 점철된 서양의 역사가 칼의 역사임을 느끼게 하는 말 아니냐? 그는 설령 잔혹함·배반·오만·음탕·교활·안이함·경망스러움·반종교적인 짓을 한다 하더라도 권력을 위해서는 어쩔 수 없다는 것이었어. 실로 정약용의 가치관과는 너무 다른 생각이야.

– 그러네요, 서양의 것이라 해서 다 좋은 건 아닌가 봐요?

– 좋다 나쁘다 말할 수는 없는 것이고 문화적인 차이라고 할 수 있겠다. ……그래서 그는 군주에게 타국의 재산을 약탈하고, 두려움의 대상이 되라고 말하지. 군주가 군대를 먹여 살리려면 막대한 비용이 필요하기 때문에 다른 나라를 약탈해서라도 여자와 재산을 나누어 갖는 게 효과적이라는 판단이었단다.

– 역사에 그런 인물이 많았나요?

– 흐음……, 예전에 '한니발'이 그랬지. 불가능하다는 알프스산맥을 넘어 이탈리아로 진격한 한니발. 그의 군대는 여러 종족으로 구성이 되어 관습도 달랐지만 자그마한 분란도 없었단다. 왜냐하면 무자비한 한니발의 성격에 병사들이 떨었기 때문이야.

– 무서운 사람이네요.

– 그래서 영웅이란 이름엔 항상 피가 묻어있는 거야.

– 그럼 영웅이라고 해서 반드시 존경할만한 인물은 아닌가 봐요?

– 글쎄, 선생님 생각엔 세상에 필요한 건 영웅이 아니라 성자가 아닐까 생각한단다.

– 뼈있는 말씀 같아요, 선생님.

– 허허, 이심전심인가 보구나, 혜리야. ……그래서 마키아벨리는 이렇게 비유한단다. "군주는 여우와 사자를 모범으로 삼아야한다. 군주는 능숙한 사기꾼이자 위선자여야 한다." 군주는 함정에 빠지지 않기 위해 경우에 따라 여우가 될 필요가 있고, 늑대를 물리치기 위해서는 사자가 될 필요가 있다고 생각한 거야.

– 굉장한 전략가 같아요, 쌤.

– 긍정적으로 말하면 그렇기도 하구나, 하하. ……한마디로 『군주론』을 정리하면 강력한 국가의 건설이란다. 그 강력한 국가를 건설하려면 모든 권력을 군주에게 집중시켜 중앙집권적 형태를 가져야 한다는 거야. 또한 그는 강력한 군주가 되려면 여우처럼 간교한 책략도 가능하며, 국가를 통치·유지하려면 잔인해도 좋으며 종교까지 이용할 수 있어야 한다고 생각했지.

– 카리스마는 있지만 무섭네요, 선생님.

– 마키아벨리가 왜 이런 책을 썼는가도 함께 알아야 해. 그래야 정확한 비판을 할 수 있는 거니까. 음, 당시 이탈리아는 다섯 개의 군소 국가들로 나뉘어져 있었지. 그래서 영주들의 권력다툼이 그칠 날이 없었어. 또한 밖으로는 스페인·프랑스 그리고 독일제국 등에 의해 끊임없이 위협을 받고 있었고. 이러한 어려운 상황으로부터 국가를 지키고자 파워풀한 군주를 요청했던 거야.

– 아~ 그렇게 생각하면 이해가 가네요, 쌤.

– 하지만 마키아벨리의 『군주론』은 군주의 도덕성을 전혀 강조하지 않았다는 점에서 비판의 여지를 남기고 있단다. 과거 전두환·노태우 전 대통령에 대해 '성공한 쿠데타는 처벌할 수 없다'고 한 어느 검사의 말처럼, 권력 장악에 실패하면 악한 군주이고 성공하면 선한 군주라는 궤변도 그래서 나오는 것이지.

– 그런 말이 있었어요? 쌤.

– 우리가 역사공부를 해야 하는 이유가 여기에 있는 거야, 인마. 항상 무엇이 올바른 선택인가 비판정신을 가지고 판단해야 한다는 것이야, 알겠니?

『군주론』의 현대판이라고 할 수 있는 책으로 『권력의 법칙』(주스트 앨퍼스·로버트 그린)이 있다. 이 책은 권력은 근본적으로 도덕과 관계가 없다고 말하며, 권력을 얻기 위한 중요한 기술은 선악을 판단하는 것이 아니라 상황을 보는 능력이라고 말한다. 비판적으로 읽기에 좋다.

- 너희들, 가끔 세상이 너무 부조리하다고 생각해본 적이 있니? 그러니까 내가 실수로 어떤 잘못을 저질렀을 때 전혀 나쁜 의도는 없었는데, 그럼에도 불구하고 상황이 묘하게 나를 '죽일 놈'으로 몰아가버린 경우 말이야.

- 엇, 저도 옛날에 친구랑 장난하다 친구 머리를 다치게 한 적이 있거든요, 그런데 저를 나쁜 놈처럼 취급할 때 참 서운했어요.

- 그런 일은 누구나 있을 수 있는 거란다, 하하. 교무실에 있다 보면 가끔 학생부로 붙들려오는 아이들을 보거든. 장난으로 어쩌다 담배 한대 피웠을 뿐인데, 아예 비행청소년으로 간주하여 부모님에게까지 연락하는 등 그런 일들이 비일비재하지.

- 그래도 쌤은 우리를 이해해주시네요.

- 다 이해하는 건 아냐, 하하. 으음, 알베르 카뮈의 『이방인』이라는 소설을 이야기하면 그런 상황이 쉽게 이해가 갈 거야. 잘 들어봐. 이 작품 모르면 바보취급을 받으니까 말이야.

- 예. 바짝 다가앉겠습니다, 쌤.

- '뫼르소'라는 청년이 소설의 주인공이야. 이야기는 그의 어머니가 양로원에서 돌아가신 일로부터 시작된단다. 뫼르소는 가난한 회사원이기 때문에 어머니를 퀴퀴한 집에 모실 수 없어서 양로

원에 모셨지. 그게 어머니를 위해 낫다는 판단을 했기 때문이야. 그런데 잘 지내던 어머니가 돌아가신 거야. 그래서 부랴부랴 양로원을 찾아가고, 그런데 뫼르소는 이상하게 어머니의 시신 앞에서 울음이 나오지 않는 거야. 왜, 그런 경우 있잖아. 어떤 충격 앞에서 머리가 하얘지고 아무 생각이 없어지는 거 말이야.

– 네. 이해가 가요, 선생님.

– 뫼르소는 오히려 우는 것이 가식일 수도 있다는 생각을 해. 그리고 그곳 직원으로부터 어머니는 죽음을 준비하며 평화롭게 지냈다는 말을 듣고 안심하지. 하지만 마음이 착잡한 그는 어머니 관 옆에서 담배를 태워. 차도 한잔 마시고 말이야.

– 그래서요? 선생님.

– 장례식을 끝낸 뫼르소는 우연히 '마리'라는 아가씨를 만나 바닷가에서 수영을 하고 놀지. 그리고 집에 와서 함께 잠을 자.

– 자기 엄마 무덤에 흙이 마르기도 전에 어째 그런 짓을 할 수 있데요? 쌤.

– 그렇게 생각할 수도 있겠다. 하지만, 그것은 성급한 판단일 수 있어. 뫼르소의 진심을 봐야 하니깐 말이야.

– 그건 맞는 말이에요, 쌤. 사람을 함부로 판단하면 안 될 거 같아요.

– 그런데 말이야. 뫼르소는 우연히 같은 아파트에 사는 '레몽'을 만나면서부터 일이 꼬이게 돼. 레몽은 평소 자기가 사귀던 애인한테 배신감을 느끼고 그녀를 잔뜩 때려준 일이 있었지. 그 때

문에 그녀 오빠가 레몽에게 복수하려고 벼르고 있었던 거야. 그걸 전혀 눈치 채지 못한 레몽과 뫼르소는 바닷가 별장에 놀러가고, 바로 거기에서 깡패인 그녀 오빠와 불량배들을 만나게 되지. 불량배들은 칼로 레몽의 얼굴을 긋고 달아나. 레몽은 피를 흘리며 뫼르소에게 권총을 맡기고, 그리고 잠시 후 뫼르소는 호주머니에 권총을 넣은 채 백사장을 산책하는데…….

– 그래서요? 총으로 누굴 죽이나요?

– 허허, 수로가 성격이 급하구나. 그래 죽인단다. 그 상황을 잘 들어봐. 뫼르소가 우연히 상대 녀석 중 하나와 마주치거든. 녀석은 단도를 꺼내 쥐고 있었고, 그때 태양은 불을 뿜듯이 덥게 느껴져. 눈은 부시고 눈꺼풀엔 소금 땀이 스며들고, 지끈거리는 머리와 귀에서는 징징거리는 심벌즈 소리가 들리고 말이야. 그 순간 뫼르소는 순전히 자기도 모르게 방아쇠를 당기지. 아무 생각 없이. 그뿐이야.

– 거 정신이 좀 이상한 거 아녜요?

– 물론 정상적인 상황이 아니지. 심신이 미약한 상황에서 발생한 우발적인 범죄였으니까 말이야. 그러나 이미 엎질러진 물, 그는 살인을 한 것이었어. 뜨거운 태양 아래 벌어진 뜻밖의 살인. 이때부터 그의 운명은 본인의 의지와는 달리 엉뚱한 방향으로 나아가게 돼. 그는 재판에 회부되고, 몇 차례의 공판 끝에 유죄판결을 받는단다.

– 안타깝네요. 상대방이 깡패였고 또 칼을 든 상황이었는데, 정

상참작은 안 되나요?

　- 증인으로 출석하는 사람들 모두 뫼르소에게 불리한 증언들을 하는 거야. 심지어 어머니 시신 옆에서 담배를 피우고 차를 마신 것마저 그가 얼마나 냉혈한 인간인가를 입증하는 증거로 받아들여져. 여자와 바닷가에서 수영한 일 등 배심원들마저 그를 혐오스러운 인간으로 생각하지.

　- 사람을 죽였으니까 벌을 받아야 하겠지만 좀 억울하겠네요.

　- 변호사마저 뫼르소의 상황을 이해하지 못하고 형식적으로 변론을 한단다. 마침내 재판장은 뫼르소에게 사형을 언도해. 사형! ……그 모든 정황들은 정상참작이 되지 않고 그저 그를 흉악범으로만 몰아버린 재판이었어.

　- 주인공의 목숨이 너무 허무하게 끝나네요, 선생님!

　- 바로 이 소설의 작가인 '카뮈'가 비판하고자 한 게 그거야. 인간의 목숨을 저울질하는 무책임한 인간들의 태도 말이야. 그래서 카뮈는 우리가 부조리한 상황에 대해 인식을 가져야 한다는 걸 말하고자 하는 거야.

　- 뫼르소는 어떻게 됐어요? 죽나요?

　- 뫼르소는 담담하게 판결을 받아들여. 부당한 것을 받아들이는 그의 행위는 또 얼마나 지독한 '반항'이겠니? 한마디로 뫼르소는 '부조리'한 현실 앞에서 영원한 이방인일 수밖에 없었던 거야. 우리도 이방인일 수 있다는 얘기이지. 이게 바로 부조리한 현실을 비판하고 고발하는 '부조리 문학'의 특징이지.

- 참으로 사람들이 사는 사회가 알면 알수록 무섭네요, 선생님!
- 그래서 우리가 눈을 크게 떠서 진실을 찾아야 하고 부당한 일들이 일어나지 않도록 비판하고 또 비판해야 하는 거란다.

'부조리(absurd)' 는 '이치에 맞지 않음' 의 비합리적이라는 뜻과 '우스꽝스럽다' 라는 뜻의 두 가지 의미를 지닌 말인데, 알베르 카뮈의 '부조리에 대한 시론(試論)' 이라는 부제가 붙은 『시지프의 신화』(1942)에 의해 본격적으로 대두되었다.

– 쌤, 이번에는 선생님이 제일 좋아하는 뭐 그런 책 내용으로 얘기해주시죠.

– 그럴까? 으음, 뭘 얘기해줄까……. 좋다, 『그리스인 조르바』를 가지고 얘기해보자. 니코스 카잔차키스가 쓴 『그리스인 조르바』는 어떻게 살아야 하는가에 대한 해답을 제시하는 소설이란다. 한마디로 인간의 가식을 비판하는 소설이야. 그래서 이 책은 지성인이라고 자처하는 사람들이 꼭 봐야 할 내용이란다.

– 조르바가 사람 이름인가 보죠?

– 그렇단다. 주인공 이름이지. 바다와 여자·술 그리고 힘든 노동밖에 모르는 조르바! 그는 있는 그대로 삶을 사랑하고 실천하는 인물이란다. 어쩌면 니체가 추구했던 '초인'의 모습이 이런 인물이 아닐까 생각해. 이 소설을 읽다보면 조르바의 인간미에 푹 빠지게 한단다. 그리고 나 자신을 반성하게 만들어.

– 얼른 얘기해주세요, 선생님!

– 그래! ……서술자로 등장하는 '나'라는 인물이 있는데 크레타 섬에 있는 자신의 탄광을 개발하러 가면서 이야기가 시작된단다. '나'는 부둣가에 도착하면서 운명처럼 조르바를 만나지. "키가 크고 몸이 가는 60대 노인 하나가 유리창을 코로 누른 채 찌르는 듯한 시선으로 나를 보고 있었다. ……내게 가장 강렬한 인상을 준 것은 냉소적이면서도 불길같이 섬뜩한 그의 강렬한 시선이었다."

조르바의 느낌을 이렇게 적고 있어.

– 네, 이런 눈빛 말이죠? 짠~

– 후훗, 그래 수로 눈빛이 비슷하구나. 아무튼, 조르바는 겉모습도 겉모습이지만 성격도 태양처럼 강렬한 원색이었어. 꾸밈이나 가식이 없지. 한마디로 화끈한 사람이야. 지식의 세례를 받아본 적 없는 뜨거운 남자 말이야.

– 아, 멋져. 저는 그런 남자가 좋아요, 호훗.

– 혜리가 남자를 볼 줄 아는데? 하하하. 그건 그렇고, 조르바라는 사람은 남의 밑에서 일하더라도 결코 종속되지는 않아. 바람처럼 자유로운 사람이지. 그냥, 여자와 술과 뜨거운 태양만 있으면 행복해 하는 남자야. 태양과 딱 어울리는 그런 사람이라고나 할까. 그러나 한편으론 무모하리만큼 충동적이기도 해. 그는 왼손의 집게손가락이 없거든. 고흐의 귀가 잘려있는 것처럼 말이야.

– 손가락 하나가 왜 없나요? 쌤.

– 조르바가 이렇게 말하지. "뭘 안다고 어쩌고저쩌고 하시오? 내 손으로 잘랐소." "당신 손으로, 왜요?" "당신은 모를 거외다. ……물레를 돌리는 데 자꾸 거치적거리더란 말입니다. 손가락이 끼어들어서 글쎄, 그래서 어느 날 손도끼를 들어……."

– 어머, 아니 일하는 데 거추장스럽다고 스스로 집게손가락을 잘라버렸단 말예요?

– 그러니까 평범한 사람이 아니란 얘기지. 광기(狂氣)에 가까운 열정이 넘치는 사람임을 알 수 있어. 한마디로 삶을 바라보는 시

선이 우리와는 달랐다고나 할까. 똥배짱이라고 할 수도 있지만 말이야. 합리적이고 이지적인 우리보다 오히려 그 사람이 더 진짜 '남자'가 아닐까?

– 선생님도 멋져요.

– 괜한 말을 했구나. ······이처럼 크레타 섬에서 머무는 동안 '나'에게 우연히 어느 날 매력적인 여자 하나가 눈에 띄지. 그 동네에 사는 미모의 과부였어. '나'는 용기를 내어 몰래 그녀 집을 찾아가지. 그게 잘못된 일이었어. 그 마을의 풍속은 과부가 바람을 피우면 돌로 쳐 죽이게 되어 있었으니까. 결국 며칠 못가서 그녀는 마을사람에 의해 공터로 끌려나오지. 사람들은 그녀를 '더러운' 여자로 지목하여 돌팔매질을 해. 그녀는 피를 흘리며 쓰러지고.

– 아우, 사람들이 너무 잔인해요.

– 그리고 쌤, 과부들도 행복 추구권이 있잖아요.

– 어이쿠, 수로가 어려운 문자를 쓰는구나. 좋아, 좋다. ······음, 그런데 정작 '나'는 용기가 없어서 마을사람들을 제지하지 못하지. 나 자신도 돌팔매 당할 처지였기 때문이야. 때마침 그때 조르바가 나타나. 그는 다짜고짜 사람을 밀치고 그녀에게로 뛰어가 그녀를 감싸 안는단다. 그리고 사람들을 노려보지. ······역시 조르바 아니니?

– 와~ 이 대목에서 박수를 보내고 싶네요, 쌤. 정말 멋져요!

– 이 대목에서 작가가 무엇을 비판하며 조르바를 내세우는 것

같니?

- 멋진 남자의 향기?

- 흐음, 혜리가 말을 예쁘게 하는구나. 대성이나 유나도 느꼈을 것으로 믿는다. 우리가 잘난 체하는 지성이라는 게 더러는 아무짝에도 쓸모없는 것이라는 것. 오히려 조르바 같은 단순한 인물이 순수한 열정과 용기가 있는 인물이라는 것을 말하고자 한 거지. 오늘날에도 양심 부끄러운 일을 저지르는 사람들이 상당수 유학까지 다녀왔다는 사람들 아니냐, 그지?

- 그런 거 같아요, 쌤.

- 이 소설의 후반부를 보면, 술집여자 부불리나(오르탕스)가 나오는데, 의지할 데 없는 가엾은 여자란다. 그녀가 병으로 죽을 때에도 '나'는 그저 임종을 지켜보는데, 조르바는 달라. 술집작부일망정 조르바는 진정 그 여인을 위로하고 간호를 하지. 이 얼마나 인간적인 모습이냐?

- 와, 가슴 뭉클하네요, 쌤.

- 비록 조르바가 성자까지는 아니라 하더라도 그 누구보다 인간적인 인물이란 얘기야. 가장 휴머니즘적인 인물!

- 네. 그래서 결말은 어떻게 끝나나요? 쌤.

- '나'란 사람의 탄광사업은 불행하게도 철탑이 붕괴하는 바람에 실패로 끝난단다. 예전 같으면 절망에 빠졌겠지만 '나'는 절망하지 않지. 왜냐하면 조르바에게서 낙천적인 삶을 배웠기 때문이야. 오히려 붕괴현장에서 나와 조르바는 친구가 되어 크레타 포도

주를 마시며 춤을 추지. 춤을 추면서 더욱 춤에 몰입해. 그렇게 끝난단다.

― 아~ 저도 크레타 섬에 가고 싶네요, 선생님.

― 카잔차키스라는 작가가 말하고자 하는 것이 바로 조르바의 말과 행동에 나타나 있단다. 조르바가 한 말을 잘 듣고 무슨 의미인지 곱씹어보길 바란다. "당신은 그 많은 책 쌓아놓고 불이나 질러버리시구랴, 그러면 알아요? 혹 인간이 될지?" ……무슨 뜻인지 알겠지?

― …….

― 인간미가 실종된 현대사회에서 '사람은 어떻게 살아야 하는가?'에 물음을 던지는 말이잖아, 그렇지? 삶의 진정한 의미, 인간에 대한 진정한 애정이 무엇인지 보여주는 명작이란다.

등장인물인 '내'가 이성적 인간형이라면, 조르바는 감성적 인간형에 속한다. 라즈니쉬는 가장 멋진 인간형으로 '조르바붓다'를 제시한다. 그것은 '조르바'와 '부처'를 합성한 이름인데, 그만큼 조르바의 열정적 낭만을 높이 평가하고 있는 것이다.

– 쌤, 쌤은 꿈이 뭐였어요?

– 응, 어린 시절 가난했을 때는 호텔리어였고, 크면서는 해외선
교사였지.

– 그럼 지금은 꿈이 뭔데요?

– 지금은 자연주의자, 하하. 아름다운 숲과 강물이 있는 곳에
머물면서 자연의 일부가 되는 게 바람이란다.

– 쌤, 거 겨울엔 춥고 여름엔 모기들 땜에 못살 텐데요? 크크.

– 뭐?……. 수로가 선생님의 환상을 확 깨뜨리는구나, 녀석.

– 수로야, 가만있어봐. 선생님께서 말씀하시려고 하잖아.

– 그래. 기왕 말이 나왔으니까 말인데 작가 '소로우'의 작품으
로 이야기를 해보자. 너희들 이런 생각해 본 적 있니? 왜 우리 집
은 항상 쪼들릴까? 예전에도 힘들었고 앞으로도 나아질 것 같지
않고. 이런 생각 말이야. 서울에 사는 사람들 대부분을 보면 남의
아파트에 전세 사는 사람이 많잖아? 그 전세 값도 2억 또는 3억
정도 하고. 그렇다면 차라리 시골에 내려와 살면 좋을 텐데. 그런
데도 우리는 서울을 버리지 못하는 이유는 무엇인가, 이런 생각
말이야.

– 애들 학교 때문에 그러는 거 아녜요?

– 서울은 재밌잖아요. 볼 것도 많고 사람들도 멋있고…….

– 그래? 사람마다 가치관이 다르니까 죽어도 도시를 떠나지 못

하는 사람도 있지. 물론 인정한다. 하지만 어떤 게 진정한 행복인지 한번 생각해보자. 도시에서 나서 도시에서 자라고, 도시에서 학교 다니고 도시에서 취직하여 밤늦게까지 일에 매달려 살고, 그러다가 결혼하여 아파트 전세방에 들어가고, 돈을 모으고자 입을 거 안 입고 먹을 거 안 먹으며 허리띠 졸라매고 살다가, 겨우 아파트 하나 장만하고 나면 그 행복도 잠시, 이제는 갚아야 할 빚에 쪼들리게 되고, 그 빚을 다 갚았는가 싶으면, 엉뚱하게 병이 들고, 결국 병실에서 쓸쓸히 저녁놀을 바라보는 게 인생이 아닌가 싶어. 물론 나는 염세주의자는 아니란다.

– 아, 그렇게 말씀하시니까 삶이 허무해요, 쌤.

– 허헛, 미안 미안! 그러나 '소로우'는 우리에게 말한다. "우리는 더 많은 것을 얻으려고만 끝없이 노력하고, 때로는 더 적은 것으로 만족하는 법을 배우지 않을 것인가?", "왜 우리들의 가구는 인디언의 가구처럼 소박해서는 안 된단 말인가?" 그의 말처럼, 생각해보면 우리는 너무 많은 것을 소유하고 있으면서 더 많은 것을 욕심 부리고 있는 거야. 이게 비극이야. 욕망이 만든 비극!

– 꼭 그럴까요? 쌤, 저는 돈 많이 벌어서 잘 살고 싶은데…….

– 돈 많이 벌어서 잘 사는 게 잘못된 건 아냐. 잘 살아야 하지. 그러나 재물에 대한 욕심은 끝이 없는 것이고 불필요한 집착까지 만들게 하니까 그게 문제란 거야. 그래서 자기도 모르는 사이에 '돈'이 행복의 조건으로 생각하게 되고 생각의 바탕마저 '돈'으로 바뀌어버리는 게 문제야. 거미줄처럼 얽히고설킨 자본주의 사회

인데 돈 없이 며칠을 살 수 있겠니? 무슨 수를 써서라도 돈이 있어야 행복해지는 게 현대사회야. 아마 법정 스님의 『무소유』를 읽어 봤다면 쉽게 이해가 갈 거다.

 - 그런 거 같네요, 선생님.

 - 소로우라는 사람은 도끼 한 자루를 가지고 '월든' 호숫가 숲 속으로 들어가지. 거기에서 그는 손수 나무를 져 나르며 오두막 한 채를 지어. 그리고 자연과 더불어 자급자족하면서 이것저것 많은 사색을 하고 글을 쓴단다.

 - 외롭지 않을까요, 선생님? 텔레비전도 컴퓨터도 없을 텐데.

 - 하하하, 문명으로부터 탈출한 사람이 그런 게 왜 필요하겠니?

 - 헤헤, 그런가요?

 - 우리 사회를 찬찬히 들여다보면 잘못된 부분이 많단다. 대학이라는 곳도 그래. 교수들이 새로운 별들을 발견해내지만 자기 눈의 티는 보지 못해. 또한 망원경으로 세계를 관찰하는 법은 가르치지만 세상을 보는 법을 가르쳐주지는 못한단다. 어떠냐. 틀린 말은 아니지?

 - 네.

 - 그래서 소로우는 말하지. "내가 무엇보다 소중하게 여기는 것은 얽매임 없는 자유이다. 경제적으로 풍족하지 않더라도 행복하게 살 수 있으므로 나는 맛있는 요리나 고급주택 등을 마련하는데 시간을 허비하지 않았다." 그리고 이렇게 말하지. "간소하게, 간소하게, 간소하게 살라! 제발 바라건대, 여러분의 일을 두 가지나

세 가지로 줄일 것이며, 백 가지나 천 가지가 되도록 두지 말라. 백만 대신에 다섯이나 여섯까지만 셀 것이며, 계산은 엄지손톱에 할 수 있도록 하라." 이게 소로우의 입장이란다. 한마디로 문명의 족쇄에 얽매이지 말라는 얘기야.

  – 와, 소로우의 말씀이라 더 감동적이네요, 그죠?

  – 그러니? 후훗. 음……, 소로우는 너무 책을 읽지 않는 현대인들을 비판한단다. 우리들이 너무나 책을 읽지 않는다고 말이야. 그래서 그는 이렇게 말하지. "우리는 버릇이 없고 무식하고 천박한 삶을 살고 있다."고.

  – 헐! 꼭 제 이야기를 하는 거 같아요, 쌤.

  – 우리는 24시간으로 쪼개진 시계의 째깍째깍 하는 소리에 먹히며 살지만 그는 시간을 벗어나서 살지. 집 앞의 뜰에는 언제나 딸기와 보릿대국화·물레나물·미역취·떡갈나무의 관목·샌드벗나무·월귤나무와 감자콩 등이 자라. 생각해보면, 우리에게 편리함을 주는 이 문명이 오히려 우리를 병들게 만든 독소가 아닌가 반성하게 해. 신문을 보면 매일 사건 사고가 끊이지 않잖아? 전쟁, 테러, 강도, 살인 등 끔찍한 일들이 항상 우리를 노리고…….

  – 정말 그런 일을 하는 어른들이 미워요, 선생님!

  – 소로우의 집 지붕과 마루 밑에는 다람쥐들이 산단다. 용마루 위에는 쏙독새, 창밖에는 항상 푸른 어치가 울고. 집 아래쪽에는 산토끼나 우드척이 살고, 집 뒤에는 부엉이나 올빼미, 호수에는 기러기 떼와 되강오리들이 그의 친구가 되어준단다. 외롭고 무섭

겠다고? 천만에! 소로우는 이렇게 말하지. "하느님은 홀로 존재한다. 목장에 핀 한 송이 우단현삼이나 민들레꽃·콩잎·괭이밥·등에 그리고 뒤영벌이 외롭지 않듯이 나도 외롭지 않다. 밀브룩이나 지붕 위의 풍향계·북극성·남풍·4월의 봄비·정월의 해동 그리고 새로 지은 집에 자리 잡은 첫 번째 거미……. 이런 모든 것들이 외롭지 않듯이 나도 외롭지 않다."

　－ 와, 정말 그분은 대단한 분이네요.

　－ 『월든』의 후반부를 보면 가슴을 뭉클하게 만드는 부분이 있지. 잘 들어봐. "창문 바로 밖에는 어린 나무들이 무성하게 자라고 있었으며, 야생 옻나무와 검은 딸기의 뿌리들이 흙을 뚫고 지하 저장실로 들어가고 있었다. 강인한 리기다 소나무들이 빽빽하게 자라면서 지붕의 널빤지를 부비고 있었고 그 뿌리들은 집 밑으로 뻗어있었다. 강풍이 분다고 떨어져 나갈 천장도 차양도 없었다. 그 대신 소나무가 집 뒤에서 부러지거나 뿌리째 뽑혀 땔감이 되어주고 있었다. 큰 눈이 내린다고 앞마당의 대문에 이르는 길이 막히는 것도 아니었다. 대문도 없고 마당도 없고 문명세계로 통하는 길 자체가 없었다." 어떠냐? 나에게는 '문명세계로 통하는 길 자체가 없었다'는 이 말에 밑줄을 긋고 싶지 않니?

　－ 네, 몸 둘 바를 모르겠어요, 쌤.

　－ 인도의 성자 마하트마 간디 그리고 영국의 시인 예이츠와 마르셀 프루스트 같은 사람이 감명 받았다는 이 책! 사랑하는 여러분도 이 책으로 삭막한 현대사회를 뚫고 지나가기를 바란다.

'소로우'의 『월든』에서의 삶은 노자의 무위자연(無爲自然)과 통하는 삶이라고 할 수 있다. 상선약수(上善若水)처럼 흐르는 물과 자연 속에 녹아들고자 했던 소로우!

- 하하하. 『동물농장』 하면 수로네 축사가 생각나서 웃음이 먼저 나온다, 하하.

- 사실 『동물농장』이 소설인 줄 몰랐어요. 그렇다고 뭐 모르는 게 죄는 아니잖아요, 쌤.

- 그렇긴 하다. 얘, 이참에 우리 동물농장이 뭔지 알아보고 갈까?

- 근데 제목이 동화 같아요, 선생님.

- 그렇지. 그냥 우화 같은 이야기란다. 자, 등장인물의 이름을 하나하나 잘 기억하며 듣길 바란다. 음, 존스(Jones)라는 사람의 농장이 있는데 이곳에서는 수많은 동물들이 사육되고 있단다. 그 동물들은 열악한 대우를 받고 있는데, 늙은 수퇘지 올드 메이저(Old Major)가 더 이상은 착취를 당할 수 없다고 연설을 하지. "인간들은 생산도 하지 않고 소비만 하는 유일한 동물입니다. (……) 그러나 아직도 인간은 모든 동물의 주인입니다. 인간들은 동물들에게 힘든 일을 시키고, 동물들이 굶어죽지 않을 만큼의 최소한의 먹이만을 주고는 나머지는 자신들을 위해서 남겨둡니다. 땅을 갈고 경작하는 것은 우리들의 노동력이요, 그 땅을 기름지게 하는 것도 우리 똥인데도, 우리들 중의 누구도 헐벗은 가죽 이외의 것을 소유하고 있지 못합니다."

- 쌤, 아주 정의로운 돼지인데요?

- 하하, 그래. 희생을 각오한 선구자적인 인물에 해당해. 결국 올드 메이저는 죽고 그의 유언에 따라 동물들은 과감하게 반란을 일으킨단다. 그들은 농장주인과 관리인들을 추방하고, 농장 이름도 〈동물농장〉이라고 새롭게 고치지. 그리고 희망찬 미래를 향해 열심히 살아가. 아울러 그들은 평등한 동물공화국 건설을 위해서 혼신의 힘을 다하지. 회의도 열고 문맹퇴치의 학습시간도 가지며, 그리하여 말과 오리새끼들도 주인의식을 갖고 농장 일에 참여하게 돼. 그야말로 평등에 입각한 이상적 사회를 만든 거야.

- 그러니까 쉽게 말해서 민주주의가 되었단 얘기잖아요, 쌤!

- 그래, 정확히 맞혔다. 그들의 지도자는 수퇘지인 '스노우볼' (Snowball)과 '나폴레옹'(Napoleon) · '스퀼러'(Squaler) 등이야. 스노우볼은 풍차를 건설해서 농장을 기계화하는 계획을 추진하지. 그런데 풍차건설을 계기로 인물 간의 권력투쟁이 심화된단다. 결국 이상주의자 스노우볼은 나폴레옹에 의해 쫓겨나고, 그에게 동조했던 동물들은 차례로 처형을 당해. 그리하여 마침내 권력을 장악한 나폴레옹이 일약 독재자로 군림한단다. 그는 간교한 스퀼러를 내세워 동물을 설득하고 개 9마리를 앞장세워 공포 분위기를 만들지.

- 인간의 욕심을 풍자한 소설인가요? 쌤.

- 흐음, 단순히 인간의 욕심을 풍자한 게 아니란다. 좀 더 들어봐야 해.

- 선생님, 독재자들의 공포정치를 비판한 거죠, 맞죠?

- 유나도 정답과 비슷하게 말했는데, 좀 더 듣고 생각해 보기로 하자, 하하. ……한편, 그들 중에는 우직할 정도로 성실하게 일만 하는 말(馬)인 복서(Boxer)가 있었는데, 그 복서가 과로로 쓰러지는 일이 발생해. 그런데 복서가 실려 간 곳은 다름 아닌 도살장이었어. 죽도록 일만 하다가 맞이한 비참한 최후가 그거야. 그래서 주변 친구들이 분노했지만 스퀼러의 교활한 감언이설에 속아 사태는 유야무야 되지.

- 다른 동물들이 비겁해요, 쌤.

- 비겁하다기 보단 문제의 핵심이 뭔지를 모르는 거야. 한마디로 '비판력'이 없기 때문이지. 사탕발림에 속아 넘어가는 무지한 동물들이야. ……그러더니 서서히 농장은 운영방침도 바뀌고 함께 상의하던 일요회의도 폐지되지. 농장 안의 모든 일은 나폴레옹과 그의 측근들이 결정하게 돼. 그들은 풍차를 다시 고쳐 생산성을 높이지만, 동물들의 생활은 조금도 개선되지 않지. 오히려 동물들의 생활은 예전보다 악화돼. 그렇다고 거기에 불평하거나 항의하는 동물은 첩자로 몰려 죽임당하기 때문에 모두들 아무 말도 할 수 없었어. 그야말로 지독한 독재체제가 된 거야.

- 아, 알았다, 쌤. 이거 공산주의를 비판하는 소설 아녜요? 국민을 강제 노동시키고 감시하는 그런 이야기, 맞죠?

- 햐아, 수로가 모처럼 정확한 답을 말하는구나. 거의 대학생 수준인 걸? 하하. 그래. 이 소설은 소련, 그러니까 옛날 러시아 시대 공산주의를 풍자하고 비판한 소설이야. 마저 이야기를 하고 이

소설의 의도를 생각해 보자.

– 네에!

– 다른 동물들은 그렇게 고통스럽게 사는데, 반대로 나폴레옹과 측근들은 인간들보다 사치스러운 호의호식을 즐기는 거야. 그들은 인간이 살던 농장 집으로 이사해서 술도 마시고 침대에서 자며 좋은 옷을 걸치고 자기들만의 행복을 누리지. '두 다리는 나쁘고 네 다리는 좋다'는 슬로건이 '네 다리는 좋고 두 다리는 더욱 좋다'로 바뀌어 인간들과 거래를 트고 밤새도록 잔치를 하며 지내.

– 그러니까 목적을 위해서라면 수단방법을 안 가리네요?

– 그렇단다. 그들이 평소 증오하던 인간들과 두 다리로 서서 건배를 주고받는 모습을 보면, 이제 누가 인간이고, 누가 돼지인가를 식별하는 것조차 쉽지 않아. 결국 동물농장은 과거의 시스템으로 돌아간 셈이었어. 노예들처럼 일만 시키는 중세시대 말이야.

– 선생님, 그렇게 당하고 사는 동물들이 불쌍하면서도 답답해요. 똘똘 뭉쳐서 싸우면 될 텐데요.

– 그래. 그런데 그게 쉽지를 않아. 그들은 이미 비판력을 상실했기 때문에 순종이 최선이라고 생각하는 거야. 좀 전에 얘기한 것처럼 이 작품은 구소련시대 스탈린의 독재를 통렬하게 비판한 것이지. '절대 권력은 절대로 타락한다'는 말처럼, 독재자는 타락할 수밖에 없다는 교훈을 주는 거야.

– 네에.

– 작가는 혁명이 성공을 거둔 후에는 어떻게 변질되는가, 권력

자들과 정치가들이 어떤 식으로 국민들을 속이고 억압하는가를 보여주고자 했어. 이런 말도 있잖아. 화장실 가기 전 마음하고 갔다 온 후 마음은 다르다고. 권력을 갖기 전에는 대부분 국민을 위한다며 열심히 행동하지. 그러나 권력을 잡으면 태도가 확 달라지잖아.

- 맞아요, 쌤. 아빠가 그러는데, 우리나라 정치인들도 그렇대요.

- 아빠도 비판력이 있으시구나, 하하. ……이 소설에서 반란을 선동한 올드 메이저는 당시 공산주의를 주창한 '마르크스'를 상징하고, 나폴레옹은 '스탈린'을, '스노우볼'은 스탈린에게 쫓겨난 '트로츠키'를 빗대고 있단다. 옛날 공산주의자들인데 너희에겐 아마 생소할지 모르겠다.

- 공산주의는 공평하게 함께 잘 살자는 제도라면서요. 그런데 그렇지 않네요?

- 그게 이상과 현실의 모순이지. 우리나라도 과거에 보면, 쿠데타를 일으킨 권력자가 국민을 잘 살게 하겠다고 했지만 국민을 더 억압했잖아. 이 대목에서 선생님이 말하고 싶은 것은, 권력자가 권력을 남용하는 것도 죄악이지만 그러한 것을 방관하는 것도 잘못이란 얘기야. 그러니까 국민들은 자주 권력자를 감시하고 비판하는 일을 게을리 하지 말아야 해. 작가 '조지 오웰'이 말하고자 한 게 바로 이것이야.

스탈린

1920년에 선출된 소련 공산당 총서기. 그는 학살극을 주도하기도 한 인물로서 혁명에 방해가 되는 대상이면 누구나 무자비한 처형을 단행하였다. 책에 기록된 사형자만 해도 4,500만 명이 넘는다.

– 너희들 이런 생각해보았니? '나'는 가족에게 어떠한 존재인가? 좀 심한 얘기인데, 어느 날 문득 내가 만약 중증 장애인이 된다면 가족들은 나를 어떻게 할까? 이런 생각 말이야.

– 선생님 생각만 해도 무서워요. 전 생각 안 할래요.

– 하하, 선생님의 가정이 좀 심했구나. ……음, 선생님이 그런 상황에 처한다면 이렇게 전개될 거 같아. 처음엔 가족들이 충격에 빠지겠지. 그래서 나를 정상인으로 만들고자 백방으로 노력하겠지. 울기도 많이 할 거야. 하지만 '긴 병에 효자 없다'는 말처럼 가족들은 서서히 지쳐갈 것이고, 그리고 은연중 나를 짐스러워하며 짜증도 낼 거야. 그리고 남아있는 가족을 위해 나 스스로 어떤 중대한 결정을 내려주길 바라지 않을까?

– 설마요, 선생님.

– 1, 2년은 몰라도 몇 년간 그런 상황이 된다면 가족이 피폐해질 것 같지 않니? 당장 먹고 살기도 힘든데 병원비까지 지출해야 하고, 나중에는 다른 형제들 결혼하고자 해도 사돈댁에서 싫어할 테고, 방에서는 늘 퀴퀴한 냄새가 나니까 찾아오는 사람도 없다면 말이야…….

– 글쎄요…….

– 물론 그렇지 않은 가족들이 많지. 하지만 언제부터인가 우리는 가족이라는 테두리 안에서도 비정한 경우를 종종 본다. 뉴스

를 보면 재산문제로 형제간이 다투고 보험금을 타려고 가족을 살해하는 경우도 있잖아? 태어난 아이가 장애증세가 있으면 버리기도 하고. 우리의 사회가 도시화되면서 아파트가 늘고 게다가 핵가족화 됨에 따라 철저히 단절되어 사는 게 원인이야. 인정이 없다는 거지.

– 맞아요, 아파트 같은 동에 살아도 서로 잘 몰라요.

– 그래서 선생님이 준비한 소설이 『변신』이란다.

– 예에? '병신'요?

– 뭔 소리야? '병신'이 아니라 '변신'이라고. 카프카의 '변신'!

– 아아, '변신'요?

– 그래, 녀석아. 『변신』은 말 그대로 주인공 '그레고르 잠자'라는 사람이 어느 날 벌레로 변해버린다는 이야기로 출발한다. 그레고르는 평범한 세일즈맨이야. 그저 자기 일만 열심히 하면서 살아가는 그런 청년이지. 그런데 다람쥐 쳇바퀴처럼 살던 어느 날 눈을 떠보니 몸이 흉측한 갈색벌레로 변신이 되어있는 거야.

– 허걱!

– 가족들도 입을 다물지 못하지. 그레고르는 뭐라고 애써 말하려고 하지만 그저 벌레의 끽끽거리는 소리밖에 지를 수 없었어. 그의 애절한 목소리를 알아듣는 가족은 아무도 없었지. 진정한 가

족이라면 그 소리를 알아들어야 하는데 그렇지 못하는 거야.

– 그러니까 진정한 사랑이 없었다는 거네요?

– 빙고! 정답이다. 그저 식구들은 이 소문이 밖으로 나갈까봐 쉬쉬하기에만 급급해하지. 그리고 돈에 쪼들리니까 아버지와 여동생은 취직을 하게 되고, 어머니는 바느질 일감을 구해와 밤새 일을 하게 돼. 가족들은 그레고르보다는 자신들에게 떨어진 불행을 더 불편해하지. 그러한 가족들을 그레고르는 문틈으로 다 보는 거야. 가족들의 본심을 본 거지. 자신이 돈을 벌어올 때는 좋아하더니 벌레가 되니까 싫어하는 가족들. 급기야 그를 방에 가두고, 어느 날 그레고르의 모습에 화가 난 아버지는 사과를 집어던져 몸에 큰 상처를 입히지.

– 아파서 죽는 거 아녜요? 선생님.

– 그러한 며칠 후 하숙생들의 눈에 띄게 되고 그들은 하숙을 해약하겠다며 소동을 벌이지. 결국 사랑하는 누이마저 "어머니! 아버지! 이 이상 더 못 견디겠어요. 아버지와 어머니는 아직 사정을 잘 모르시지만 저는 알고 있어요. 저는 이런 괴물을 오빠라 부르고 싶지 않아요. 그러니 저것을 없애 버려야 해요." 이렇게 외쳐.

– 참 끔찍하네요, 쌤.

– 그래 참으로 참담한 일이지. 가장 믿었던 가족으로부터 당한 소외는 죽음 이상의 고통일 거야. 결국 그레고르는 절망을 하고 새벽 종소리를 들으며 죽지. 이튿날 청소를 하러 왔던 가정부가 발견하여 그의 시체를 쓰레기처럼 내버려. 그러자 가족들은 모처

럼 홀가분한 마음으로 산책을 나가지. 그들에게 펼쳐질 새로운 일
들을 기대하면서.

  - 세상에! 그 가족은 정말 나빠요, 선생님.

  - 마지막 문장을 그대로 읽어줄 테니 들어봐라. ……"그런 후에
세 사람은 함께 집을 나섰다. 몇 달 동안 이런 일은 없었다. 세 사
람은 전차를 타고 교외로 나갔다. 전차 안에는 그들 세 사람뿐이
었다. 따뜻한 햇볕이 차 안으로 흘러들어왔다. 그들은 편안하게
좌석에 몸을 기대고 장래 일에 대한 이야기를 주고받았다." 참으
로 눈물겨운 비극적인 장면 아니니? 사랑하는 아들이 죽었음에도
그들은 오히려 평화롭다는 것. 어떻게 보면 그레고르가 '벌레'가
아니라 오히려 가족들이 '벌레'같아. 그동안 고마움을 받고 살다
가 고마움의 가치가 없어지면 배신하는 모습, 그게 우리의 모습일
수도 있다는 얘기야.

  - 그러네요, 선생님.

  - 그레고르는 그동안 가족을 위해 뼈 빠지게 일만 했지. 가족을
위해서만 살았지 자신을 위해서 살지는 않았어. 철학자 칸트도
"다른 사람을 수단으로 대하지 말고 목적으로 대하라."고 했는데
말이야. 달면 삼키고 쓰면 뱉는 이 매정한 가족 때문에 아들이 죽
은 거야.

  - 네, 정말 씁쓸한 인생이네요, 쌤.

  - 경제난이 닥치면서 남편마저 해고하는 아내들이 우리나라에
도 많았단다. 어쩌면 이러한 이기주의적인 움직임이 우리 사회에

도 나타나는 것 같아 걱정이란다. 그래서 가브리엘 마르셀이 한 말이 옳은 거 같아. '가정은 존재가 드러나는 장소'라는 말, 그리고 가족적일 때 비로소 참된 인간이 된다는 말!

배은망덕한 인간을 비판하는 우화소설에 『서동지전』이 있다. 다람쥐가 쥐에게 많은 은혜를 입고도 그를 모함하는 구조로 되어있다.

- 선생님, 오늘은 날씨가 너무나 화창하네요.

- 그렇구나. 하늘도 정말 청자 빛 같아.

- 공기도 너무 맑아요, 선생님.

- 흐음, 그래. 저 하늘처럼 항상 푸르게 살았으면 좋겠구나.

- 아우, 그런데 요새는 숙제하느라고 피곤해 죽겠어요.

- 그래? 공부의 중압감 때문에 마음까지 다치면 안 된단다. 공부를 즐겨야지. 그런데 사실 즐기기에는 해야 할 공부의 양이 너무 많구나.

- 정말 공부가 힘들어요.

- 그런 얘길 들으니 헤르만 헤세가 쓴 『수레바퀴 아래서』가 생각난다. 너희에게 딱 필요한 얘기인데 그 얘기 좀 해줘야겠구나.

- 무슨 내용인데요?

- 으음, 청소년들의 꿈과 좌절을 그린 작품이야. 후우, 요즘 보면 참으로 요지경 속 같아. 어떤 아이들은 밤늦게까지 독서실에서 공부하는가 하면 어떤 아이들은 술 담배에다가 연애질로 청춘을 탕진하지. 양지와 음지가 있듯이 건강한 학생들이 있으면 타락한 학생들이 있고, 세상 참 어렵다. 사실 이러한 문제를 국가가 나서서 선도해야 하는데 국가는 청소년들에 대해 관심이 없어. 학교에서도 그들을 지도하기엔 아무 힘이 없고 말이야. 심하게 말하면 어미 아비도 몰라보는데 선생을 알아보겠어? 함량 미달의 부모와

교사도 문제이지. 가치관도 없이 속물적으로 살아가는 부모와 교사들, 청소년 문제의 배후에는 항상 그들이 있어…….

- 선생님은 안 그렇잖아요.

- 으으~ 그래, 고맙다. ……『수레바퀴 아래에서』라는 작품은 이래. 슈바르츠의 발트라는 작은 마을, 거기에 한스 기벤라트라는 착하고 뛰어난 소년이 나온단다. 이 소년은 집안이 넉넉하지 못해 신학교에 입학을 해. 대부분의 신학교가 그러하듯이 거기는 규율이 엄격하지. 그래서 평소 좋아하던 낚시나 수영 같은 것도 못하고 오직 그리스어, 라틴어 등을 익히며 살아. 그러니 서서히 신경이 쇠약해질 수밖에.

- 아, 듣기만 해도 숨 막히네요.

- 그렇지? 그래도 그는 모범생으로 생활해. 그러다가 한스는 자유분방한 하일너라는 친구를 알게 된단다. 그는 자기주장이 강하며 신념에 찬 인물이었어. '14살에 담배를 피우고, 15살에 사랑에 빠지고, 16살에는 술집을 드나들고, 그리고 금지된 책을 읽으며, 몰염치한 작문을 쓰고, 이따금 선생들을 조롱어린 눈으로 뚫어지게 쳐다보는' 천재성과 광기로 가득한 반항아였어.

- 어? 저랑 비슷하네요, 쌤.

- 그래, 수로도 비슷하다. 영화배우 '제임스 딘' 같애. 하하, 계속 들어봐. 그들 우정의 결과는 성적 하락이었어. 그래서 한스를 걱정하는 선생들이 한스를 떼어놓으려 하지. 그러던 중 하일너는 학교를 도망쳐 나가게 되고 결국 퇴교조치를 당해. 이러한 과정에

서 한스는 극심한 피로를 느끼며 신경성질환에 시달리게 된단다. 결국 한스는 의사의 권유로 신학교를 떠나 요양을 하게 돼.

- 저도 사실 딱 한 달만 쉬었으면 좋겠어요…….

- 선생님 마음이 아프구나. ……음, 고향으로 돌아온 한스는 어느 날 '엠마'라는 처녀를 만나 사랑에 빠지게 되지. 하지만 엠마는 한스를 진정으로 사랑하지는 않았어. 그저 심심풀이 땅콩으로 만난 거야. 그래서 엠마는 한마디 인사도 없이 떠나지. 한스는 난생처음 심한 배반감과 절망을 느끼게 돼.

- 그런 나쁜 기집애. 그런 것들은 그냥 112에다가 신고해야 해요.

- 인마, 경찰이 그렇게 한가하냐?

- 안 그러면 119에다 신고하든가요.

- 녀석아, 여자애가 무슨 방화범이냐? 쌩뚱맞게 웬 119야?

- ㅎㅎㅎ.

- 들어봐, 계속. 한스는 그녀의 웃음소리며 키스를 새삼 머릿속에 그려보지. 하지만 그녀는 자신을 진심으로 상대하고 있지 않았다는 것을 알아. 분노를 억누를 길 없는 한스는 고통과 흥분, 증오의 감정이 뒤엉켜 괴로워하지. 이러한 고통은 배신을 당해본 사람만이 알 수 있는 거야. 그렇게 시간은 지나고, 할 일이 없던 한스는 어쩔 수 없이 기계공이 된단다. 한때 많은 사람들로부터 촉망받던 자신이 고향에 돌아와 기계공이 되다니! 그 심정이 어떠했을까?

- 쪽팔리겠죠, 쌤.

- 수로야, 여기서 비속어 쓰면 안 된다? 알았어?

- 옛써~르.

- 한스는 주변사람들의 시선, 그러니까 이루 말할 수 없는 모멸감을 뼛속 깊이 느낀단다. 그러던 중 옛 친구들과 술집을 따라가게 돼. 거기에서 한스는 못 마시는 맥주와 함께 독한 술을 벌컥벌컥 마셔댄단다.

- 괴로움을 잊으려고 그런 거죠? 선생님.

- 혜리가 술 마시는 이유를 다 아네? 하하. 그렇게 한스는 1차·2차·3차로 술집을 옮겨 다니며 폭음을 해. 결국 비틀거리며 혼자 마을 언덕을 넘어오고. 어지러움 속에 풀숲에 누워 쉬고 싶다는 생각을 하지. 다음날 사람들이 발견한 건 강물에 떠내려 온 한스의 시체였어.

- 세상에, 너무 허무해요!

- 장례식 때 구둣방주인이 학교 선생들을 향해 의미심장한 말 한마디를 던진단다. "저기 가는 선생들이 한스를 이 지경으로 만드는데 한 몫 한 사람들이야." 결국 한스를 죽음에 이르게 한 것은 비인간적인 교육제도와 사랑의 배신이란 말이지.

- 사실 우리도 제3의 '한스'예요, 쌤.

- 헤르만 헤세는 이 작품에서 규격화된 인간을 만들려는 교육제도가 한 인간을 파괴했다는 고발을 하고 싶었던 거야. 제목이 비유하는 것처럼, '수레바퀴 아래에서' 죽어가는 순수 인간성을 말하는 거지. 물론 상황이 달라진 오늘날 무조건 학교교육이 나쁘

다고 말할 순 없어. 오죽했으면 오바마 미국 대통령이 미국의 교육을 비판하면서 한국의 학교를 본받아야 한다고 말했을까. 그러나 여전히 이 책은 전인교육의 중요성과 교육의 방향을 생각하고 비판하게 하는 나침반 역할을 해주는 책이란다.

– 네. 쌤, 이런 책을 우리 교장 선생님이 먼저 읽었으면 좋겠어요.

– 하하하, 네 맘 알겠다.

헤르만 헤세   독일의 시인이자 소설가, 화가. 작품에 『데미안』·『싯다르타』·『황야의 늑대』·『동방 여행』·『유리알 유희』 등이 있다.

9. 어머니

– 대성이는 세상에서 가장 사랑하는 사람이 있다면 누가 있니?

– 네? 음…… 우리 엄마요, 우리 엄마.

– 엄마라, 역시 효자로구나. 그러나 다음 이야기를 들어보면 어머니의 사랑이 우리가 생각했던 거보다 더 크고 위대한 것임을 알게 될 거야.

– 어떤 얘기인데요, 선생님?

– 고리끼의 소설, 『어머니』를 들려주려고 하는 거야. 세상에서 어머니보다 강한 존재는 없다는 사실! 어린아이를 등에 업고 장사하는 시장 아주머니를 보면 더욱 그런 생각이 나지. 만약 10kg의 돌멩이를 등에 업게 하여 일하라고 했다면 한 시간도 못갈 텐데 말이야. 1970년에 근로기준법을 준수하라고 외치며 분신한 전태일 알지? 전태일은 죽으면서 어머니에게 대신 싸워달라고 했지. 그래서 그 어머니는 유언을 지키고자 현실에 눈을 뜨고, 지금은 '노동운동의 어머니'로서 소외된 이웃들과 함께하고 있잖니?

– 네에. 전태일 이름은 들어봤어요.

– 막심 고리끼의 작품『어머니』도 그래. 노동자로 살아가는 아들, 그 아들이 경찰들에게 쫓기며 노동운동을 하는 동안 그의 어머니도 사회의 모순을 깨닫고, 나중에는 모든 노동자의 '어머니'라는 이름을 얻지. 어머니 '닐로브나'는 원래 정치나 노동운동에 전혀 무관심한 그저 평범한 노동자의 아내였어. 그의 남편은 매일

그녀를 구타하며 살아가는 술주정뱅이였고. 그 역시 사회에 대한 적개심과 고된 노동의 불만을 그렇게 아내에게 표출했던 거야. 사실 그 당시 러시아 노동자의 삶이 다 똑같았지. 노동의 착취 속에서 희망도 없이 가축처럼 살아야 했으니까 말이야.

– 네에. 심각하네요.

– 남편은 아들에게까지 폭력을 행하지. 그에 대한 반발로 아들 '빠벨'도 아버지에게 증오심을 품어. 그러다 아버지는 죽고, 아들 '빠벨'이 아버지처럼 술을 마시며 거칠게 행동하는 모습을 보이는 거야. 이것이 악순환이란 거지. 가난의 대물림, 아버지의 전철을 밟아야 하는 모순, 이러한 비극적 상황은 가난한 사회구조 때문이었어.

– 맞아요. 깡패들이 대부분 가정결손이래요, 선생님.

– 응, 그렇다고 하더구나. ……자, 그러한 '빠벨'이 어느 날 술을 끊고 독서를 하더니 현실에 눈을 뜬 거야. 어머니는 그러한 아들을 못마땅하게 생각하지. 돈 벌 궁리를 안 하고 노동운동만 하니까 말이야. 어느 날 '빠벨'은 어머니에게 자신이 읽고 있는 책에 대해 설명하지. "생각해보세요. 우리가 어떤 삶을 살고 있는지. 어머니 나이 40세인데, 그동안의 삶이 삶이라고 할 수 있나요? 아버지는 어머닐 때리셨고 분풀이하셨다는 것을 알아요. 자신이 살아오셨던 삶의 울분의 분풀이로 말이지요. 이런 쓰라림이 오랫동안 아버질 괴롭혔건만, 정작 아버진 그것이 어디서 온 것인지 몰랐어요." 아버지가 폭력적으로 되어간 것이 가난 때문이란 얘기야.

- 네에.

- 신념적인 '빠벨'은 노동현실을 규탄하며 서서히 혁명가가 되어가지. 결국 그러한 '빠벨'은 주동자로 헌병에 체포되고, '빠벨'이 감옥에 갇혀있는 동안 이제는 어머니가 서서히 변하게 돼. 아들의 친구와 동지들은 그녀를 '어머니'라고 부르며 따르게 되지. '어머니'로 말미암아 노동운동을 하는 모든 사람들이 하나로 뭉치게 되는 거야. '빠벨'은 감옥에서 풀려나는데, 출소하자마자 또다시 노동자 시위를 계획하다 구속되지. 그러나 끌려가면서도 굴복하지 않는 아들의 모습을 보고 어머니는 아들을 자랑스러워 해.

- 쉬운 일이 아닐 텐데요, 대단하네요.

- 마침내 재판이 열리고 '빠벨'은 법정에서 사회의 부조리를 비판하며 정부와 판사, 검사를 향해 자신의 정당성을 연설하지. 그 모습에 어머니는 다시 감동을 받고, 재판이 끝나자 아들의 연설문을 전단지로 만들어 사람들에게 나누어 주어. 그러자 어머니를 감시하던 자들이 연행하려 해. 하지만 어머니는 끝까지 사람들에게 전단지를 뿌리며 호소하지. 결국 헌병들이 다가와 어머니를 때리며 끌고 가지.

- 나쁜 놈들이네요, 왜 여자를 때리죠?

- 생각해보면 어머니는 순박하기만 한 여인이었지. 그러나 가난하고 모순된 현실에 눈을 뜨면서 혁명가로 재탄생해. 여성노동자로서, 민중의 선구자로서 삶이 바뀐 거야. 이렇게 볼 때 이 작품은 러시아 전제정치시대에 체제의 모순과 문제점을 고발한다고

할 수 있는 거야. 그래서 우리는 부조리한 사회가 어떻게 민중을 억압하고 착취하는가에 대한 비판을 게을리 하지 말고, 인간다운 삶을 위해 꾸준히 노력해야 하는 거야. 어려운 얘기인데 좀 이해가 갔니?

– 그럼요, 쌤, 전 다 알아요.

– 저도 알아요, 선생님.

– 후하하하~ 녀석들 자존심이 기특하구나.

> **함께 읽어야 하는 책**
>
> 『전태일 평전』. 13살짜리 여공이 환기시설이 없는 공장에서 14시간 노동을 해야 하고, 화장실조차 제대로 갈 수 없던 당시에 전태일의 고뇌를 담은 책이다. 아울러 오스트로프스키의 『강철은 어떻게 단련되었는가?』도 읽기를 권한다.

　- 요즘 우리나라를 보면 황혼이혼을 포함하여 매년 이혼율이 급증하고 있단다. 경제난이 가중되면서 이러한 이혼들이 50%까지 육박해. 10쌍이 결혼하면 5쌍이 헤어진다는 이야기인데, 실로 믿고 싶지 않은 얘기란다. 헤어지는 이유도 많지만 그중에는 남편의 속박으로부터 벗어나겠다는 경우가 많아. 그러고 보면 남자들에게 문제가 많은가 봐.

　- 정말, 남자들은 정신을 차려야 해요. 그렇죠, 선생님?

　- 혜리 얘기가 맞아. 아직까지 남자들은 자신의 권위를 내세우며 아내 위에 군림하려고 하는 경우가 많지.

　- 우리 아빠는 안 그런데…….

　- 그래서 특히 여자들이 꼭 읽어봐야 할 책이 있어.

　- 뭔데요? 쌤.

　- 헨릭 입센이 쓴 『인형의 집』이지. 이
책은 페미니즘의 물꼬를 튼 희곡이야. 주인공 '노라'가 현관문을 밀치는 순간 여성 해방이 시작되었다는 말도 이 때문에 생겼단다.

　- 남편은 어떤 사람이었어요?

　- 남편 헬머는 노라를 어린아이처럼 대하는 사람이란다. 아내를 인격적 관계로 보는 것이 아니라 그저 액세서리 같은 역할로

생각하는 사람이야. 그는 집에 돌아오면 아내가 길거리에서 군것
질을 하지나 않았는지 마치 어린애 다루듯 캐묻지. 좀 유치한 남
편이지 않니?

– 그러네요. 짱나겠어요, 쌤.

– 아내를 그저 장난감처럼 대한다는 게 얼마나 속상하겠어. 그
것도 8년 동안이나. 그러나 노라는 그러한 생활을 참고 지내. 그
시대의 관습이었으니까 말이야. 그런 노라에게 어느 날 문제의 한
남자가 찾아오지. 크로그쉬타트라는 남자야. 크로그쉬타트는 남
편 직장에서 일하는 은행원인데, 노라를 협박하러 온 거야.

– 바람 피웠나요? 노라가.

– 그런 게 아냐. 그 사람에게 옛날에 남편 치료비를 빌렸어. 친
정아버지의 이름으로 돈을 빌렸는데 거기에 문제가 있었어. 서류
에 아버지 사인을 노라가 대신했던 거야. 당시에 아버지는 아파서
사인을 할 수가 없었던 거지. 결국 아버지의 사인을 위조했다는
이유로 협박을 당하는 처지가 되었어.

– 무슨 협박을 해요, 쌤.

– 그는 남편 헬머가 은행장으로 부임하기로 한 은행에서 근무
하고 있는데, 부정이 드러나 잘릴 처지에 놓이게 된 사람이야. 그
래서 헬머로 하여금 자신을 해고하지 못하게 해달라고 협박하러
온 거야.

– 그래서요?

– 노라는 남편의 성격을 알기에 그 요청을 거절하지. 따라서 크

로그쉬타트는 협박편지를 헬머가 보도록 우체통에 넣어버려. 결국 저녁에 헬머가 돌아와서 그 내용을 뜯어보게 되지. 편지를 읽은 남편은 "아아, 그 8년 동안이라는 세월에 나의 기쁨이요, 자랑이던 여자가 위선자요, 거짓말쟁이요, 그보다 훨씬 더한 범죄자였다니! 아아, 이럴 수가! 당신 속에는 말할 수 없이 더러운 것이 숨겨져 있었어! 제기랄, 이게 무슨 일이야!"라고 외친단다. 이때 노라는 남편의 실체를 본 거야.

– 그러네요. 남편이 나빠요. 선생님.

– 그렇지. 다른 목적으로 돈을 빌린 것도 아니고 자기 수술비를 빌린 것인데 남편은 그 내용을 들으려고 하지 않았어. 오직 자신의 체면을 중요시하며 노라를 범죄자 취급을 한 거야. 그러다가 나중에 크로그쉬타트의 편지가 다시 오지. 좀 전에 자신이 협박한 것을 용서해 달라는 편지였어.

– 왜 그런 편지를 보냈죠?

– 양심의 가책을 받은 것이지. 그래서 앞으로 더 이상 괴롭히지 않겠다는 사과의 편지를 보낸 거야. 그러자 남편 헬머의 태도가 급변해. 하지만 노라는 이미 남편의 위선을 본 뒤라 마음의 결정을 내렸지. 노라는 "당신은 저를 사랑한 적이 없었어요. 저를 사랑한다는 것으로 당신이 위안 삼고 있었을 뿐이에요."라고 소리치지. 또한 "당신은 언제나 저에게 친절했지요. 하지만 우리의 가정은 다만 놀이하는 방에 불과했어요. 친정아버지한테서 제가 어린 인형으로 취급되었다면 여기서는 큰 인형 취급을 당했던 거예요.

그리고 저 아이들 또한 저의 인형들이었어요. 저는 당신이 저를 가지고 놀아주셨을 때는 즐거웠어요. 이것은 마치 제가 아이들을 데리고 같이 놀아주면 아이들이 좋아하던 거와 다름없어요. 그것이 우리의 결혼이었어요."라고 외쳐.

– 아까 말씀하셨던 것처럼 인격적 존중을 안 해줬단 얘기네요, 그죠?

– 아이구~ 대성이가 모처럼 똑 소리 나게 말한다, 하하. 결국 노라는 '저 자신에 대한 의무'를 하겠다며 과감하게 현관문을 나선단다. 그것이 한 개인의 존엄성을 찾기 위한 첫 걸음이었어. 이 희곡이 1879년에 발표되자마자 엄청난 논란을 불러일으켰단다. 한마디로 입센은 헬머와 같은 인간의 위선을 폭로하며, 여성이 더 이상 남성의 노리개가 아니라는 사실을 말하고자 했던 거야. 여성도 고귀한 인격체로서 자기 결정권이 있다는 비판적 깨달음이랄까?

– 와, 짝짝짝. 저는 노라에게 박수를 보내고 싶네요, 선생님.

– 후훗. 유나도 느낀 바가 많았나 보구나, 하하.

페미니즘 (feminism) 여성억압의 원인과 상태를 기술하고 여성해방을 궁극적 목표로 하는 운동 또는 그 이론을 말한다. / 함께 읽으면 좋은 책: 모파상의 『여자의 일생』

― 흐음! 혜리, 유나, 대성이 다 왔구나. 너희들, 선생님이 오늘
은 아주 중요한 작품을 들려주려고 준비한 게 있단다. 어서 와서
앉아봐라.

― 뭔데요? 선생님? 첫사랑 같은 내용이면 좋을 텐데요, 히힛.

― 녀석아, 비판력 시간에 무슨 이상한 얘기야?

― 그렇죠? 대성이는 뭘 몰라서 그러니까 예쁜 절 봐서 용서해
주세요, 선생님!

― 허허허. 그래, 유나가 똑똑하다. 오늘은 선생님이 톰 슐만의
『죽은 시인의 사회』를 얘기하고자 하는데 혹시 읽어본 사람?

― 에이, 쌤. 물어볼 걸 물어보셔야죠. 그냥 알아서 말씀하세요.

― 얼라아스! 누구 너희들을 미래의 꿈나무라고 했던가?

― 우리가 잠은 끝내주게 잘 자거든요, 쌤.

― 아무튼 좋다, 들어봐라. 이 이야기는 100년 전통의 웰튼 학교
의 개강식으로부터 시작한단다. 이 학교는 명예와 부를 중시하고
일류대학 진학에만 심혈을 기울여. 따라서 학생들은 숨쉬기조차
힘든 수업에 중압감을 느낀단다. 모든 과목은 힘든 과제를 내주고
말이야.

― 와! 이거 완전 우리 학교 얘기네요, 쌤. 우리 학교가 그래요.

― 내용 한 대목 들어볼래? "오늘은 제 1장 끝부분의 과제 가운
데 20문제가 과제다. 그 실험에 대한 리포트를 내일까지 제출하도

록!" 주로 이런 식이야. 라틴어시간에는 이랬단다. "먼저 명사의 격변화부터 시작하도록 한다. 지금부터 내가 하는 발음을 따라서 하도록. 아브리고바…… 내일 수업은 이 명사에 관한 시험을 볼 테니까 각자 충분히 공부해오도록!" 수학시간에도 그랬단다. "어떤 이유에서든 숙제를 잊은 학생은 최종 성적에서 1점 감점한다. 절대로 나를 만만하게 보지 말도록!"

– 난 정말 그런 선생님 싫어.

– 넌 좋아하는 게 체육선생님이지? 다 안다, 하하. 아무튼, 이렇게 지쳐갈 무렵, 국어수업이 시작되었는데 선생님이 안 나타나는 거야. 나지막한 휘파람소리만 복도에서 들려오고 말이야. …… 그 소리는 더욱 가까이 다가오지. 그러더니 문이 열리고 어떤 선생님이 나타나. 바로 그가 문제의 '키팅' 선생이야.

– 네, 키팅……!

– 키팅은 다짜고짜 아이들을 교실 밖으로 불러내지. 그리고 "오오, 선장이여! 우리의 선장이여!"라고 휘트먼이 링컨을 칭송했던 시를 외치지. 잠시 당황한 아이들에게 그는 자신을 "오오, 선장이여! 우리의 선장이여!"라고 불러도 좋다고 한다.

– 자유분방한 선생님이네요, 그죠?

– 다음날, 그는 프리차드 서문이라는 내용을 설명하다가 미친듯이 웃지. 그리고 고함을 치기 시작해. "이건 엉터리야! 거짓투성이야! 제군, 지금 당장 그 페이지를 찢어버려라!" 그렇게 외치지. 유명한 박사의 글일지라도 위선적인 것은 가르칠 수 없다는 게 그

의 소신이야. 그래서 학생들도 필기하던 책의 페이지를 과감히 찢
어버리지.

– 쌤, 우리도 뭐 찢을만한 거 없어요?

– 키팅은 아이들에게 'Carpe diem. 현재를 즐겨라. 독특한 인
생을 살아라'고 가르치지. 어느 날 '니일'이라는 학생과 그의 친구
들은 키팅에게 '죽은 시인의 사회'라는 금지된 서클이 있다는 것
을 알게 되고 그 조직에 가입해. 삶의 참맛을 흡족하게 맛보려는
비밀모임이었어. 그들은 밤이면 아무도 몰래 기숙사를 빠져나와
그 동굴에서 시를 낭송하는 것으로 일탈과 자유를 만끽해온 거야.

– 그 학교에서는 시낭송모임도 불법이에요?

– 학교에서 인정하는 것 이외에는 어떤 개인 활동도 못하게 되
어 있으니까, 그런 셈이지. 그러던 어느 날, 그 중의 하나 '오버스
트릿'이라는 학생이 어느 파티에 갔다가 충격적인 장면을 본단다.
불량한 아이들이 모여서 하는 쾌락적인 술잔치였어. 거기에서 그
는 술 취한 여자 아이 크리스의 몸에
손을 대고, 그 순간 그녀의 애인인
깡패 녀석에게 죽도록 얻어맞아.

– 그래서 남자는 힘이 있어야 해
요. 맞짱 뜨려면 태권도는 기본 아녜
요, 쌤?

– 그즈음 또 다른 사건 하나가 터
지지. 지역신문에 웰튼 아카데미에

도 여학생을 뽑아야 한다는 신문기사를 누가 올린 거야. 교장선생은 잔뜩 화가 나서 학생들을 강당에 모이게 해. 기어코 범인을 색출하겠다는 거야. 그때 강당에 갑자기 전화벨이 울린단다. '랄튼' 학생이 교장 앞에서 태연히 그 전화를 받아. 그리고 일부러 큰 소리로 "웰튼 아카데미입니다. 아, 계십니다. 잠깐 기다려 주시기 바랍니다."라고 말하며 교장에게 큰 소리로 외쳐. "교장선생님 전화 왔습니다. 하느님으로부터 전화입니다. 그분께서는 웰튼에도 여학생이 들어와야 된다고 말씀하십니다."

　– 하하하, 교장선생님에게 장난친 거네요? 선생님.

　– 결국 랄튼은 교장실에 붙들려가서 만신창이가 되도록 두들겨 맞지. 그리고 '죽은 시인의 사회'에 대해서도 추궁을 받아. 하지만 랄튼은 입을 다물지.

　– 그때는 선생님이 아이들 마구 때릴 수 있었나 보죠? 요즘 같으면 인터넷에 올리면 제깍인데…….

　– 허허, 녀석아, 그래도 배우는 학생이 스승을 고발하고 그러면 그게 할 도리냐?

　– 제 생각이 아녜요, 쌤.

　– 그즈음 학교에서는 '한 여름 밤의 꿈'이란 연극공연을 준비하게 된단다. 요정역할을 맡은 '니일'도 멋진 배역을 해보이겠다고 마음을 먹지. 그런데 호랑이보다 무서운 아버지에게는 비밀로 해. 아버지가 알면 큰일 나니까 말이야. 한편 '오버스트릿'은 용기를 내어 지난번 만난 크리스를 찾아가고, 그녀의 교실에까지 올라가

많은 학생들이 있는 가운데 그녀에게 사랑을 고백하지.

　- 와, 멋지다.

　- 드디어 연극공연 날이 오고, 니일은 아버지 몰래 연극을 공연하게 돼. 공연장에는 오버스트릿과 여자아이도 와 있었어. 연극이 한창 무르익을 무렵, 니일의 아버지가 험악한 얼굴로 나타나지. 그리고 아들을 강제로 끌고 나가버려. 그렇게 무참히 니일은 끌려가고, 아버지로부터 심한 꾸중을 들어. 그 뒤 자기 방에서 밤새 푸른 달빛을 보던 니일은 자살을 하지. 니일의 부모가 잠든 직후였어. 그런데 그 모든 책임이 키팅 선생에게 돌아온단다. 학생들에게 쓸데없는 것들을 가르쳤다는 이유야. 결국 그에게 사표를 쓰라고 강요하지.

　- 뭐, 그런 학교가 다 있죠?

　- 그렇게 학교를 떠나는 키팅을 한 학생이 본 거야. 그는 책상 위에 올라서서 "오오, 나의 선장님! 우리 선장님!"하고 소리를 치지. 그러자 여러 명의 아이들이 책상 위에 함께 올라서서 "오오, 나의 선장님! 우리 선장님!"하고 큰소리로 외쳐. 키팅은 부드러운 미소로 그들에게 인사를 하지. "Thank You Boys, Thank You!"

　- 눈물 나네요. 선생님. 선생님은 떠나지 마시고 우리랑 영원히 살아요. 우리가 지켜드릴게요, 네?

　- 애 애, 선생님이 왜 떠나니?

　- 말이라도 고맙다, 혜리야. 하하…… 이 이야기는 이처럼 여운을 남긴 채 끝난단다. 음, 오늘날 교육을 보면 너무 양극화가 되

어있어. 한쪽에서는 교실이 붕괴되고 교권이 무너졌는가 하면, 또 한쪽에서는 야심한 시간까지 공부시키는 모순이 동시에 존재한단 다. 물론 청소년 시기에 열심히 공부하는 것은 당연해. 그러나 획 일적으로 강요하는 건 좀 생각해 볼 일이란다. 우리에게 필요한 것은 전인교육, 그러니까 몸과 마음이 다 같이 건강해질 수 있는 그런 교육이니까 말이야. 이 책에서 키팅 선생은 맹목으로 치닫는 교육 현실을 온몸으로 막고자 했던 거야. 그리고 우리에게 이런 비판적 질문을 던지고 있단다. '우리는 무엇을 위해 공부하는 가?' 하고 말이야.

  – 네에.

  – 그래서 너희들 다음에 만날 때에는 무엇을 위해 공부하는가 에 대한 대답을 준비해 와라. 그게 오늘 숙제다. 알겠니?

  – 옛 써~ㄹ!

교실이야기 1 KBS를 통해 방송된 '교실이야기'를 재구성한 것으로, 학원 폭력과 왕따 문제 · 수업붕괴문제 · 학생들의 비행 · 학생들의 상담 사례 등의 내용을 수록한 책이다.

– 자, 유나는 왜 공부를 하니?

– 전요, 나중에 훌륭한 의사가 되어서 돈 없는 사람 치료해주려고 공부해요. 의대 갈 거예요, 선생님.

– 대성이는?

– 전요, 유명한 아티스트가 되려고요.

– 좋다, 좋아. 다들 자기의 소망을 메모지에 적어 책상에 붙여두길 바란다. 그러면 믿는 대로 이루어질 거다. 그리고 너희들 내가 미리 만들어 놓은 건데 이게 뭔지 알겠니?

– 그게 뭔데요?

– 잘 봐라. 이쪽 면에서 이렇게 가다보면 안쪽으로 들어가게 되고 다시 바깥쪽으로 연결되는데, 이렇게 돌다보면 무한히 돌게 되는 것, 이것을 뭐라고 한다고?

– 그런 거 우리 몰라요.

– 으음…… 좋다. 이걸 '뫼비우스의 띠'라고 한단다. 이것을 왜 보여주느냐 하면 『난장이가 쏘아올린 작은 공』중에서 〈뫼비우스의 띠〉라는 부분을 함께 생각해보려고 한 거야.

– 그런 소설도 있어요?

– 그럼! 음, 고등학교 수학시간인데, 선생님이 불쑥 탈무드에 나오는 얘기를 꺼내면서부터 이야기가 시작돼. 굴뚝청소를 하는 두 아이에 대한 우화 말이야. 굴뚝에 두 아이가 들어갔는데 얼굴

이 까맣게 된 아이와 깨끗한 아이가 있다면 누가 얼굴을 씻겠는가 하는 얘기, 그런 얘기 말이야. 들은 적 있니?

– 그거 얼굴이 깨끗한 아이가 씻잖아요, 맞죠?

– 하아, 대성이가 들은 적이 있구나. 좋아. 그런데 소설 속의 학생들은 정답을 맞히지 못하지. 그러자 이번에는 교사가 '뫼비우스의 띠'에 대한 설명을 하는 거야. 방금 선생님이 만든 것처럼 종이를 길쭉하게 오려서 그것을 한번 꼬아 양끝을 붙이면 안과 겉을 구별할 수 없는, 이런 형태 말이야.

– 아, 네에.

– 이 소설은 연작소설이라 몇 편의 작품이 수록되어있는데 이 시간엔 중요한 부분만 얘기하면서 비판력을 키워보자. 준비됐니?

– 네,

– 소설에서는 '앉은뱅이'와 '꼽추'가 등장한단다. 육체적 장애를 지닌 두 사람, 이 둘은 스스로를 지킬 수 없는 사회적 약자이지. 앉은뱅이와 꼽추는 아파트 재건축으로 인해 그들의 집이 철거당해. 그 보상으로 아파트입주권이 나오지만, 아파트에 입주할 만 한 돈이 없어 부동산 업자에게 16만 원에 입주권을 팔지. 그 며칠 후에 시세가 38만 원까지 올라가게 돼. 그러니까 열 받은 두 사람은 억울한 마음에 부동산 업자에게 따지려고 길목에서 기다리는 거야.

– 네에…….

– 저녁 무렵 마침내 승용차를 타고 부동산업자가 나타나. 앉은뱅이는 그의 길을 막고서 돈을 더 달라고 요구하지. 그러자 부동

산업자는 시에서 책정한 보조금보다 많이 준 것이라며 앉은뱅이
에게 비키라며 걷어차. 그리고 부동산업자는 차에 올라타지. 그런
데 어느새 뒷좌석에 꼽추가 올라타 있는 거야. 꼽추는 재빨리 준
비한 전깃줄로 그를 꽁꽁 묶어버리고 입도 반창고로 붙여 버리지.

  – 미리 치밀한 준비를 했나 봐요? 선생님.

  – 앉은뱅이는 차 안에 있던 사내의 가방에서 돈뭉치 20만 원씩
두 뭉텅이를 꺼내지. 이 돈은 우리의 돈이라고 중얼거리면서, 떨
리는 손으로 앞가슴에 돈을 집어넣고, 꼽추는 오른쪽 주머니에 돈
을 넣어. 그들에게는 안주머니가 없었어. 돈을 넣을 일이 없어서
옷을 만들 때 아예 안주머니를 달지 않았지. 그러니까 안주머니가
없다는 얘기는 가난뱅이라는 소설적 장치야.

  – 그렇군요.

  – 앉은뱅이는 꼽추에게 준비한 통을 가져오라고 하지. 바로 '휘
발유통'을 말하지. 증거를 없애기 위한 치밀한 계획인 거야.

  – 살인하려고 하는 거예요?

  – 그렇단다. 좀 더 들어봐라. 꼽추가 먼저 승용차에서 내려 달
아나고 한참 뒤에 앉은뱅이가 불편한 몸을 끌며 뒤따라오지. 칠흑
같은 어둠속에서 가진 자에 대한 그들의 복수가 그렇게 이루어져.
잠시 후 멀리 떨어진 곳에서 다시 만난 앉은뱅이의 몸에서는 휘발
유 냄새가 났지. 그들은 **빼앗은** 돈으로 무엇을 할까 생각하는 순
간 폭발소리와 함께 차에서 불길이 솟아올라.

  – 그렇다고 죽일 필요까지는 있었나요?

– 앉은뱅이는 꼽추에게 자신의 계획을 얘기한단다. "모터가 달린 자전거와 리어카를 사야 돼. 그 다음에 뻥튀기 기계를 사야지. 자네는 운전만 하면 돼. 그럼 내가 기어 다니는 꼴은 보지 않게 될 거야." 그러나 꼽추는 두려움을 감추지 못하지. 그러다가 꼽추가 말해. "나는 자네와 가지 않겠어."

– 왜요? 두 사람은 공범이잖아요.

– 꼽추는 앉은뱅이가 두려워진 거야. 아무리 악한 사람일지라도 우리가 그를 죽일 필요까지는 없었다고 생각한 것이지. 앉은뱅이는 앞으로 잘 살 수 있다고 꼽추를 설득하지만 꼽추는 끝내 동업하지 않겠다고 하지. 그리고 다른 약장사를 따라가겠다는 결심을 말해.

– 왜 약장사를 따라가는 거예요?

– 꼽추는 이렇게 말한단다. "그는 완전한 사람이야. 죽을힘을 다해 일하고 그 대가로 먹고 살아. 그가 파는 기생충 약은 가짜가 아냐. 그는 나를 인정해 줄 거야." 그리고 꼽추는 이렇게 말지. "내가 무서워하는 것은 자네의 마음이야."

– 그건 왜요?

– 왜이겠니? 대성아.

– 음, 제 생각엔 부동산업자가 나쁜 사람이지만 그를 죽인 앉은뱅이는 더 나쁘다, 그래서 무섭다고 한 것 아닌가요?

– 와, 대성이가 정확한 답을 얘기했다. 그래. 살인은 정당성이 없다는 얘기란다. 그러니까 '이에는 이 눈에는 눈'이라는 생각은

옳지 않다는 판단이야. 악을 악으로 갚지 말라는 거지.

– 맞는 말씀이에요, 선생님.

– 그러니까 작가 조세희 씨가 말하고자 한 것은, 어떠한 경우에라도 폭력은 정당화될 수 없다는 거야. 가난한 사람들이 머리띠 두르고 시위를 할 때, 그들이 던지는 화염병 역시 경찰이 휘두르는 진압봉과 다르지 않다는 얘기지. 가난한 사람을 등쳐먹는 부동산 업자나 앉은뱅이는 서로 가해자인 동시에 피해자로 맞물린 거란다. 그래서 첫머리에서 수학교사가 '뫼비우스 띠'를 보여준 거야.

– 아하, 그래서 그 이야기를 맨 처음에 한 것이군요. 이제 알겠네요.

– 그래, 그러니까 학생들에게 사물에 대한 고정관념이나, 흑백논리가 잘못되었을 수도 있음을 알려주고, 가해와 피해의 양면성을 말하고 싶었던 거란다.

– 가난한 약자가 반드시 착하지는 않다, 뭐 그런 얘기군요.

– 그래, 좀 어려운 소설인데 이해가 됐니?

– 쏙쏙 들어옵니다, 쌤!

5천 년에 걸친 유태인의 지혜가 농축되어 있는 이 책은 삶의 의미·인간의 행복·사랑에 대한 해답을 제시한다. 인생의 풍부한 경험과 사고방식을 확립하는 데 큰 도움이 되는 책이다.

탈무드

두마리토끼잡는독서 13. 아큐정전

– 아마 너희들은 선택받은 사람 같아.

– 왜요? 쌤.

– 내가 들려주는 이야기들은 하나 같이 중요한 것들이거든. 세상의 비밀의 문을 열어주는 책 말이야. 선생님이 지식의 보물창고를 열고 보물들을 무한방출해주잖아?

– 그래서 선생님은 영원한 스승이잖아요. 쌤, 사랑해요~

– 아니 그렇다고 하트까지, 하하. 오늘도 세계 최고의 작품을 하나 쏘겠다. 루쉰이라는 작가가 쓴 『아큐정전』이다.

– 아, 아큐정전!

– 아큐가 사람 이름이야.

– 히히히, 무슨 미국 욕 같아요. 히히힛.

– 그의 이름이 왜 '아큐'인지는 아무도 모른단다. 본인도 모르지. 그냥 사람들이 아큐라고 하니까 서양글자를 사용하여 '아Quei'라고 말하고 쓸 때는 줄여서 '아Q'로 불렸던 거야. 아(阿)는 친근감을 주기 위한 발음이고, Q는 청나라 때 중국인들의 헤어스타일을 상상하면 될 거야. 한마디로 그는 근본도 없는 뜨내기였지.

– 네에.

– 그는 부잣집 조 씨 댁에 얹혀살면서 집안의 허드렛일이나 심부름을 하면서 산단다. 쉽게 말하면 천한 인생이며 노예근성을 가진 얼간이야. 그는 주로 마을 밖 사당에서 잤어. 일정한 직업도 없

으므로 닥치는 대로 날품팔이를 하며 살았어. 그러나 그는 쥐뿔도 없는 자존심 강한 인물이란다. 마을사람들이 그를 건드리면 관심도 없다는 듯 반응을 안 보였지.

– 네에.

– 그런데 그에게는 머리 몇 군데에 부스럼자국이 있어. 그래서 그는 '벗겨지다'라는 말을 몹시 싫어했고 뿐만 아니라 '빛나다'라는 말도, '밝다'라는 말도 싫어했단다.

– 우히히, 우리 학교 교감선생님도 대머리인데 킬킬킬~

– 그는 급기야 '등불'이나 '촛불' 같은 말도 싫어했지. 그러한 그에게 동네 건달들이 "야아, 반짝반짝해졌는걸! 등잔이 여기 있었군." 할 때 화낼 수는 없고, "네놈 따위가 뭐야. 그래 나는 벌레야, 벌레라고." 이렇게 스스로가 자신을 경멸하면서 기분을 돌렸지. 이게 그의 승리하는 비법이거든.

– 거 특이한 성격이네요, 쌤.

– 그는 강자에겐 약하고 약자에겐 강한 인물이야. 그래서 남에게 당한 화풀이는 약한 사람에게 화풀이하는 거야. 한번은 왕털보에게 맞은 것을 젊은 여승에게 화풀이를 한단다. "오늘은 왜 이리 재수가 없나 했더니 너를 보려고 그랬구나!"하며 새로 깎은 여승의 머리를 손으로 만지며 헤벌쭉 웃지. 이 얼마나 불경한 짓이니? 안 그래? 그러자 젊은 여승도 "씨도 못 받을 아Q 놈!"하고 욕을 하며 달아나.

– 하하하, 스님도 욕을 하네요.

– 그런데 아Q가 비구니 얼굴을 만진 뒤 여자에 대한 느낌을 알
게 되었지. 그래서 자오 씨의 집에 갔을 때 사건이 터지게 돼. 그
집의 하녀인 우 씨 아주머니에게 달려든 것이었어. "나하고 자자!
나하고 자자!" 당연히 우 씨 아줌마는 소리치며 달아났지. 그 사건
이 있은 후 마을여자들은 아Q만 보아도 도망갔고, 남자들은 아Q
를 벌레 보듯 쳐다보며 외상술도 주지 않았어. 더구나 그를 고용
하고자 하는 사람도 없었지.

– 참 불쌍한 사람이네요, 선생님.

– 그는 배가 고파서 절의 담을 넘기도 하지. 그리고 쪼그려 앉
아 무를 뽑는데 늙은 여승이 "나무아미타불. 아Q, 왜 남의 채소밭
에 뛰어들어 무를 훔치는 거냐?"라고 나무라지. 그러자 아Q가 뭐
라고 했는 줄 알아?

– 뭐랬는데요?

– 아Q가 "이게 당신 거야? 그럼 무더러 당신 거라고 말을 시킬
수 있어? 있어?" 이렇게 대든 거야.

– 하하, 무에게 말을 시키라고요? 우하하!

– 그러던 어느 날, 1911년 신해혁명이 일어나고 커다란 배 한
척이 자오 씨 댁 나루터에 도착하지. 그것은 바로 다른 마을에 사
는 부자 영감의 배였는데 혁명당을 피해서 이곳에 들어온 것이었
어. 아Q는 마을사람들이 혁명당에 놀라 떨고 있는 것을 보고 '혁
명이란 것도 괜찮은데⋯⋯. 개 같은 놈의 세상을 뒤집어엎어라.
빌어먹을⋯⋯, 나도 혁명당이 되어야지. 혁명이다, 혁명! 좋았어!

내가 갖고 싶은 건 모두 내 것이다. 어떤 계집이든 모두!' 이렇게
속으로 외치지.

– 네에.

– 그래서 아Q는 혁명당에 가입하기위해 첸가의 아들을 찾아가
는데 공교롭게도 그날 밤 자오 씨의 집이 습격을 당한단다. 아Q
는 자신을 내쫓은 자오 씨에 대해 평소 나쁜 감정이 있었고, 그래
서 그 집이 습격당한 것을 속으로는 기뻐하지. 그러나 불행하게도
나흘 뒤, 아Q는 한밤중에 느닷없이 들이닥친 사람들에게 붙들려
가게 돼. 누가 누명을 씌웠는지 몰라도 아Q가 자오 씨의 집을 습
격한 장본인이라는 거였어.

– 참 바보 같이 재수 없네요.

– 넓은 마당 앞에서 아Q는 취조를 당하지. 관원 하나가 종이
한 장과 붓 한 자루를 아Q 앞에 가져오더니 붓을 쥐라고 그래. 그
러나 그는 한 번도 붓을 쥐어 본 일이 없기 때문에 당황하지. 그러
자 관원은 그냥 동그라미 하나를 그리라고 해. 그런데 그게 바로
자신의 범죄행위를 인정하는 사인이었던 거야.

– 와, 그렇게 무식해요?

– 관원들은 그에게 까만 글씨가 씌어있는 흰 무명옷을 입히지.
아Q는 기분이 나빠져. 왜냐하면 상복 같아서 재수 없다는 거지.
그러나 자신을 구경하러 모인 마을사람들을 보고 기분이 으쓱해
지지. 결국 그는 형장에서 총살돼.

– 아Q가 나쁘지만 그래도 죽으니까 불쌍해요, 선생님.

－ 구경나온 마을사람들도 모두 아Q가 나쁘다고 생각하지. 나쁘지 않다면 왜 총살당했겠느냐는 얘기야. 사형을 당하면 다 나쁜 사람이니? 그럼 안중근 의사도 나쁜 사람이게? 한 마디로 아Q도 불쌍하지만 마을사람도 어리석고 무식했던 거야. 루쉰이라는 작가가 아Q라는 인물을 내세운 것은 당시 중국인들이 그렇다는 거야. 어리석고 무지몽매한 중국인, 자신의 동포들이 그런 상태라는 것을 비판하고 각성시키고자 이 소설을 쓴 거야.

－ 네에, 이해가 가요. 선생님.

－ 그러니까 세계의 강대국이 침략해올 상황인데도 한치 앞을 내다보지 못하는 중국인들을 안타까운 마음에서 비판한 거야. 꼭 한번 읽어보길 권한다. 알았니?

－ 네에, 선생님!

신해혁명   제1혁명이라고도 한다. 이 혁명으로 청나라가 막을 내리고, 중화민국(中華民國)이 탄생하여 새로운 정치체제인 공화정치의 기초가 이루어졌다.

두 마리 토끼 잡는 독서 14. 이반 데니소비치의 하루

– 이번에는 시베리아의 얘기를 해볼까?

– 어우, 듣기만 해도 몸이 추워요.

– 하하, 그래도 시베리아란 말을 듣긴 들었나 보구나.

– 그럼요, 그곳에는 강제수용소가 있다면서요?

– 그래, 그런 지역으로 유명하지. 그래서 노벨문학상을 수상한 작가의 작품으로 함께 생각을 나눠보고자 하는데, 어때?

– 와! 기대돼요, 쌤!

– 음, 『이반 데니소비치의 하루』라는 작품인데 말이야, 1951년 겨울, 시베리아 강제수용소 '라게리'에서 일어난 하루생활을 상세하게 묘사한 작품이란다. 그런데 수용소생활의 참혹한 면보다 지극히 일상적인 하루를 객관적으로 보여주고 있어. 그 이유는 독자에게 좀 더 수용소에 대한 연민을 느끼게끔 반어적 기법을 쓴 까닭이지.

– 네에.

– 수용소 생활 8년을 맞이한 슈호프는 순박한 농부였어. 독일과 소련이 전쟁을 벌였을 때 그는 소련군에 징집되어 전투에 참가하고 그러다 독일군의 포로가 되었지. 그 뒤 탈출하여 소련군에 다시 돌아왔지만 그는 반국가죄라는 죄목으로 10년형을 언도받지. 억울하게 그는 이곳 수용소에서 8년째 굶주림과 중노동을 해오고 있는 거야.

– 그럼, 잘못이 없다고 따지지 그랬데요?

– 따져서 되는 게 공산사회냐? 인마. ……그러한 극한 상황 속에서도 그는 남의 것을 훔친다거나 버려진 꽁초를 집어 피우지는 않아. 오히려 영하 30도의 환경 속에서 성실히 수용소 생활을 하지. 또한 그는 돈 많은 죄수들의 심부름을 해주거나 장갑과 구두를 수선하는 일로 용돈도 벌어.

– 그런 자유는 있나 봐요, 쌤?

– 집단생활이니까 그런 정도는 가능하지. ……그리고 수용소는 항상 새벽 5시 쇳조각을 두들기는 기상신호에 따라 일어나야 하고 점호준비를 해야 하는 곳이야. 죄수들은 잠자는 시간을 제외하고는 아침식사 10분, 점심식사 5분, 저녁식사 5분을 위해 살아가지. 먹는 게 가장 행복한 순간이니까 말이야. 그러한 슈호프는 인간미를 포기하지는 않아. 먹을 것이 생기면 불쌍한 옆 사람과 나누어 먹곤 하지.

– 그런 착한 사람이 왜 수용소에 갔을까요?

– 그러니까 공산사회라니까! 하하. ……그러한 슈호프는 고된 생활을 마치고 자리에 누워 자신의 죄가 무엇인가 생각해보지. 그러나 죄를 알 수가 없는 거야. 자신의 죄가 왜 반국가죄인지 그 이유를 모르겠는 거야. 자신과 같은 사람이 또 있어. 침례교 신자인 알료샤는 고향에서 단지 기도했다는 이유로 잡혀왔고, 부이노프스끼는 조국을 위해 2차 대전 때 발틱해를 무대로 용맹을 떨친 함장이었는데도 간첩죄로 끌려왔다고 해. 이들 모두가 다 스탈린 시

대 공포정치의 희생자들이란 얘기야.

　－ 스탈린이 나쁜 사람이었나 봐요?

　－ 그렇단다. 과거 공산주의시대에 가장 살벌한 사람이었으니까.

　－ 네에. 우리 학교 학생부장 선생님보다 더 무서운가 보죠?

　－ 허어, 참! 언젠가 작업반장이 슈호프에게 이런 말을 하는 거야. "여보게, 여긴 법이라는 게 없단 말이야. 그렇지만 이런 데서도 얼마든지 목숨을 부지해 갈 수는 있어. 수용소에서 죽는 놈이 있다면, 그건 남의 죽그릇을 핥으려 드는 친구들, 뻔질나게 의무실에 드나들며 편히 누워 있을 궁리만 하는 친구들, 그리고 쓸데없이 간수장을 찾아다니며 밀고하는 친구들, 바로 이런 친구들이지."

　－ 그러니까 요령만 피우지 않으면 살아갈 수 있단 얘긴가 보죠?

　－ 역시, 대성이가 눈치가 빠르군. 하하. …… 그곳 죄수들이 하는 일은 철조망으로 포위된 작업장에서 시멘트를 이기어 벽을 쌓거나, 발전소의 벽과 지붕을 만드는 일이야. 별거 아니지만 슈호프는 점심때 배식하는 죄수를 속여 2인분의 죽을 타 먹고, 그것을 행운이라 여긴단다.

　－ 불쌍하네요, 쌤.

　－ 어찌 그게 행복이 될 수 있어요?

　－ 그러니까 인간이 막다른 상황에 몰리면 구차해진다는 걸 보여주는 거야.

　－ 네에.

　－ 잠자리에 들기 전 슈호프는 자신이 구한 비스킷 한 조각을 옆

에 있는 동료 알료샤에게 나누어주고 자기는 소시지 한 조각 입에 넣지. 그리고 그것을 어금니로 지그시 눌러보고는 향긋한 고기냄새와 달콤한 고기즙에 행복해하지. 그러면서 이런 생각들을 하지. '오늘 하루 동안 나에게는 좋은 일이 많이 있었다. 재수가 썩 좋은 하루였다. 영창(營倉)에도 들어가지 않았고, 다른 곳으로 추방되지도 않았다. 오후에는 신나게 벽돌을 쌓아올렸다. 줄칼 토막도 무사히 가지고 들어왔다. 저녁에는 다른 사람 대신 순번을 기다려주고 많은 벌이를 했다. 담배도 샀다. 아픈 몸도 거뜬하게 풀렸다.' 그러니까 절망적인 수용소의 하루를 '운수 좋은 하루'였다고 생각한다는 자체가 아이러니야.

– 아이러니가 뭐예요?

– 반어적이란 말이야, 하하. 그리고 이 소설은 후반부가 우리의 심금을 울려. '이런 날들이 그의 형기가 시작되는 날부터 끝나는 날까지 만 10년, 즉 3천6백53일이나 계속되었다. 사흘이 더 가산된 것은 그 사이에 윤년의 우수리가 붙었기 때문이다' 어때 황당하지 않니?

– 왜요?

– 1년이 365일이니까 10년이면 3천6백5십일을 살면 되는 건데, 재수 없게 윤년이 끼어서 3일을 더 살았다는 거야. 아무 잘못 없이 10년을 산 놈이 3일을 억울해 해서 뭐하겠니? 사실 3일도 억울한 일이지만. 참으로 어처구니없고 웃어넘기기에도 씁쓸한 일이야. 작가가 노린 풍자와 반어가 여기에 있는 거지.

- 네, 말씀을 들어보니 정말 너무하네요.

- 만약 이 소설이 수용소의 억압적인 상황만을 다루었다면, 단순한 고발문학에 그쳤을 거야. 그런데 이 소설은 수용소 생활을 담담하게 하루의 시간으로 압축함으로써 절망적 상황을 집약적으로 드러내었지. 더욱이 죽 두 그릇 타먹은 그 안타까운 날을 '운수 좋은 날'로 받아들이는 부분이 슬픔이 극대화된 부분이란다. '헉슬리'라는 사람의 말을 빌어서 표현하자면 '전면적 진실'을 보여준 작품이라 할 수 있어. 구소련 정권이 공산주의라는 체제유지를 위해 개인들에게 어떤 억압과 학대를 가했는지를 여실히 보여주는 비판문학이란다.

13년 만에 수용소에서 나온 주인공이 18시간 만에 다시 붙잡히는 기가 막힌 이야기. '25시'는 메시아도 구원할 수 없는 절망적 시간을 의미한다.

함께 읽어야 할 또 하나의 명작, 『25시』(게오르규)

– 수로야, 뭐 하나 질문해보자. 음, 굶주리는 아이들을 위해 빵을 훔친다면 잘못일까? 아닐까? 그리고 성경책을 읽고 새 사람이 되고자 성경을 훔쳤다면 과연 죄가 될까, 안 될까?

– 쌤, 그건 죄가 안 된다고 생각합니다.

– 하하하. 이것은 참으로 판단하기에 참 어려운 딜레마인데, 미리 결론을 얘기하면 그건 모두 잘못된 것이란다.

– 어어? 그런 법이 어딨어요, 쌤.

– 좀 모순된 것처럼 보여도 양심적인 면에서나 종교적인 면에서 엄밀히 따지면 그것조차도 죄가 되는 거야. 그래서 선생님이 이해를 쉽게 하고자 불후의 명작을 하나 준비했지. 너희들의 비판력을 업그레이드 할 수 있는 책으로 말이야.

– 그게 뭔데요?

– 도스또예프스끼가 쓴 『죄와 벌』이란다.

– 사람 이름이 좀 어렵네요, 히힛.

– 이 소설의 주인공은 라스꼴리니꼬프라는 사람이지. 지성적이고 자의식이 강한 법대생이야. 그는 뻬쩨르부르그 5층 건물의 작은 다락방에서 하숙을 하고 있단다. 근데 딱하게도 밀린 하숙비 때문에 주인과 마주치기를 꺼려하며 지내지. 그러던 어느 날 저녁, 거리를 방황하다가 술집에서 술주정뱅이 마르멜라도프를 만나. "학생, 어디에도 갈 곳이 없다는 것이 무엇을 뜻하는지 알겠

나?"하는 물음에서 그의 탈출구 없는 삶을 짐작하지. 그는 자신의 신세타령을 하다가 딸 쏘냐가 가족을 먹여 살리느라고 윤락가에서 몸을 판다고까지 얘기해.

－세상에 그런 아빠가 다 있어요?

－죽지 못해 사는 거겠지. 그쯤 라스꼴리니꼬프는 어머니로부터 한통의 편지를 받게 돼. 오빠의 등록금을 위해 누이동생이 사랑하지도 않는 장사꾼에게 시집을 간다는 내용의 편지였어.

－오빠 때문에 자기 인생을 희생하는 거예요?

－뉴스를 보면 에티오피아와 같은 곳에서는 가난한 아이들이 매춘을 해서 가족을 먹여 살린다잖아. 극도의 굶주림 앞에선 몸뚱이가 목숨보다 중요할 수는 없지. 아마 그런 굶주림을 겪어보지 못한 사람은 모르는 거야. 아무튼, 라스꼴리니꼬프는 전당포 노파를 살해하기로 마음먹게 돼.

－왜요? 왜 사람을 죽이려고……?

－그는 전당포 노파를 피를 빨아먹는 이[?]라고 보았어. 다들 가난하게 사는데 그 노파는 인색하게 살고 있었거든.

－그렇다고 죽여요?

－그러한 해충 하나를 죽여 수천 사람이 잘 산다면 그것은 도덕적으로 정당하다고 스스로 판단했기 때문이지.

－그렇다고 노파가 해를 끼친 사람은 아니잖아요.

－그래. 하지만 라스꼴리니꼬프는 가진 자에 대한 이유 없는 증오심으로 자신의 명분을 합리화하고 노파를 도끼로 살해하게 되

지. 또한 노파의 동생까지 죽이고 돈과 보석을 훔쳐 달아나. 그는 늘 알렉산더 대왕 또는 나폴레옹과 시저와 같은 영웅을 생각했단 다. "누가 나폴레옹의 살인죄를 물었던가, 나폴레옹은 사상 최대 의 살인자였는데도 사람들은 그를 영웅으로 존경하고 있잖은가?" 즉, 평범한 사람이 사람을 죽이면 죄인이 되지만 용감한 사람이 사람을 죽이면 영웅이 된다는 '초인사상'을 그는 신봉했던 거야.

– 아, 니체가 말한 초인사상이죠? 선생님.

– 독일 철학자 헤겔도 '창조적 소수의 사람은 역사의 주체로서 엄청난 일을 할 수 있다'고 했지. 그는 대학논문을 발표할 때에도 그러한 '비범'한 사람을 옹호하는 논문을 써. 그 때문에 전당포 살 인사건 용의자로 의심을 받지만 물증이 없어 체포당하지 않아. 그 러나 시간이 지나면서 라스꼴리니꼬프는 지옥과 같은 정신적 고 통을 겪지. 그는 점차 자신이 신봉하던 시저나 나폴레옹이 영웅이 아니라 한낱 벌레에 불과하다는 사실을 깨닫게 돼.

– 다행이네요.

– 마침내 그는 자신을 이해해줄 수 있는 유일한 사람, 순결하고 독실한 신앙심의 소유자인 쏘냐를 찾아가서 모든 것을 고백하지. 쏘냐는 울면서 말해. "먼저 당신이 더럽힌 땅 위에 키스를 하세요. 그리고 머리를 조아리고 모두가 듣도록 '나는 사람을 죽였소'라고 외치세요. 그러면 하느님께서 당신께 새 빛을 보여주실 거예요!"

– 그래서요, 그래서 어떻게 돼요?

– 그래서, 쏘냐의 말대로 그는 자수를 하지. 그리고 8년형을 언

도받고 시베리아 유형지로 떠나가. 비록 몸 파는 창녀였지만 누구보다 순결한 쏘냐. 그녀도 그의 곁에 머물며 그를 돕지. 결국 한순간 잘못 판단했던 게 엄청난 잘못을 가져올 수 있다는 걸 깨닫게된 거야. 그곳에서 그는 오랫동안 품어왔던 지적 오만을 버리고참된 삶이 무엇인지에 대해 눈을 뜨지.

　- 네에.

　- 이처럼 인간의 사상이란 것은 횃불처럼 세상을 밝히기도 하지만 때로는 얼마나 위험한 것인지를 보여주는 소설이란다. 히틀러도 자신의 판단이 옳다고 생각하여 유태인을 대량 학살했잖아?이 세상에 하느님을 제외한 그 누구도 완벽한 사람은 없는 거야.

　- 네에.

　- 그러니까 가난한 사람들이 부자를 증오하거나 죽이는 건 원칙적으로 죄악이란 얘기란다.

　- 어? 그 얘기는 『뫼비우스의 띠』에서 하신 말씀 같은데요?

　- 와. 유나가 그걸 다 기억하는구나. 고맙다, 유나야!

　- 전 기억하는 거 하나는 끝내줘요, 선생님.

　- 그래, 우리 주변에도 철거민이라든가, 도시빈민들이 있지. 그러한 그들이 생존권을 외치며 돌과 화염병을 던진다면 도스또예프스끼 입장에서는 그것도 죄라는 얘기야. 소설에서도 물론 수전노로 등장하는 전당포 노파는 몰인정한 사람이 확실해. 하지만 라스꼴리니꼬프의 생각은 더 무섭지. "나는 한 마리 기생충을 죽였을 뿐이야, 백해무익한 더러운 이를!" 이처럼 돈만 아는 사람은 죽

어도 좋다는 생각, 이것을 경계해야 한다는 말이야. 그래서 우리에게 필요한 것이 '사랑'이란 거지. 사랑이 없으면 아무리 훌륭한 사상일지라도 위험한 사상으로 변질되니까!

도스또예프스끼

모스크바 출생. 톨스토이와 함께 19세기 러시아문학을 대표하는 세계적인 문호이다. '넋의 리얼리즘'이라 불리는 독자적인 방법으로 인간의 내면을 추구하여 근대소설의 새로운 가능성을 열어놓았다.

– 선생님, 엄마가요, 이거 선생님 갖다 드리래요.

– 뭔데?

– 매실즙인데요, 갈증 날 때 물에 타서 드시면 맛있대요.

– 그래? 와, 이런 감동을! 우리 같이 타 먹어볼까?

– 아녜요, 전 매실 싫어해요. 어른들이나 먹는 거잖아요?

– 헛! 그래? 알았다. 그럼 유나는 내가 커피 한잔 타 주마.

– 호호, 그럼 전 블랙으로 타 주세요, 선생님.

– 그래, 그리고 오늘은 비판력에 대한 마지막 시간으로 『유토피아』를 얘기해줄까 한다. 어때 괜찮겠어?

– 선생님께서 해주시는 얘기는 뭐든지 좋아요, 쌤!

– 허허, 좋다. 『유토피아』는 토마스 모어가 쓴 건데, 항해를 하면서 찾아간 여러 나라 중에서 '유토피아'라는 나라가 가장 살기 좋은 곳이라는 내용이란다. 그러면서 영국과 다른 점을 설명하고자 한단다. 작가는 당시 영국의 끊임없는 전쟁과 빈부의 격차, 귀족들의 퇴폐적 행위를 비판하고자 이러한 작품을 쓴 것으로 알려져 있어.

– 아, 그래서 비판적이란 얘기군요.

– 그렇단다. 그가 제시하는 유토피아, 그런데 아이러니하게도 Utopia의 뜻은 '어디에도 없는 곳', 이런 뜻이란다. 다시 말하면 유토피아는 찾을 수 없는 곳 그러나 인류가 반드시 도달해야 할

'이상향'이라는 말이지.

- 와, 심오하네요, 선생님.

- 당시 영국의 귀족들은 좀 더 많은 소득을 얻고자 양들을 키웠단다. 그래서 닥치는 대로 밭을 목장으로 만들었어. 그 때문에 농사짓던 농민이 쫓겨나야 했고, 궁핍한 농민의 수는 늘어갔지. 작가는 이러한 문제점을 해결하기 위해 부자들의 횡포 등에 반대하고 정직하게 살아갈 것을 요구했어.

- 그래서 작가의 그런 생각이 작품을 통해 드러나 있다 이런 얘기죠?

- 어이구, 모처럼 우리 수로가 정곡을 찌르는구나. 그래, 정확하게 맞혔다. 음…… 유토피아에 있는 모든 집들은 모두 길을 향해 문이 나있지. 그 문들은 쉽게 열리고 스스로 닫히는 문들이라서 누구나 자유로이 드나들 수 있어. 또한 그들에게는 사유재산이 없단다. 또한 이곳 사람들은 10년마다 집단적으로 집을 서로 바꾼단다. 그러니까 기독교 초기 공동체처럼 서로 신뢰하며 살아가는 순수공동체인 거야.

- 네 것 내 것이 없으면 싸우질 않나요?

- 모든 게 풍족하고 공평하니까 싸울 일이 없지.

- 공산주의하고 전혀 다르네요? 쌤.

- 전혀 다르지. 유토피아는 말 그대로 천국이야. 이곳에는 국왕이 없어. 국민의 기본적 생업은 농업이지. 그것도 남녀 성별에 관계없이 시민이면 누구나 농업에 종사하고 그 외에는 모직·면직

기술이나 석공·철공·목공 등의 일을 한 가지씩 배워야 해. 그들은 하루에 여섯 시간만을 일하며, 잠자리에는 여덟 시에 들어 여덟 시간의 수면을 취하지. 저녁식사가 끝난 다음에는 한 시간 동안 오락을 즐기고. 이곳에 사는 사람 중 노동을 면제받은 사람은, 공무원과 학문을 전문적으로 연구하는 사람뿐이야.

  - 나도 학문할래요.

  - 너는 지금 대한민국에 살잖아, 인마. 하하. 이곳에서는 금과 은·보석들을 매우 하찮은 것으로 생각한단다. 음식을 담은 그릇으로는 사기와 유기를 사용하고 금과 은으로는 요강이나 불결한 용도로 사용해. 진주나 보석도 어린아이들의 장난감으로 쓰고.

  - 와, 그런 곳에 가면 좋겠네요, 쌤.

  - 실제로 있는 곳이 아니라니까 그러네. ……귀금속이나 화폐가 없기 때문에 흉악한 범죄도 없는 거야. 사기·도둑질·강탈·싸움·살인·배신 등은 돈이 없으면 사라지는 것 아니니? 두려움과 슬픔도 그들에겐 없지. 교육은 어렸을 때부터 받으며 어른이 된 뒤에는 여가를 이용해서 공부한단다. 그들은 라틴어 따위를 배우지 않고, 자기나라 말로 공부하며, 논리학 같은 건 어떤 것인지도 몰라.

- 논술시험 같은 게 없다는 말이죠?

- 그들은 천문기상에 대해서는 깊은 지식을 가지고 있으나 미신은 전혀 알지 못하지. 윤리관은 영국과 같으나, 인간의 행복에 보다 더 관심을 기울이는 사람들이야. 종교에 있어서는, 인간의 영혼은 불멸하며 신의 은총을 믿지. 그래서 착한 사람은 천국에서 보상을 받고 악한 사람은 벌을 받는 것으로 믿어. 설령 누가 그리스도교를 믿지 않는다고 하더라도 그것을 막지는 않는단다. 물론 개종도 자유이고.

- 정말 살기 좋은 곳이네요. 거기엔 기말고사도 안볼 거 아녜요, 그죠?

- 하하, 대성이는 시험이 무척 싫은가 보구나.

- 정말 어떤 땐 가출하고 싶기도 해요, 쌤.

- 그걸 이겨내야 강해지는 거야, 녀석아. 계속 얘기하자면, 그들은 전쟁이란 것도 모른단다. "전쟁은 하려고 하지 않으면 결코 일어나지 않습니다. 그리고 전쟁보다는 평화를 늘 더 많이 생각해야 합니다." 이처럼 그들은 평화롭게 살아가지. 법률도 그들에게는 아주 조금밖에는 없어. 법률이 발달한 사회라는 게 그만큼 타락한 사회를 암시하듯 그들에게는 꼭 필요한 법만 존재하지. 따라서 그 나라에는 변호사가 없단다.

- 와! 환상적이네요, 선생님.

- 그들은 참다운 쾌락을 선행 속에서 찾으며, 위선을 꺼려하지. 도박 · 사냥 따위도 그들은 배척한단다. 남녀 관계 역시 엄격하여

부부는 함부로 이혼할 수 없으며 평생을 같이 살아야 하는 것으로 되어있어.

– 네, 근데 좀 삭막한 거 아녜요?

– 하하, 그런가? 아무튼 토마스 모어는 영국의 현실적 한계를 비판하면서 새로운 유토피아를 추구하고자 했지. 왜 그가 그런 나라를 구상할 수밖에 없었는지 이해가 가지? 오늘날도 마찬가지야. 부익부 빈익빈 문제, 타락한 사회에 대한 문제 등 이러한 걸 해결하기 위해서 우리도 유토피아를 다시 한 번 생각해보아야 할 거야.

잠깐, 또 다른 이상향을 살펴보자.

코케뉴(Cockaigne)는 중세 유럽인들이 꿈꾼 이상세계이다. 그곳에서는 원할 때마다 음식이 한없이 나타나고 접시는 절로 닦인다. 강에는 와인이 흐르고, 잠도 원하는 만큼 잘 수 있다. 상대방이 동의만 한다면 원하는 만큼 누구와도 사랑을 나눌 수 있다. 호주머니는 늘 금으로 불룩하고, 사람들은 일할 필요가 없다. 한마디로 게으름뱅이의 천국이다.

아르카디아(Arcadia)는 고대 로마의 시인, 베르길리우스가 꿈꾼 이상세계이다. 이곳은 폭력이나 질병이 존재하지 않는 낭만적인 시골로 씨만 뿌리면 곡물이 잘 자란다. 사람들은 거의 일을 하지 않고 주로 자연, 음악과 시를 감상하며 산다. 저녁에는 노래 부르고 춤추고 술을 마시며 보낸다. 그곳에는 왕자나 부자가 없고, 어느 누구도 왕자나 부자가 되길 원하지 않는다.

논술, 비판력에 불 지르기

- 수로야, 요즘 신문을 보면 정치, 경제, 사회적으로 너무나 많은 사건 사고가 눈에 띈단다. 그러함에도 우리는 아무런 주관이 없이 무비판적으로 살아가는 것 같잖니? 비판하고 또 비판해야 함에도 대다수가 그저 산다는 게 문제야.

- 저는 안 그래요, 쌤!

- 문화의 경계가 사라진 지금, 우리의 전통문화도 정체성이 사라지고 있어. 다문화 가정도 늘고 외국의 문화도 홍수를 이루어 말 그대로 글로벌 시대가 되었단다.

- 쌤, 맞는 말이에요. 요즘은 촌티 나지 않으려면 티셔츠에 외래어가 좀 들어간 것을 입어야 하고요, 노래도 팝송을 알아야 하고 학용품도 외제를 써야 센스가 있어 보여요.

- 따라서 이번에는 우리가 오늘날의 현실을 비판하는 글쓰기에 대해 알아보자. 수로가 아래의 제시문과 보기를 한 번 읽어볼래?

- 넵! 읽는 거 하면 저 아닙니까, 쌤!

(가) 전북 전주시 교동과 풍남동 일대에는 700여 채의 전통 한옥이 모인 '전주 한옥(韓屋)마을'이 있다. 1930년대 자연스럽게 만들어진 이곳은 문화재 등록이 추진될 정도로 가치를 인정받는다. 방문객이 숙박하면서 온돌과 마루 등 한국의 옛 주거문화를 느낄 수 있는 한옥생활체험관과 전통술박물관, 전통문화센터, 전통공예품전시관 등이 있다. 지난해 약 5만 명의 외국인이 이곳을 찾았다.　- 조선일보 기사 중 일부

(나) 오늘날 문화의 세계화가 진행되면서 획일적인 서구문화 중심에 대한 우려가 높아지고 있다. 서구의문화가 우리의 문화를 잠식하고 있기 때문이다. 세계무역기구의 출범과 인터넷의 대중화, 위성통신의 발달 등은 이러한 현상을 심화시키는 요인으로 지적되고 있다.

진정한 문화의 세계화는 서구 문화 일색의 획일화 과정이 아니라, 문화의 다양성이 실현되는 과정이어야 한다. 즉, 세계 각국의 민족 문화가 공존하면서, 상호 교류를 통해 서로의 문화를 발전시키는 과정이어야 하는 것이다. 이러한 의미에서 '가장 한국적인 것이 가장 세계적이다.' 라는 명제는 문화의 세계화에 대한 기본적인 대응 자세를 암시해 주고 있다.　　　　　　　　　　　- 고등학교 사회(디딤돌) 269쪽

〈보기〉 유엔 인종차별철폐위원회는 한국 사회의 다민족적 성격을 인정하고, 한국이 실제와는 다른 '단일 민족 국가' 라는 이미지를 극복해야 한다고 지적했다.

위원회는 "당사국(한국)이 민족 단일성을 강조하는 것은 그 영토 내에 사는 서로 다른 민족. 국가 그룹들 간의 이해와 관용, 우의 증진에 장애가 될 수 있다" 고 우려를 표시한 뒤, '순수혈통' 과 '혼혈' 과 같은 용어와 그에 담겨 있을 수 있는 인종적 우월성의 관념이 "한국 사회에 여전히 널리 퍼져 있다는 데 유의한다" 고 덧붙였다.

위원회는 또 이주노동자와 혼혈아 등 외국인에 대한 모든 형태의 차별을 금지, 제거하는 한편 다른 민족이나 국가 출신자들이 조약에 명시된 권리들을 동등하고 효과적으로 향유할 수 있도록 관련법 제정을 포함한 추가적인 조치를 취할 것을 주문했다.　　　　　　　　　　　　　　　　　　- 한겨레신문 기사 발췌

[문제] 보기를 읽고 논지를 파악한 뒤, 비판적 관점에서 자신의 생각을 서술하시오.

(700자 ± 50)

- 수로야, 다 읽었니? 다 읽었으면, 〈보기〉의 글이 무엇을 말하고자 한 거 같니?

- 우리나라가 너무 단일민족만 강조하지 말고 외국인들과 함께 잘 지내라는 거 같은데요?

- 그래, 그런 얘기이지. 잘 파악했구나. 그렇다면 제시문은 무슨 얘기이냐?

- 음……, 제시문은 한옥과 같은 우리문화가 우수하다, 그리고 민족문화가 있어야 세계문화도 있다, 뭐, 그런 뜻 같은데요?

- 하하, 수로가 어수룩하게 말했지만서도 핵심을 정확하게 짚는구나. 하하, 역시 넌 나의 제자야! 그렇다면 문제는 〈보기〉에서 말한 '유엔 인종차별철폐위원회'가 우리나라에 권고한 것이 무엇인가를 이해하면 돼. 유엔이 말한 것은 우리나라도 다민족 사회가 되었으니 앞으로는 '민족의 단일성'을 강조하지 말라는 뜻이지.

- 아, 그런 뜻이었어요?

- 그래서 수로가 비판력에 중점을 두어 논술할 때는, 먼저 유엔이 말한 우리의 '민족 단일성' 지향이 결코 부정적인 것이 아님을 비판하고, 민족의 고유성이 존중되는 세계화가 바람직하다고 해야 해. 백문이 불여일견! 실제로 수로가 예시 답안을 큰 소리로 읽어봐라.

- 넵!

유엔 인종차별철폐위원회는 단일민족을 지향하는 한국사회가 세계화 시대에 어긋난다고 지적했다. 그러나 이것은 한국 사회의 특성을 이해하지 못한 데서 온 판단이다. 한국은 전통적으로 혈연을 중심으로 유대관계를 맺어왔으며 외세의 침략도 단일민족의 힘으로 지켜냈다.

이런 점에서 한국이 단일민족 국가이기 때문에 국내에서 생활하는 외국인을 차별할 것이라고 보는 지적은 섣부른 판단이다. 인종차별은 어느 나라에나 있는 현상으로 특히 유엔을 주도하는 미국이 더 심각하다. 오바마 대통령에게 깜둥이라는 표현을 쓰는 것을 보면 일반 유색인종들에게 가해지는 차별이 어떠할지는 더욱 분명하다. 제시문 (나)에서처럼 단일민족은 타 민족에 대한 편견이 아니라 해당 민족의 민족적 정체성이라고 이해해야 한다. 즉 사람마다 개성이 다르듯 민족에 대한 인식도 다르기 때문이다.

물론 단일 민족이라는 개념을 고쳐야 할 보수적인 태도로 인식할 수도 있다. 유엔 인종차별철폐위원회도 이러한 견해에 바탕을 둔 것이 분명하다. 그러나 한국인들의 민족 단일성은 국수주의나 배타주의가 아니다. 제시문 (가)에서 말한 한옥처럼 우리의 아름다운 정신문화에 해당한다. 물론 세계화 시대에 인종차별은 당연히 사라져야 할 일이지만 한국인에게 긍정적 힘을 제공하는 단일성을 부정적으로 단정하는 것은 또 다른 형태의 차별이다.

- 어떠냐. 비판적으로 전개한 논리가 맘에 드니?
- 역시 예시 답안이라 제 맘에 쏙 드네요, 쌤!
- 하핫.